猎原三部曲

酋长有德 著

CFP 中国电影出版社

图书在版编目（CIP）数据

獒王 / 张有德著. —北京：中国电影出版社，2015.4

（猎原三部曲）

ISBN 978-7-106-04127-4

Ⅰ. ①獒… Ⅱ. ①张… Ⅲ. ①长篇小说—中国—当代 Ⅳ. ①I247.5

中国版本图书馆 CIP 数据核字（2015）第 063295 号

策　　划：贾　茜　李春妹
责任编辑：李清晨　刘爱国
封面设计：刘爱国
责任校对：苏一沫
责任印制：庞敬峰

獒王

酋长有德　著

出版发行　中国电影出版社（北京北三环东路 22 号）邮编100029
　　　　　电话：64296664（总编室）　64216278（发行部）
　　　　　64296742（读者服务部）　Email：cfpygb@126.com
经　　销　新华书店
印　　刷　北京龙跃印务有限公司
版　　次　2015 年 8 月第 1 版　2015 年 8 月北京第 1 次印刷
规　　格　开本 / 710 × 1000 毫米　1 / 16
　　　　　印张 / 19　　　　字数 / 270 千字
印　　数　1–5000 册

书　　号　ISBN 978-7-106-04127-4/I · 0995
定　　价　39.00 元

目 录

楔　子

勃索嘉措冲着正像雪崩一般向他涌来的獒群、紧随其后“杀”声一片的马群和旷广而富饶的贡布嘎尔草原说完这句，一勒马缰，掉转马头，落荒而去

风不吹，天不高，草不低。

但一片寂静。

静得如不远处的巴孕尕奶山。

整个贡布嘎尔草原静得喘不过气来。

突然，一只苍鹰“呀”地唳叫一声，斜刺蹿向天空，仿佛一道闪电，将贡布嘎尔霍地撕裂开来……

草原尽头，最先出现的，是一队似残云被风刮得东飘西散的人马，狼奔豕突。接着，一群马——不，不是马，比马更狂傲的獒群席卷而来。

“贡布嘎尔，你记着，我，片尔旺头人，勃索嘉措，一定会再打回来的！”

勃索嘉措冲着正像雪崩一般向他涌来的獒群、紧随其后“杀”声一片的马群和旷广而富饶的贡布嘎尔草原说完这句，一勒马缰，掉转马头，落荒而去。

接踵而至的獒群猛然刹住脚步，因为，前面就是领地的界限，代代相袭的传统告诉它们，一旦将外族赶出了这道界限，它们就胜利完成了使命。

果然，紧随其后的人马在一片狂笑声中，如它们一样，也全都停住了脚步。

“勃索嘉措，滚回你娘的肚子里去吧，哈哈哈……”

“回去抱着你女人的奶子哭诉啊，呵呵呵……”

“呀呀呀，追啊杀啊……干吗要停下来，打过去，占了片尔旺，奚古扎、斡斯冈。”得莫西一边用力勒着仍要向前冲去的黑马，一边冲立在那里大声狂笑的奚古扎和斡斯冈叫道。

“那不合我们草原人的规矩，得莫西。”

得莫西望了一眼说这话的斡斯冈，又望了一眼奚古扎，道：“他勃索嘉措进入我们贡布嘎尔，合规矩？”

“不是被我们赶出去了么！”奚古扎望着只有一缕尘烟的片尔旺人影，“现在，得莫西、斡斯冈，贡布嘎尔这片肥沃的草原，就是属于我们三个人的啦，哈哈哈……”

斡斯冈：“是啊，这里有嫩如晨露的牧草，这里有清如巴孕尕奶山的溪水和那日河，我们兄弟三个人，从此可以安息下来，在这里，带着我们的族人，唱歌跳舞，牧羊放牛。”

“不，斡斯冈。”奚古扎将马勒得原地转了一个圈，“一间房住不下三个家，一个坑栽不下三棵树，这块草原大如天上的云朵，得莫西、斡斯冈，放开你们的马，走到哪里，哪里就是你们的领地，从今往后，贡布嘎尔就一分为三，我叫上贡布嘎尔，你们谁第一个停下来，就叫中贡布嘎尔，最后一个，就叫下贡布嘎尔吧。”

“奚古扎！”斡斯冈不由叫了一声。

奚古扎摇了摇手，示意斡斯冈不用说了，然后冲得莫西道：“你们谁先走？”

得莫西本还想说些什么，但见奚古扎意决如此，想想只好以小指勾住马鞭，脚踏马蹬，略略挺了挺身，双掌平举至额，然后分别对奚古扎和斡斯冈“揖”了一下，什么也没说，一勒缰，圈过马，向远处跑去。他的族人立即蜂拥跟上。

斡斯冈抹了一下脸，不知是要抹掉一脸的灰尘还是要抹掉这些天来一起战斗的经历，望了一眼奚古扎，“驾”地一抖缰，向另一边纵马而去。

随着斡斯冈离去的马蹄声，奚古扎猛地挥起手中的鞭，两腿一夹，向着相反的方向，领着他的族人，卷一片烟云，不一会儿，就隐进了草原。

望着转瞬而逝的奚古扎、得莫西、斡斯冈，刚才还那样为驱逐外族片尔旺不分彼此地合力狂奔的獒群，一时有些发愣，在原地转了三圈，然后彼此亲了亲对方，这才仰天长吠一声，依依不舍地转过身，各自追随起各自远去的主人。

贡布嘎尔草原，又归入了静寂。

一缕阳光，划破云层，投射在远处的巴孕尕奶山上，映得雪光一片银白。

一只苍鹰，不知何时，飞了过来，在空中盘旋一圈，落进了草原深处。

上贡布嘎尔，中贡布嘎尔，下贡布嘎尔，在这银白中，渐渐地抖动了起来……

第一章　贡布嘎尔

敬过天，敬过地，奚古扎、得莫西、斡斯冈，三个当年叱咤风云的贡布嘎尔头人，将碗中的酒，一饮而尽

01

碉房里不时传出阵阵欢声，欢声中充满着酒的醇香和羊肉的膻香。

门前的藏狗们似乎也沉浸在这欢声中，不时地闭上眼，冲着远方的天空“呜”上一声。只有离碉房不远的那堵照壁前，几条藏獒静静地卧在那儿。

这时，管家丁二烯萨双手笼在袖中，急急弯过碉房，从照壁前一路小跑过来。可当路过那几只藏獒时，丁二烯萨却突然站了下来，眼睛先是一睁，接着便渐渐眯了起来。然后转过身，将手往袖子更深处笼了笼，再次小跑起来，一直跑进碉房。

“头人，头人！”

奚古扎将正端向嘴边的酒碗就那样停在空中，望着正躬身行礼的丁二烯萨笑着招呼道：“管家，你来得正好，正要派下人去叫你呢。”

“叫我？”丁二烯萨不由抬起头望向奚古扎。

奚古扎深深地喝了一大口，边将酒碗放回桌子，边伸手抓向一块羊肉，道：“怎么，看样子，你不是特意来向头人我恭贺？”

丁二烯萨不由一哆嗦，忙将身子低了低，抬起双手举至额前，诚惶诚恐地祝贺：“恭喜头人喜得儿子。”

“哈哈哈。”奚古扎一阵畅笑，笑声中，伸嘴将手中的羊肉撕下一大块，边咀嚼着边含混不清地说，“管家，我知道你来不是专门贺喜的，有什么事，说吧。”

丁二烯萨再次额手，然后抬起头来，道：“是的，头人。我接到报讯人的讯息，下贡布嘎尔头人斡斯冈最近从汉人手中换了一批奇珍异宝，特来讯告头人，请头人前去赏玩。”

“奇珍异宝？哈哈哈……”

丁二烯萨不明所以地望着大笑的奚古扎。

“我也正要差人前去向他报讯，我上贡布嘎尔后继终于有人！”奚古扎抓起酒碗，又美美地喝了一大口，这才接着说，“报讯人现在在哪儿？”

“禀头人，现在下人住处。”

“请他过来。”

“这——报讯人是不能直接见头人您的，这是规矩。”

“我就是规矩。”奚古扎望了一眼丁二烯萨。

“可是……”

“去吧，叫他过来。”

丁二烯萨无奈，只好躬身退出门去。

“管家大人，万万不可，下人只是报讯的，不敢晋见上贡布嘎尔头人。”报讯人听过丁二烯萨的意思，双手平额，连连后退。

丁二烯萨躬身道：“这是我们头人的意思，请您还是不要介意。”

报讯人非常不安地道：“可这违了礼法啊，想必那个传说你丁管家也曾听过。”

原来，自古部落之间的联系，都是报讯人直接面见头人呈报的，可是，打从一百年前，草原上两个部落之间为了争夺牧场有了间隙，一个部落头人便派一名下人，以报讯人的身份去另一个部落刺杀。结果，在面见头人时，报讯人出其不意，将这个头人杀害了。为此，部落头领联盟公议，作为规矩定下来，今后所有报讯人都不得直接晋见头人，哪怕事情再紧急，再机密；如有违反，对方部落有权立毙报讯人。

“当然知道，但在上贡布嘎尔，我们头人就是礼法，无妨的，您就请吧——”

报讯人无奈，只好谦让一步，随着丁二烯萨走出帐房。

“下贡布嘎尔报讯人违背礼法参见上贡布嘎尔头人。”报讯人行礼道。

“哈哈哈……报讯人违了什么礼法？”

“这——”报讯人将眼睛偷偷望向丁二烯萨。

丁二烯萨只好再次道：“在上贡布嘎尔，我们头人就是礼法。”

“是，管家。”报讯人侧身向丁二烯萨谢道。

“听说，”奚古扎探了下身子，“你们头人斡斯冈从汉人那里换了一批奇珍异宝？”

“是的，我们头人是这样说的。”

“想请我过去赏玩？”

“是的，我们头人是这样说的。”

“那是些什么样的宝贝？”

“我们头人没说。”

“你们头人没说，你可以说嘛。”

“不敢，头人，报讯人只是头人的喉舌，头人让怎么说就怎么说……”

“现在你在叫我头人，我让你说。”

报讯人不由抬起头来，眼睛里露出十分的讶然，但接着又低了下去：“头人，我只是下贡布嘎尔头人的报讯人。”

立在一旁的丁二烯萨见奚古扎也许是酒后说出了如此不该说的话，忙侧了侧身对报讯人道：“我们头人的意思是，他恨不能立即见到那批奇珍异宝。”

“哈哈哈……是，是，我恨不能马上见到。”奚古扎听过丁二烯萨的话，知道管家在替他解围，忙应和道，“请告诉你们头人，就说上贡布嘎尔正在忙着庆贺儿子的出生，等忙完这阵子，一定前去观赏。”

“是，头人。”

“还请告诉斡斯冈，我很想他。”

“是，头人。”

“嗯，说我备了上贡布嘎尔最好的酒，等他来喝。”

“是，头人。”

奚古扎端起面前的酒碗递给报讯人：“愿巴孕尕奶山神保佑。”

丁二烯萨忙伸手接过酒碗，然后递给报讯人。

报讯人接过酒碗，伸出无名指蘸了酒分别敬过天敬过地，这才双手捧着一饮而尽：“谢头人！”

02

“汉扎西，请饮一杯。”斡斯冈双手捧起酒碗，举向汉人李浦风，“你是巴孕尕奶山神送给我的尊贵客人。”

李浦风努力睁开被酒精燃烧了的眼睛，摇摇晃晃地端起酒碗，再次送往嘴边。

可是，碗还未到嘴上，李浦风便一头栽到了地上——他真的是醉了。

“呵呵呵，汉扎西，汉扎西。”翰斯冈也已醉意朦胧，见李浦风醉倒在地，竟误以为他是在向他行汉人的礼节——李浦风第一次来时，行的就是汉人的跪拜礼。

那是前年秋季，翰斯冈骑在他那匹高大的枣红骏马上，正在下贡布嘎尔通向巴孕尕奶山的那条道上巡视，突然，藏狗们一片杂乱地吠叫着向前面跑去。起初，他以为是藏狗们发现了诸如狼、豹或是别的什么野物，并没有在意，直到那条公獒半耳列拉桑塔率着乌幄楚和巴萝楚两姐妹獒也冲了出去，翰斯冈这才不由心下紧了一紧，策马向前面的土坡驰去。

驰下土坡，就见前面的道上，藏狗们正将一个人团团围在中央，一个劲地吠着，半耳列拉桑塔和姐獒乌幄楚、妹獒巴萝楚则各占一方，在藏狗们的外围坐着，既不参与藏狗们上蹿下跳的吠叫，也不闯进去将那人扑倒在地。

这个人就是李浦风。

李浦风一开始见到那些藏狗，还可壮着胆子“哦呵”“哦呵”地斥喝着，可等见到三条獒分在三个方向蹲立之后，他便立即住了口，不知是吓得不敢出声，还是因为他知道藏獒是从不轻易对陌生人进攻的，而且，有了藏獒，很快便会有它们的主人出现。

果然，李浦风的判断一点没错，因为，他看到了一个藏人骑着一匹骏马正向他走来。

“藏扎西，藏扎西——”

李浦风不懂更不会说藏话，但他知道，凡藏族男子叫他们“扎西”，女子叫她们“卓玛”，准没错。

翰斯冈一听那蹩脚的“藏扎西”，就知道，这是一个汉人。

于是，翰斯冈喝退那群藏狗，然后高声叫道：“啊，尊贵的汉扎西，是巴孕尕奶山神将你送到我们下贡布嘎尔草原的吗？没事了，你遇到的每一个藏人，都是你们汉人说的‘亲人’。”

可是，李浦风还是战战兢兢着说不出话，用手小心地指了指那三条仍蹲在那里的藏獒。

“半耳，你们还不离开，尊贵的汉扎西是我的客人。”

姐獒乌幄楚和妹獒巴萝楚望了望半耳列拉桑塔，它是整个下贡布嘎尔草原上的獒王，它们得听它的。

半耳列拉桑塔望了一眼斡斯冈，那意思是说："我们并没有什么不妥呀，主人，我们一直蹲着没动呢。"

"汉扎西。"斡斯冈一边跳下马，一边叫道："请你抬起你的高贵的脚，踏着下贡布嘎尔的草，随我来吧；碉房里，有酒有肉在恭候着您！"

李浦风见三条獒只是蹲坐在那，并没有任何迹象表示它要向他进攻，这才大着胆子向斡斯冈拱了拱手："高贵的藏扎西，我是汉原的使者，路过这里，误入了您的领地，还请切勿怪罪。"

"既然来到了下贡布嘎尔，就是我斡斯冈的尊贵的客人，请随我回我的碉房吧。"

进了碉房，一直被半耳列拉桑塔吓得胆战心惊的李浦风，这才想起对斡斯冈行起礼来。

斡斯冈正走向主座，一回身，咦，人呢？跟在身后的李浦风上了哪儿？可再一看，呵呵，原来他正趴在地上，冲他磕头呢。

而他这一磕不要紧，要紧的是守在碉房门前的半耳列拉桑塔从没有见过汉人的这种礼节，立即一个纵身，便向李浦风扑来，一下将他压在了地上，动也不能动，那猩红的舌头，对着李浦风的脸，哈得出了窍的李浦风的魂魄"吱溜"一下，又缩回了他的躯壳。

幸亏斡斯冈及时喝开了半耳列拉桑塔，要不然，不要多，哪怕再过三秒，李浦风准会吓得晕过去。

待弄清楚这是汉人对他人尊重的最高礼节之后，斡斯冈不禁呵呵大笑起来，说："尊贵的汉扎西，您能来到我们下贡布嘎尔，行大礼的，应该是我才是啊。"说着，就要给李浦风行礼。

李浦风一时手足无措，不知是拉好还是不拉好，就这样稀里糊涂地受了斡斯冈一个大礼，然后，宾主这才坐了下来，饮酒食肉。

"汉扎西，行啦，这个大礼行得时间太长啦。呵呵呵……"

可斡斯冈伸出的手竟一把没有拉动李浦风，这才知道，汉扎西真的是喝醉了。

“呵呵呵，汉扎西酒量太小啦，为什么你的酒量就不能如你带来的那些珠宝贝壳那样让我们下贡布嘎尔称赞！”斡斯冈一边啜啜唧唧着，一边顾自继续喝着碗中的酒。

这时，下人在房外叫道：“头人，去上贡布嘎尔的报讯人回来了。”

斡斯冈端着酒碗的手停住了，侧过头，对外面叫道：“让他进来。”

“头人，我回来了。”报讯人掀帘而入，低着头，额手禀道。

“好，回来好。”斡斯冈将酒碗放回桌子，“上贡布嘎尔头人什么时候过来？”

“禀头人，上贡布嘎尔头人正在庆贺着新出生的儿子，说等忙过这阵子一定前来观赏头人的奇珍异宝。”

“庆贺新出生的儿子？你是说奚古扎生了个儿子！”

“是的，头人。”

“好，我知道了，你出去吧；去管家那里领两只羊，好好地休息休息。”

“谢头人。”

报讯人出去之后，斡斯冈情不自禁地又举起酒碗，将碗中的酒悉数饮尽，然后硬着舌头叫道：“管家，管家日梅基。”

下人闻听，立即在外传话。

随着一声声“管家日梅基”，不一会儿，就听见一阵踏踏的脚步声向碉房跑来。接着，门帘一动，一个头戴狸帽、袖口反卷上等狐毛、眨着一双精明的眼睛的男子走了进来。

“头人，这么急着叫管家日梅基，发生了什么大事吗？”

“呵呵呵，管家，没有什么大事发生，但有一件很重要的事。”日梅基有些不安地望着斡斯冈，“报讯人刚刚带回一个消息，上贡布嘎尔头人奚古扎新添了一个儿子，正在大肆庆贺，我们下贡布嘎尔是否也应该前去讨杯喜酒？”

“应该的，头人。”日梅基听说是这件事，显然，悬着的一颗心这才放了下来，“可是，头人——”

见日梅基说了半截话打住了，斡斯冈便盯着他，问道：“管家？”

“是，头人。”日梅基这才继续道，“中贡布嘎尔不知有没有得到消息；得到消息，不知他们会不会前去恭喜。”

“这——”斡斯冈顿住了，但旋即，又道，“估计没有，要不然，得莫西不会不派人前来知会我一声。”

“我想也是，头人。”

“马上派人去告知中贡布嘎尔，当初，可是我们三个人共同将片尔旺赶出了这片草原，他不会对上贡布嘎尔的喜庆充耳不闻。”

“好的，头人，我这就安排。”

“还有，请准备好六十头牛、八十只羊，我要作为贺礼送给上贡布嘎尔。”

“什么牛、羊，送给谁，这么多？”没曾想，这时李浦风酒醒了，朦胧中听到了斡斯冈说的这后一句话，还以为是在说他呢，“送给我吗，我……我不要……我有马了……”

日梅基望了一眼李浦风，转向斡斯冈：“头人，这汉扎西——”

“他是我们下贡布嘎尔的客人，既然这样说，就也为他准备六十头牛、八十只羊吧。”

“是，头人。”

日梅基说完，又望了一眼李浦风，退了出去。

“我不要牛，也不要羊，因为我已经换了你一百匹马。”李浦风坐了起来，一边跪坐着，一边仍有些迷迷糊糊地说着。

“那你要什么？”

“我什么也不要。”

“这怎么可以，我们下贡布嘎尔说出的话，就如天上飘下的雪，落在地上，就再也回不去了。汉扎西，你想要什么，只要你开口，我斡斯冈以巴孕尕奶山名义答应一定给你。”

“其实，”李浦风咽了一下唾沫，“我只想要一样东西。”

“哪样？”

“你们寺庙里那个铁棒喇嘛手中的那根铁棒。”

“这——”

斡斯冈一时不知说什么好地屏住了，因为铁棒喇嘛是草原部落寺庙护法金刚的肉身体现，是草原法律和寺院意志的执行者。在整个草原，只有他们才可以代表神的意志惩罚包括藏獒在内的所有生灵——当然，其他人惩罚也是可以的，但却不是神圣的；不是神圣的惩罚，自然也就不是替天行道而免遭报应的。

所以，铁棒喇嘛手中的铁棒，象征着他们的身份和地位，无论是牧民还是藏獒哪怕是藏狗，见了他们手中的铁棒，也都敬畏三分。斡斯冈没想到李浦风会提出这样一个要求，有心回绝，可明明自己刚才以巴孕尕奶山的名义起过誓，而要是答应——这可是寺庙的法度，怎么可以轻易作为礼物送人！

李浦风哪懂这些，只是以为有了那根铁棒，下回走在草原上，就不用再怕那些藏狗还有藏獒对他龇牙咧嘴了。见斡斯冈沉默不语，李浦风摇了摇脑袋，自言自语道："算了，下贡布嘎尔头人，如果你有难处，就当我没说过。"

"不，我说，以巴孕尕奶山名义答应过你的，就一定会做到。"

李浦风见斡斯冈如此痛快地答应了他的要求，愣怔了一下之后，感激地道："下贡布嘎尔头人，我以我们汉人的仪式指天为证，今后只要我来到贡布嘎尔草原，首先就来拜访你下贡布嘎尔……"

日梅基："汉扎西，你可知道，送你这根铁棒，我们头人要冒多大风险？"

"风险？多大风险？"李浦风望了望手中的这根看上去与普通铁棒相比无非中间要略略粗上一些的铁棒，不由勒了马，有些惊讶地望着为他送行的管家日梅基。"难道你们头人送一根铁棒的权力都没有吗？"

"可以这么说。因为头人虽然是整个领地的至高无上，但在神的面前，他只能是一个虔诚的徒子。"

"啊，有这么严重。"李浦风再次看了看手中的铁棒，"那我岂不是给你们头人找了大麻烦？"

"头人是以信诺为本才这样做，神佛会同意的。"

"啊，那——下回，我一定多多带些珊瑚、海贝还有盐巴前来答谢。"李浦风说完，冲日梅基拱了拱手，"管家，多谢你的相送，前面就是通往巴孕尕奶山的大道了，请回吧。"

"好吧，尊贵的汉扎西，我代表我们的头人，祝你一路平安。"

"回吧，管家，咱们后会有期。"

望着打马已走出一箭之地的李浦风，日梅基这才一边圈过马头，一边喃喃道："但愿汉扎西是巴孕尕奶山神送给我们下贡布嘎尔的福音，而不是……"

突然，刮来一阵莫名的风，将日梅基"而不是"后面的话，给呛住了。

03

“安达拉，那些藏狗瞎了狗眼，难道你也瞎了吗？”

丁二烯萨一边骂着那只浑身红毛似草原上刚被雨水梳理过的牧草一样如牛犊般挡在翰斯冈马前的藏獒，一边躬下身额手道：“尊敬的下贡布嘎尔头人，请不要怪罪没有调教好的上贡布嘎尔獒王。”

“它是獒王吗？”翰斯冈却并没有搭理管家丁二烯萨的客套，用手一指一直蹲立在不远处的一只雪色大獒，“我以为那条獒才是王呢。”

丁二烯萨顺着翰斯冈手指的方向看去，然后回过头来，仍额手道：“那是关布昆拉，是这只獒的兄弟。”

“呵呵呵，它才有王者风度。”

“是，下贡布嘎尔头人，您说得对。”丁二烯萨愣了一下，但还是顺从地奉承上这句。

“啊，翰斯冈，我亲爱的兄弟，是你来了吗？”

随着如马蹄般的声音，奚古扎从碉房里走了出来。

翰斯冈一见奚古扎迎出了碉房，立即翻身下马，走上前去，互相施了一礼，然后道：“我正在与您的管家说着上贡布嘎尔的獒王呢。”

“哦，怎么说？”

“头人，”丁二烯萨上前一步，“下贡布嘎尔头人以为关布昆拉是獒王。”

“是吗，哈哈哈……”奚古扎一边笑着一边执了翰斯冈的手，“獒王不是你我说谁是就是谁是，它是靠它的力量和智慧取得的。”

“呵呵呵，上贡布嘎尔说的是。”

两人相扶相将笑谈着走进了碉房。

“亲爱的奚古扎，得知你喜得贵子，兄弟我翰斯冈兴奋得三夜没有合眼，日夜打马，前来祝贺——这是来自东海的珊瑚，这是来自南海的珍珠……”翰斯冈一边说着一边从怀中拿出一件件从汉扎西那里换来的“奇珍异宝”。

看着那些闪着璀璨的光芒，犹如巴孕尕奶山顶上的晶石在太阳下放出奇彩的"宝物"，奚古扎两眼不禁也放出异光，一边伸手接过，一边不由"哈哈"大笑道："亲爱的斡斯冈，你用什么法力，召唤来了这样美轮美奂的宝物？"

"啊，亲爱的奚古扎，我没有什么法力，只是巴孕尕奶山神给我送来了一个汉扎西，是汉扎西给我带来了这些宝贝；而巴孕尕奶山神和汉扎西之所以送给我，那是因为他们知道亲爱的奚古扎要喜添儿子，好让我转送过来。"

奚古扎便转过身面向巴孕尕奶山额手深深施了一礼："感谢巴孕尕奶山神的赐予。"

这时，管家丁二烯萨禀道："头人，上贡布嘎尔最好的酒已斟好，上贡布嘎尔最好的肉已布好，请您与尊贵的客人一同与神同享。"

奚古扎转过身，一边说着"请"，一边问道："亲爱的斡斯冈，如此尊贵的汉扎西，怎么没有与兄弟你一同前来？难道上贡布嘎尔的酒没有下贡布嘎尔的香么？"

"本来我是想邀他一同前来志贺的，可是，亲爱的奚古扎，汉扎西实在是放心不下他的使命和那一百匹马，在我动身之前，离去了。"

"是吗，在你动身之前？"

斡斯冈躬了下身子，答道："是的，在我动身之前。"

"放心不下使命，什么使命？"

"他要赶往里孜国。"

"哦。"奚古扎明白了似的，"那现在——应该走出贡布嘎尔草原了？"

"差不多应该走到巴孕尕奶山脚下。"

"巴孕尕奶山脚下。"奚古扎若有所思地一字一顿说完，突然转向一边正在引着路的丁二烯萨道，"管家，你还在这里干什么！赶紧将亲爱的下贡布嘎尔送给我儿子的礼物拿给碉房里所有的上贡布嘎尔人欣赏，包括獒王安达拉——是的，安达拉，听到了没有！"

"啊，亲爱的奚古扎，那些珠宝只不过是兄弟我的一点心意，不值得您如此器重。"

因为，在贡布嘎尔草原，只有至高无上、无与伦比的贵重物品，头人才会传话让所有在碉房内的藏人传着观瞻。

在斡斯冈的谦恭中，奚古扎与丁二烯萨对视了一眼，不经意地，丁二烯萨点了点头，然后答道："是，头人，管家这便去按您的吩咐做。"

04

躬身退出膳房，丁二烯萨立即小跑着走进头人的客房，从桌上的那些"奇珍异宝"中拿过一串珊瑚项链，来不及欣赏，急急走出碉房，轻轻唤过红獒安达拉，将那串项链在它鼻上触了触，用手在空中做了个拦截的姿势，然后在它颈项上一拍；得到命令的红獒安达拉立即如一支箭般蹿了出去，只一眨眼工夫，就消失在了草原的旷远中。

丁二烯萨在红獒蹿出去的同时，也立即转过身，送回那串珊瑚项链后，径奔马棚，牵过那匹白尾骏马，翻身跃上，没等吆喝，那马便撒开了四蹄……

上贡布嘎尔碉房前，一片安宁，只有那条浑身毛色如雪莲花一般的藏獒关布昆拉立起了身，昂着头朝红獒安达拉和管家丁二烯萨驰去的方向望着，一动不动。

05

"亲爱的奚古扎，在上贡布嘎尔转眼就待了三天啦，明天，我打算在太阳升起的时候……"

"那就再待三天吧，自从当年我们一同驰马将片尔旺赶出贡布嘎尔，就从来没有如此开心地在一起痛饮过，来来来，喝——"

"可是，奚古扎……"

"别可是啦，你不是说你来时，已经差报讯人前去中贡布嘎尔了？想必得莫西这几日就会到来。你这样走了，就不怕得莫西怪罪我没有留住兄弟你？"

"是啊，算来，中贡布嘎尔也应该到了。"

斡斯冈话音未落，突然，碉房外面，传来一片藏狗的吠声。

"管家——"奚古扎习惯地叫道。

这时，闻声走进来的是知事喇嘛，躬身道："头人，管家丁二烯萨还没有回来。"

哦，奚古扎这才想起，丁二烯萨出去也有三天了；但他现在不是想丁二烯萨事情的时候，于是问道：“碉房外来了什么尊贵的客人？”

“呀呀呀，亲爱的奚古扎，你的这群藏狗真热情啊。”还没等知事喇嘛回话，碉房外就径直闯进了一个细高个，但眼睛却闪着光的男子。

“哈哈哈，得莫西，亲爱的兄弟，我们正在说着你呢。”奚古扎赶紧站起来，迎了过去。

两人紧紧地拥抱了一下之后，奚古扎一边牵着得莫西的手，一边将他引向斡斯冈：“哈哈哈，今天，我们兄弟三个，又聚在了一起，感谢巴孕尕奶山神！”

“斡斯冈！”得莫西放了奚古扎的手，一把拥了斡斯冈，“接到你的报讯，我立即日夜兼程，生怕晚了错过机会；看来，我来得还不算晚。”

“不晚，不晚。”奚古扎显然兴奋不已，一边将得莫西引向座，一边示意斡斯冈坐回原位，然后端起酒碗，道：“中贡布嘎尔，下贡布嘎尔，再加上我——上贡布嘎尔，贡布嘎尔草原，一片完整的草原……”

斡斯冈和得莫西也赶紧端起各自的酒碗，举至额前，面向巴孕尕奶山方向，伸出无名指，蘸上碗中的青稞酒，连弹三下，敬天，敬地。

敬过天，敬过地，奚古扎、得莫西、斡斯冈，三个当年叱咤风云的贡布嘎尔头人，将碗中的酒，一饮而尽。

不知喝了多少碗，也不知喝了多少时辰，这时，知事喇嘛轻轻走了进来，望着全都喝得东倒西歪的头人，几次欲言又止，最后，不得不走近奚古扎，轻轻地想附在他耳边说一句什么。可是，奚古扎实在是喝得多了，一挥手，竟将知事喇嘛挥得一个趔趄，差点儿跌倒：“说，这里是我的兄弟，是中贡布嘎尔、下贡布嘎尔头人，有什么话，尽可以说。”

知事喇嘛犹豫。

“还不快说。”奚古扎将手中的酒碗狠狠地一顿。

斡斯冈与得莫西也都一齐望向知事喇嘛。

知事喇嘛见此情形，不说显然不行了——不说，自己头人的颜面如何能放得下？于是，只好低了头，退后一步，躬身道：“头人，管家回来了。”

“什么！”说不清奚古扎是惊喜还是惊讶地说了这两个字。

“头人，管家丁二烯萨回来了。”

“怎么样？”

知事喇嘛又犹豫起来。

见状，还没有醉得神志不清的斡斯冈与得莫西对视了一眼，然后转向奚古扎道：“上贡布嘎尔是不是有什么事，我与中贡布嘎尔回避一下才好。”

“没事，请不要介意。”奚古扎说完，瞪了一眼知事喇嘛，道，“管家与尊贵的客人一道回来的吗？”

“不是，头人。”知事喇嘛将头低了又低，“管家是一个人回来的。”

“一个人！”

“是的，头人。”

许是酒喝得太多了，许是奚古扎将得莫西和斡斯冈没有当成外人，许是一时讶异没有顾及，奚古扎竟厉声道：“还不叫丁二烯萨快快来见。”

知事喇嘛愣在那一时没动。

“我说快快让管家进来，听见没有？”

“是，头人。”

知事喇嘛无奈，只好躬身施礼，退了出去。

丁二烯萨跨上白尾骏马，按照头人奚古扎的暗示，挥鞭催马，一路向巴孕尕奶山奔去——他知道，汉扎西要想离开贡布嘎尔前往里孜国，那里是唯一的通道。而且，他坚信，在他到达之前，红獒安达拉早就应该拦住了那个汉扎西的去路（红獒安达拉完全有这个能耐，闻过了那串琥珀项链，它会沿着汉扎西留在空气中的体味，一路追踪而去的），静待着他前去劝说，请他从今往后，如果再来贡布嘎尔，请径直踏上上贡布嘎尔的草地，因为，他们的头人奚古扎，是贡布嘎尔草原上最伟大的头人。

可是，他急急追了一天，不仅连汉扎西的影子没见着，就连红獒安达拉也没有踪迹。

难道是走得太远，他没有追上？丁二烯萨想到此，不禁再次挥起马鞭，策马狂奔。

眼看又是一天要过去了，前面，就是通向巴孕尕奶山那条大道，即使那个汉扎西提前七天，不要说带着一百匹马几十只羊几十头牛，就是他一个人骑着马，也没有这么快，因为从下贡布嘎尔往这边走，斜着路线，至少比他从上贡布嘎尔过来要远上三四天的路程，何况他还是抄着近道，骑着快马，不分昼夜。

正在丁二烯萨左右彷徨时，忽然，远处传来一阵马蹄声，接着，一片马群便如草原上升起的积云一般向他这里飘忽而来。

啊，是汉扎西。

原来，他走得急了，超过了汉扎西和他的马群。

勒转马头，丁二烯萨向汉扎西迎去。

“尊贵的汉扎西，我是上贡布嘎尔的管家丁二烯萨，受我们头人差遣，想请汉扎西到我们上贡布嘎尔去做客——”

李浦风正赶着他用那海边廉价的贝壳换来的上等的草原骏马，冷不丁前面跑过来一骑拦住了他，本能地，他将手中的铁棒攥了又攥，似乎此时这根铁棒不是草原法规的象征，而是他用来自卫的一件武器，道：“谢谢你们头人，上贡布嘎尔管家；可是，我正奉命……”

“尊贵的汉扎西，请您掉转马头，随我前往我们上贡布嘎尔吧。”见到李浦风手中的铁棒，丁二烯萨还真是有些吃惊，因为，不管是哪个部落的人，只要见到这样的铁棒，就得对持棒之人要礼让加礼拜。丁二烯萨忙一边翻身下马，对着李浦风（其实是对着铁棒）额手，一边打断他的话。

李浦风见丁二烯萨如此礼貌有嘉，只好坐在马上还礼道：“丁管家，实在对不起，我现在除了这些马匹，身上再也没有任何你们所需要的‘宝物’了……”

“汉扎西，请不要误会，我们头人不是需要你的宝物才让我前来的。”

不待丁二烯萨说完，李浦风便立即抢过话头道：“既不为宝物，那阻我又有何用？”

有何用？丁二烯萨一时有些发愣。

是啊，如果没用，那他如此马不停蹄，饿了吃一口冷糌粑，渴了喝一口冰奶茶地追赶过来又是为何？

“只是，只是——我们头人想告诉汉扎西，从巴孕尕奶山过来，到我们上贡布嘎尔，比到下贡布嘎尔要近三分之一的路程。”

“多谢上贡布嘎尔头人；只是我已与下贡布嘎尔头人有约，只要来到贡布嘎尔草原，首先就要去拜访下贡布嘎尔……”

丁二烯萨不由怔在那，一时不知该如何说好。

而就在丁二烯萨正怔愣之际，不知什么原因，也许是说话间李浦风不经意地挥动了手中的铁棒，突然，头马“嘶”一声长鸣，接着整个马群就像炸了群如一股风般向巴孕尕奶山狂奔起来。丁二烯萨本能地想凭他在草原上牧马的经验，伸开双手要去拦截，可等他回过神来，自己却已是倒在了地上。好在，除了胳膊不知是被踩的还是自己倒地时跌的扭伤了之外，其他部位一切完好。而马群，早已裹挟着那几十只羊和牛还有汉扎西跑出了几里之外。

望着如风一般卷去的马群，丁二烯萨知道，靠他一个人，是怎么也扭转不了这群马；当然，扭转不了马，也就扭转不了汉扎西说过的那句话了。

只是，他的耳中却仍嗡嗡地响着那震天动地的马蹄声……

说到这里，丁二烯萨仍然有些惊恐地按了按耳朵。

“可是，红獒安达拉呢？”

奚古扎望着一脸沮丧的丁二烯萨，酒已醒了大半地问道。

丁二烯萨神志恍惚地望着奚古扎，似乎无意识地跟着重复道：“可是，红獒安达拉呢？”

“你在说什么，我在问你呢。”

丁二烯萨望着奚古扎，张了张嘴，竟然什么也没说出来。

06

红獒安达拉呢？

第二章　红獒之死

一滚而起，红獒安达拉简直怒不可遏，反身就是一口，咬向正再次扑上来的灰姐。可突然，一道黑影从空中直扑而下，就在两只獒嘴眼看要咬上对方的时候，猛地一撞

01

红獒安达拉正在碉房前很安逸地睡着，它知道，警惕自有那些没有本领但又好强的藏狗们代劳，况且即使藏狗们没有发觉或不能敌，还有关布昆拉和其他獒呢。

听着碉房里不时传出的劝酒声，想到刚才将主人的朋友拦在碉房前，不由就有些好笑，其实那也怪不得我呀，我的本职就是护卫主人嘛，既然没有主人出面，那怎么能随意让一个陌生人进入？今天的太阳不是太好，一会儿钻出云层，一会儿又隐了进去，弄得真的有些困倦了。想到这里，红獒安达拉张开大嘴，打了一个大大的哈欠。

可一个哈欠还没有打完，猛然听到管家丁二烯萨那急促的脚步声向它走来，红獒安达拉立即精神一抖，它知道，每次有什么事情发生时，这个嘴角边长了一颗大大的黑痣（那黑痣好长时间安达拉都看不习惯，总以为是一只苍蝇趴在那吃着他嘴角的羊肉的油腻）的管家就会这样跑过来。

安达拉立即站了起来：“苍蝇，有什么事发生吗？”自从看惯了丁二烯萨的那颗痣之后，安达拉就一直这样称呼他。

果然有事，苍蝇跑到安达拉面前，先左右看了看，见没有其他人，这才伸手到怀中，摸出那串珊瑚项链，递给安达拉看看、闻闻。

这是什么？安达拉望了一眼，没见过，从来没有。

但见没见过无关紧要，苍蝇让它看，让它闻，并不是让它见识这个物什，而是要让它记住这个气味。

说到气味，这个很简单，不要说那项链上有着很特别的汉人的气味，就是哪怕什么人只用手摸过一次，我安达拉也能辨得出来。安达拉是谁？是上贡布嘎尔的獒王啊，没有这点能耐，能做“王”！

见安达拉已经辨别了气味并显然记住之后，丁二烯萨一边将珊瑚收回怀中，一边用手在空中做了个拦截的手势。安达拉立即心领神会，道一声“知道了，我去拦住他”，便一个健步，蹿了出去。

空气中散发着那串物什上的气味，很浓，红獒安达拉几乎没有费什么心，就一直沿着那气味向前奔跑着，仿佛不是边走边辨着，而是熟门熟路去探访一个老朋友。

贡布嘎尔草原一望无际，在太阳隐去的时候，那云朵，就像远方的巴孕尕奶山的群峰一样，让红獒安达拉向往和神秘。

太阳又钻出了云层，那光线很亮，亮得红獒安达拉都不敢抬头看，一看，眼睛就花了，再看别的，全都变成了黑色；照在草原上，很明，明得红獒安达身上的毛色简直就是一支火把，在贡布嘎尔草原上挟一路风声，向下贡布嘎尔燃去。

下贡布嘎尔？

是的，这气味，分明是通向下贡布嘎尔的。

可它，上贡布嘎尔的獒王，红獒安达拉，哪里知道，那是因为下贡布嘎尔头人斡斯冈揣着那串项链一路走过的呀！

首先发现红獒安达拉的，是群正在领地边上游玩的下贡布嘎尔藏狗。它们正在玩着游戏，突然，看见远方一团火正向它们这奔来，于是，全都立正了身子，抬着头看着那团火向它们飘移。

直到太阳再一次地隐进了云层，藏狗们这才回过神：这不是火，分明是一条獒，一条外族的藏獒。它要干什么？为什么冲着我们下贡布嘎尔直闯而来？

藏狗们仿佛突然一下醒转过来，立即乍起浑身的狗毛，异口同声地吠叫起来，警告这只不知从哪儿来的浑身毛色如火般的藏獒：站住，再往前，就是我们下贡布嘎尔的领地了。

可是，红獒安达拉怎么会将这群藏狗放在眼里，理也没理，就一头扎进了下贡布嘎尔的领地。

02

今天太阳正好，一会儿有一会儿没有，因为，如果太阳太大，就会炙得没法在外安睡；当然，如果没有，又会给人一种阴郁，心里会莫名地添堵。下贡布嘎尔獒王列拉桑塔卧在碉房前不远的照壁下面，半睁半闭着眼睛，不时地动动它那只半耳，一边如此地想着，一边看着两姐妹獒乌幄楚和巴萝楚在前面不远处的那块草地上嬉闹着。一身灰色的毛，在嬉闹中茸茸地飘动，如绸缎一般，看上去，非常有质感。也正因为如此，碉房里的人都不叫它们姐獒乌幄楚和妹獒巴萝楚，而是喜欢称她们灰姐和灰妹。

灰妹总是闲不住，不是在灰姐身上拱一下，就是拿尾巴在她头上敲一下。起初灰姐还冲它“呜”上一声两声，后来，干脆索性任由它闹去，躺下来，如在照壁前的列拉桑塔一样，半睁半闭着眼睛。

半睁半闭着眼的姐獒无意中忽然瞥见了列拉桑塔的那半只耳朵。

是的，是半只耳朵。

而一提到这半只耳朵，灰姐就有些激动，因为，那半只耳朵，是它的杰作。

要说起来，这话有点儿长。

那是在列拉桑塔刚当上獒王时，照例的，他要选择王后了，原以为一直追随他左右的乌幄楚也就是灰姐一定会当选，谁知，这个没良心的，竟然与妹獒巴萝楚打起情骂起俏来，甚至有时当着它的面，也眉来眼去，全当它是个透明的。

不行，它是姐，这王后，非它莫属。在一次次警告灰妹无效后，它将恨转向了列拉桑塔：因为灰妹毕竟小，不懂事，可列拉桑塔则不同，现在不仅已出落得一表人才，而且还做了下贡布嘎尔的獒王，岂能如它一般见识？一次，当列拉桑塔再次与灰妹“缠夹不清”地当着它的面，半是游戏半是认真地亲起吻来，灰姐再也忍受不住，突然大喝一声，纵身跳了起来，扑向列拉桑塔，张开大嘴，本想咬向它的脖颈，但在半空落下的一瞬间，它改变了方向，因为，列拉桑塔见它疯了一般扑来，竟不躲不闪，眼睁睁地看着它那尖厉的四瓣獒牙向它扎来。

没有任何先兆，没有任何动静，等妹獒巴萝楚回过神来，列拉桑塔的半只耳朵却已耷拉了下来，血，正洇红着它那漂亮的褐色獒毛。

这并不是灰姐的本意，等它从空中落到地上，回头见到列拉桑塔平静地蹲了下去，眼睛定定地望了它一下，然后转向了草原深处时，它知道，列拉桑塔已经不属于它了。

可还没等灰姐来得及悲伤，灰妹却突然凌空跃起，直向姐姐扑来：它不能容忍姐獒乌幄楚这样对待它的情郎列拉桑塔，虽然它也知道姐姐很爱獒王。要是一块肉，它完全可以不吃，让给姐獒；可是，爱情这东西，是来不得谦让的，也是不能谦让的。如果真爱，就得争取，只要光明正大。可这样算什么？姐獒你太不够意思了，是做给我看还是做给列拉桑塔看？平时一而再再而三地给我眼色甚至指桑骂槐、冷嘲热讽倒也罢了，现在，竟然咬掉了它的半只耳朵！是的，是咬掉了，虽然那半只耳朵还挂在那个叫个耳朵的上面。是可忍孰不可忍，如果这个时候我还坐视不理，那能叫作“爱”吗？于是，妹獒巴萝楚一声心痛的叫过之后，“呼”地跃起，向灰姐扑去。

正悲伤地望着“爱情”一步步远离它而去的灰姐，对灰妹的腾空扑来，丝毫没有反应，倒是列拉桑塔，突然跃起，在空中拦腰将妹獒巴萝楚撞了开去。

“咚。”

灰妹跌在了几尺开外。

翻身坐起来的妹獒巴萝楚有些发懵，因为它不知道它是怎么跌在这里，当时，它的眼里只有对姐獒的愤怒，根本没想到獒王会在耷拉着半只耳朵的情况下，还会护着对它下嘴的姐獒。

三只獒都有些发愣，灰姐乌幄楚也没想到，列拉桑塔会在妹獒因愤而几乎失去理智的情况下突然出手，使它免遭伤害。

而更令姐妹两獒没有想到的，列拉桑塔在刚才一跃和一撞中，将那半只耷拉着的耳朵竟给完全撞裂了开来。此时，它正轻轻地走近掉落在地的那半只耳朵，然后，在两姐妹獒的目光中，伸出大嘴，叼了起来，抬起头先望了一眼天空中正好穿过云层的太阳，又转向远方的巴孕尕奶山。也许是巴孕尕奶山上的雪光刺了它的眼睛，它微微闭了下眼。接着令人难以置信的一幕开始了，它竟然开始咀嚼起来，而且那咀嚼的样子，就好像是在品尝一道美味佳肴。

乌幄楚怔住了。

巴萝楚怔住了。

嚼完并吞咽下自己的半只耳朵之后，列拉桑塔什么也没说，甚至连看一眼两姐妹也没看，转身向草原走去，直走了约有五十余米，这才躺下来，头冲着巴孕尕奶山……

乌幄楚和巴萝楚互相对视了一眼，当眼光相碰的一瞬，又触电般地立即闪开，然后，不约而同地一起向列拉桑塔走去。当离列拉桑塔还有十米时，它俩又都同时站住了，列拉桑塔眼里无限复杂的表情，让它俩都不敢再往前。

站了约有二十分钟，灰姐最后选择了离开，转过身，走向碉房。

想到这里，乌幄楚不由心痛得轻呜了一声。

可就是灰姐乌幄楚轻呜的声音刚落，突然，远处，传来一阵藏狗的群吠。不好，有事情发生，藏狗这种群吠，是在召唤着它们：有重大事情，请你们速来。

03

藏狗们仗着狗多势众，见这只如火般的藏獒对它们的警告置若罔闻，不由纷纷围将上去，虽然情知不是藏獒的对手，但护卫领地，是它们神圣的职责。

红獒安达拉理也不理，径直往前，因为对这些藏狗，就如对一群孩子，你越是对它们客气，它们就会越闹得起劲。可是，不理又不行，你还没迈开腿，它们就三五一群一哄而上；而你刚要理，还没张口，它们却又一哄而散。如是三番，红獒安达拉烦了，心想：“不给点厉害看看，你们不知道上贡布嘎尔獒王的威风。”于是，当又一群藏狗蜂拥而上时，它撇开乱中张嘴，而是对准一条咬得最起劲的后背上有条瘌疤的公狗突然张嘴，一口咬住了它的脖颈，头一摆，就势将它甩到了身后，然后将那一嘴的狗毛恨恨地向吓得一下跳出一丈开外的藏狗们吐了吐，回过头，举步又走。

可红獒安达拉还没走出十米，那些藏狗们又围了上来，只是，这次它们吸取教训，再也不紧逼着它了，而是始终与它保持着三四米的距离，你走它咬，你停它躲。气得红獒安达拉真的要大开杀戒了。可就在这时，藏狗们却一下停住了狂吠。

怎么了？

还没等红獒安达拉弄明白这“怎么了”是怎么回事，那些藏狗却又咬吠起来，而且是更加疯狂。

又扔过两条藏狗，红獒安达拉终于透过牙缝中的血腥，闻到了同类的气息，原来，下贡布嘎尔的藏獒来了。

半耳列拉桑塔在听到第一声藏狗的吠叫时就判断出有外敌侵入，因为它对这些领地狗们是再熟悉不过的了，如果是它们在围猎，绝对不会发出如此的呼唤，即使呼唤，也是那种兴奋的吆喝；而现在，却是惊叫，并且这惊叫声中，还夹杂着哀号——那是它们遭到强敌攻击失败时的本能的惨叫。

姐妹獒乌幄楚和巴萝楚在列拉桑塔冲出去的同时，也一掠而起，紧随半耳冲了出去；但刚冲出几米，起步稍迟的灰妹便主动地停了下来，它知道，越是这个时候，越是不能倾巢而出，一定要留守一个在家，护卫着碉房，以防敌人调虎离山。

留下来的巴萝楚用它的吠声告诉半耳和灰姐：放心，家里有我在。

半耳列拉桑塔边冲边回头瞥了一眼立在那里正不停地用前爪刨着地面的灰妹，然后一刻也没敢停地向前冲去，因为从藏狗们的哀号中，它听出了它们的不敌和死伤。

红獒安达拉昂起头，密切注视着正如两片云般向这边罩来的藏獒，以便从它们奔跑的姿势中，判断出它们的力量，就连屁股上连着挨藏狗们咬了几口，可能都撕下了一块毛皮，它也没有在意。

近了，近了，彼此都能从各自气味中辨出对方的身份了。

红獒不敢轻敌，因为毕竟这里是人家的领地，再说，对手是两条与它一样强大的藏獒，尤其是奔在前面的那条半耳藏獒，从它那抬腿、迈腿、蹬腿动作中，不难看出，这是一条上等的藏獒，其力量与凶狠，一点也不会亚于它，何况对方还是两条。于是，当对方离它至少还有两百米时，它便乍起浑身红毛，做好了迎接战斗的准备。那些跳来跳去的藏狗们见安达拉在不理不睬它们一阵之后，突然乍起全身红毛，吓得一声惊叫，倏地一下，全都跳将开来，只是远远地望着它虚张声势地叫着，当然，这叫声中多少有些自诩：獒王半耳，你看，我们一直在拼死战斗着，没有给下贡布嘎尔的藏狗尤其是你们藏獒丢脸。

一百米，八十米，红獒不由开始将全身的力量集中到两条后腿上往后蹲去，以便在最佳时机突然弹出。

是的，是弹出；不出则已，一出，必要首战胜利，不说一口将对方毙命，但也一定要将对方的气焰打下去。

可是，眼看只有五十米，红獒就要弹出的一瞬，那条一直冲在前面的公獒却突然停住了。与此同时，红獒也从气味中分辨出，这是一种熟悉的味道：难道是故人？

而就在红獒一犹豫的愣怔之间，那条一直跟在半耳藏獒身后的漂亮的母獒，却已到了近前，并且在红獒安达拉还没回过神来，竟一口咬住了它的脖颈——这是藏獒生命最薄弱的地方，一旦被对手咬中，通常说来，不是死就是伤。

真的想不到，这只漂亮的母獒下嘴竟然如此狠辣！

好在，在它张嘴的一瞬间，本能地，安达拉向侧面倒去，这样，才算没让那只有着漂亮的獒头但绝对不漂亮的獒嘴咬着致命要害。红獒痛苦地“呜噜”了一声，在地上连连翻了两个滚，才将母獒甩开。

一滚而起，红獒安达拉简直怒不可遏，反身就是一口，咬向正再次扑上来的灰姐。

可突然，一道黑影从空中直扑而下，就在两只獒嘴眼看要咬上对方的时候，猛地一撞，将红獒安达拉和姐獒乌幄楚一下撞得各自摔了出去。当然，红獒安达拉如果不是刚才被姐獒咬了一口，使得颈项不那么灵活，凭半耳列拉桑塔的这一撞，是不能将它撞得倒地的。可现在不一样了，它一动，整个脖子似乎要断了一般，所以，尽管在倒地后就势一翻站了起来，但颈项却疼痛得让它差点儿再次倒下去。

不过，在它站立起来的同时，记忆让它一下记起了这半耳为什么在那只现在看来一点也不漂亮的母獒再次袭击它时出嘴相救——因为，它们曾经一起在一个獒群里战斗过：在那次让贡布嘎尔草原骄傲的赶走片尔旺外族的战斗中，它们作为獒群中的一只普通的藏獒，曾经并肩驰骋！

半耳列拉桑塔正急速地奔跑着，并一边跑动一边观察着对方那只如一只火炬般站立在那里的红獒，可突然，随着一阵风将那只红獒的气息再次送进它的鼻腔，它不由猛然一下愣住了，记忆，倏忽一下翻开了某一页——

那场战斗至今在半耳列拉桑塔想来，应该是贡布嘎尔草原上亘古以来最浩大的一场战斗，那时虽然还很小，但在它们的獒王带领下，跟着各自的主人，浴血奋战，一直将主人的敌人赶出了领地界限。

清楚地记得，在追赶中，它一不小心，在跃起落下时，正踩向一个不知是马踏出来的还是草原上哪家孩子玩耍时挖出的一个坑洞，如果落进去，后果不堪设想，前腿不是折断就是崴伤。就在那千钧一发之际，突然，紧随其后的一条獒猛一发力，借着自己往前冲的劲势，轻轻一拱，使它顺利地避了开来。虽然来不及看清楚"救"它的獒长得什么样，但在它掠过它身边时，它记住了它的气味！

对，就是现在的这种气味。

虽然这种记忆的复苏仅只是那么几秒，但就在这几秒钟时间，灰姐却已冲了上去，并且，一口致命地咬了出去。

眼看乌幄楚张开大嘴又要乘胜再来一口，情急之下，半耳列拉桑塔只得跃身而起，将它们用力撞开。

在红獒安达拉站立起来的同时，灰姐也站了起来，只是，不同的是，红獒对半耳列拉桑塔露出了几分那种老友重逢的惊喜，而灰姐则是十二分的不解与纳闷甚至是怨恨：它可是来犯我们下贡布嘎尔的敌人啊，你怎么不帮我反而阻止？难道你半耳与这只来犯之獒熟悉？

这时，半耳列拉桑塔已完全确认眼前的红獒安达拉就是当年使它前腿免遭危险的那只獒了，于是，不管灰姐那满眼的怨恨和不解，立即跑到红獒安达拉面前，十分歉疚地伸出舌头，舔了舔被姐獒乌幄楚咬下来的红獒颈项上的一块皮肉。

红獒安达拉不好意思地让了让，望着半耳列拉桑塔，因为它觉得作为藏獒，尤其是獒王，这点伤是算不得什么的，没必要如此大惊小怪，况且，还是当着一只现在看来依然漂亮的母獒的面。

直到这时，半耳才回过头来，招呼姐獒乌幄楚。

灰姐很不情愿地走近半耳，并在半耳的一再坚持下，冲红獒安达拉仍怀着敌意地轻轻道了一声歉。

这时，刚才还一个劲地起着哄的藏狗们，一个个都愣住了，因为它们不知道发生了什么事。原本它们拼了命地进攻，拼了命地呼喊，好不容易将藏獒呼来了喊来了，谁知，一向令它们骄傲和自豪的獒王，却不仅不对伤了它们几条藏狗的敌人进攻，战斗，将它撕碎，却反而像对待亲人一样友好地帮它舔舐起被姐獒乌幄楚咬伤的红獒来。

望着半耳领着红獒安达拉向自己的领地深处走去，藏狗们愣了半天，想想下贡布嘎尔的獒王之所以如此做，肯定有它做的理由。况且，将来犯者顺利地交给了至高无上的獒王，领地狗的责任也就完成了。所以，当半耳它们走出几十米之后，它们掉转头，向另一个方向继续巡逻了起来。

倒是灰姐，在半耳领着红獒安达拉向碉房方向走开时，它不知是与它们一道还是与它们保持着距离，因为到现在为止，它仍没有放下警惕——这毕竟是一条来自别族的藏獒，而且从气势上看，很有可能还是一条獒王。它来到下贡布嘎尔究竟想干什么？总不会好好地前来会见半耳吧。

姐獒乌幄楚正这么东想西想地犹豫着是与它们一道并肩前行还是保持一定的距离，半耳列拉桑塔回过头来招呼它了：走吧，难道你还信不过我？等到了我们的碉房，我再详细地将这里的故事说与你听。

无奈，灰姐只好迈开腿，跟在了半耳和红獒的身后。

下贡布嘎尔草原上，在太阳忽出忽隐中，三条獒，两条在前，一条在后，向头人的住处——碉房走去……

04

虽然头人斡斯冈不在家，可管家日梅基却比头人在家还要忙，因为头人在家，大事小情由头人吩咐，头人做主，而现在头人不在，这小情大事整个一摊子，就得他管家来管，要不，怎么他叫“管家”，管家不管好“家”，那“管”什么？

这不，日梅基刚从牧场回来，将几个牧场这个月产下的牛、马、羊数统计了一下，还没来得及坐下来喝口奶茶，却突然发现，一直守在碉房前的三条獒怎么只剩下了灰妹一条。

“知事喇嘛，半耳呢？”

知事喇嘛听到日梅基有些紧张的叫声，忙应声从碉房内跑了出来，一边将要脱下来的半只袖子往上提着，一边道：“领地狗在界限那边叫得挺急，獒王半耳列拉桑塔和姐獒乌幄楚赶去了，家里现在只有妹獒巴萝楚在，管家。”

“发生了什么事吗？”

“不知道，管家。”

“不知道？”日梅基“哼”了一声，想想还是将责怪咽了下去，“多久了？”

“你是说半耳它们离开多久了吗，管家？”

“当然是，难道我会问我离开多久了么！”

“不会，管家。”

日梅基望着仍一脸认真得有些痴傻的知事喇嘛，真不明白，头人怎么会在那么多喇嘛中选出这样一个人来做知事。

见日梅基不再搭理自己，知事喇嘛于是小心地问道：“我说错什么了吗，管家？”

“你没说错，是我说错了。”

日梅基这次是真的没好气了，说完这句，便撇下知事喇嘛，向照壁前走去，然后站在那，抬起手遮住刚刚从云层里钻出来的阳光，向草原深处望去。

远处在阳光的照耀下，牧草也泛起了阳光般的金色，随着一阵阵微风，浪波一般，层层荡去，然后突然像被礁石拦了一下，又旋转着，四散开来；待到眼看就要看不见旋转时，又接着向前荡去。更远处，则现出一片黛般的邃深。邃深到极致，便是一片深色的天空。天空中一片说不清的浑浊，但由于有阳光的映照，却能分明地看到云层的边沿，而且有那么几朵云层的边沿上，像被藏族姑娘用丝线镶了金边一般，很是几分妖娆。

“不对，半耳它们是往那边跑去的，管家。”见日梅基只顾向西边眺望着，静默无语，知事喇嘛在后面小心地提醒道。

“向哪边？”日梅基没有扭头地问了句，然后转向东边。

“不对，是南边，管家。”

“南边，那不是——”管家日梅基突然停了下来，他觉得跟这个知事喇嘛说这样的话，纯属浪费口舌。

“你是不是想说，‘那边是上贡布嘎尔的方向’，管家？”

咦，原来他不笨啊。日梅基回过头望了一眼知事喇嘛。知事喇嘛便“嘿嘿”一笑，然后与日梅基一起，向远方望去。

“啊，管家，你看——半耳！”

果真，是半耳。

只是，怎么一共是三条獒？

日梅基疑惑地将眼睛望向站在碉房前如他们一样也正向那边张望着的妹獒巴萝楚。

灰妹见日梅基望向它，以为是得到管家的许可了，于是，轻叫一声，立即向半耳它们迎去。

半耳列拉桑塔边走边不时地回头望一眼红獒安达拉，因为安达拉的脖颈一直在流着血，使得整个脖颈，真正成了“红獒”。也许是疼痛的原因，红獒安达拉不时地发出一两声低吼，引得半耳列拉桑塔一次次地回头向它投去关切的一眼。

灰姐起先还与前面的红獒保持一定的距离，可看着那一滴滴从红獒脖颈上流下来的血水洒了一路，不由自主地，它加快了脚步，跟了上去，因为不管怎么说，现在，它是应它们下贡布嘎尔獒王的邀请，正走在下贡布嘎尔的草原上。

当然，无论是半耳的回头一望，还是灰姐追上来与它并肩而行，却丝毫也不能减轻红獒安达拉此时脖颈上一阵阵的撕痛，尤其是当迈开前腿，后腿还没来得及向前送来，整个身子便要收缩一下，这样才能继续前进时。

突然，走在前面的半耳忽地一路小跑起来。

红獒安达拉吃力地抬起头来向前看去，哦，原来又有一只漂亮的母獒正向这边迎来。

看到迎过来的妹獒巴萝楚，红獒安达拉不由自主地转过头，想看看跟在身侧的姐獒乌幄楚。只是不曾想，头还没扭过来，一阵钻心的疼痛，让它不得不将刚倾过来的头，又转了回去。

这时，半耳与迎上来的妹獒巴萝楚耳语了几句后，双双转回身，向红獒安达拉走来。

红獒安达拉多少有些警惕地站住了。

姐獒乌幄楚见半耳与灰妹亲亲热热地走过来，望了一眼红獒安达拉，低噜了一声，然后一抬腿，顾自向前面跑了去。

“是只红獒。”知事喇嘛手指越过正向他们跑过来的灰姐叫道。

日梅基其实早就看出了那只獒浑身的毛色，只是，草原上练就的眼睛让他感到，这只红獒却受了不浅的伤，而且这伤伤得不是地方，而是于獒最致命的脖颈——是人为的，还是在与别的野兽战斗中受的？还有，它又怎么会与半耳在一起？

没等日梅基问完这几个问号，知事喇嘛又叫了起来：“啊，红獒受伤了。”说完，知事喇嘛一边张开双手，一边跑将起来，向红獒那边。

红獒安达拉在半耳的介绍下，与灰妹碰了碰鼻子，算是行过见面礼之后，将眼睛再次不解地望向独自跑向前面的姐獒乌幄楚。

这时，半耳围着它转了一圈之后，如前一样，轻吼一声，然后与灰妹一左一右，开始向前跑起来。

跑着跑着，红獒突然一下站住了，因为它看见，一个喇嘛张着双手嘴里不停地叫着什么正向它跑来。

半耳回头望了一眼红獒，那意思是：“没什么，这是知事喇嘛，他可爱我们獒了，就连那些藏狗们，他也一样地爱得不行。”

但红獒还是站在那没动。

半耳列拉桑塔只好也停住了脚步，站在那望着红獒安达拉。

灰妹则一会儿望望红獒，又一会儿望望半耳，最后，将眼睛望向正跌跌撞撞跑过来的知事喇嘛。

“啊，亲爱的红獒，你怎么了，伤得这么重！”老远，知事喇嘛使发出了只有喇嘛才发出的特有的感慨，“我的神，这是怎么了？”

“知事喇嘛，小心！”

可是，后面日梅基的话还没落音，只顾叫着“这是怎么了，我的神”的知事喇嘛，就被突然跃起的红獒扑倒在了地。

半耳一时愣住了，不知红獒怎么一下变得如此疯狂起来，而一边的灰妹，则吓得不禁“嗷”地叫了一声，浑身灰毛呼地一下乍起来。

好在，红獒并没有伤及知事喇嘛，只是在扑倒他的同时，伸嘴一下将他与佛珠一起挂在胸前的一只小贝壳一口咬了下来。

可还没等日梅基从知事喇嘛被扑倒的惊恐中回过神，紧接着，更大的惊恐一下又攫住了他的心——只见红獒一口咬下知事喇嘛胸前的贝壳之后，一跃，跳过地上的知事喇嘛，径向他扑来。

“半耳！”

本能地，日梅基叫了起来。

半耳列拉桑塔听到日梅基这声变了调的惊叫，似乎一下才回过神，立即号叫一声，几乎在红獒跃起的同时，也跃了起来，接着，只听到“咕咚”一声闷响，两只獒全都倒在了地上。

红獒对半耳的阻拦没有丝毫回嘴，在倒地的一瞬间，一个回身，从半耳身边滚过，然后站立起来，再次向日梅基扑去。

这次，半耳列拉桑塔没有再追，不是它不追，而是它被日梅基给一下吓住了，因为在红獒扑过去的时候，还没等红獒挨近他，他却早如一滩马拉的稀粪，自己倒了下去。

但半耳却并不是扑向日梅基，只是从倒在地上的日梅基的身上跳了过去，径直向碉房跑去，因为，他尽管脖子上的伤让它几乎是在半昏迷中拼了命地挣扎着前行，可见到知事喇嘛胸前的那个贝壳，以及那贝壳散发出的汉人的气味，让它一下恢复了神智：主人给他的使命，就是寻找有这种气味的人。可当他咬向知事喇嘛胸前的贝壳一刹那，一股更强的汉人气味却让它的精神再次一振：前面，那座碉房里，有着更浓的这种气味。

可日梅基哪里知道啊，他还以为红獒安达拉是扑向他呢。

可等知事喇嘛和日梅基一起爬将起来，转向扑向碉房的红獒时，两个人第三次惊讶起来：那条红獒，竟然，竟然，竟然倒在了地上……

05

“啊，我的神，你这是怎么了？”

红獒努力地睁开眼睛，试图想吻一下这个抱着它的喇嘛，以示感谢，可是，它动弹不了。于是，它将眼睛又转向碉房的客房，那里，汉人的气味，正一阵阵、一股股地向它袭来。它要站起来。苍蝇代主人交给的任务它红獒安达拉——上贡布嘎尔的獒王，还没有完成呢。而现在，那个汉人就近在咫尺，我红獒怎么能躺在这里不理不睬不去拦阻？想到这里，它深吸一口气，准备站立起来。

可是，它失败了，因为它不知道刚才为了这气味，它几乎用尽了它所有的气力——先将知事喇嘛扑倒，咬下那只贝壳；然后又从日梅基身上跃过，想奔向这碉房。但它在那一刻，全然忘了，它的脖颈一直在流着血。现在的一扑一跃，将它身体里的残剩的最后一点血，也挣了出来，从脖颈的裂口里，流进草原，这块同样也叫作贡布嘎尔的草原。

“动了，动了，管家，它动了。”

随着知事喇嘛惊喜的叫声，日梅基从客房里走了出来。

可是，站在门前的日梅基突然一下惊住了，因为红獒安达拉从知事怀中挣脱出来后，用那已经抬不起来了的头，正一下一下地拱着，向他移来；让人不由得随着它的每一次拱动而窒息一次。

红獒安达拉眼前越来越模糊，身体越来越感到寒冷，就像那次它掉进那日河里一样的寒冷。

记得那次为了完成主人交给的任务，它不得不涉水过河。虽然那时已是春天，可开春的水比冬天还要冷，当它爬上河对岸时，浑身简直冻得要结冰——要是不哆嗦的话。

可是，那次除了冷，全身仍有着使不完的力气，可现在，身上却是一点力气也没有了。而苍蝇代主人交代给他的任务，眼看就要完成：那个汉人就在眼前，虽然它没有看到，但从那浓重的气味上来看，就在前面的客房里。

起来，走过去！

起不来！

起不来也要过去，藏獒是用来战斗的，不是躺在喇嘛怀里被用来呵护的，何况它是怀有使命的上贡布嘎尔的獒王！

一步，再走一步，对，就这样……

“你死了吗，啊，红獒！”

知事喇嘛抱着两只前爪仍伸向客房方向的红獒安达拉，一边抚着它那怎么也抚不闭的眼睛，一边摸着它那缎子般的红毛，啜泣着。

半耳和灰姐灰妹这时也走了进来，它们站在知事喇嘛的另一边，与知事喇嘛一起，望着已经没了声息的红獒安达拉。

日梅基走了过来，伸手在红獒的颈项动脉上摸了摸，然后直起身，什么也没说，走了出去。

“它死了吗，管家？”

知事喇嘛半跪着，转向正向外面走去的日梅基沙哑着喉咙问道。

可是，回答他的，只是日梅基离开后刮进来的一缕风，一缕裹着浓浓的牧草香味的草原风。

姐獒乌幄楚上前屈了一条腿，用头拱了拱红獒，见红獒确实已经死去，这才站立起来，轻轻地退到一边，望着知事喇嘛吃力地努力地想扶起红獒来；可是，扶了几次，知事喇嘛都没有成功。

“它死了吗，啊？”

知事喇嘛望向灰姐。灰姐低下头，避开了他的目光。

“它真的死了吗？”

知事喇嘛又将眼睛转向半耳列拉桑塔以及与半耳列拉桑塔站在一起的妹獒巴萝楚。

半耳与灰妹和灰姐一样，也都避开了知事喇嘛的眼睛。

“它死了，它真的死了。”

知事喇嘛终于松了手，不再扶着红獒，喃喃着站了起来……

“你想好了吗，真的要背着这只沉重得如巴孕尕奶山上的石头一样的红獒，将它送回去？”

“是的，管家。”

“你知道它是哪个部落的吗？”

“不知道。但半耳知道，管家。”

“那好吧，请你见到它的主人，说声抱歉，我们下贡布嘎尔没有救活这只红獒。”

“我会的，管家。”

“那你们就早些动身吧，趁现在太阳还在天上。”

“是，管家。”

06

旷广的贡布嘎尔草原上，黄昏，将一个肩上掮着一条獒的喇嘛以及一条在前面引着路的藏獒的剪影，定格。

第三章　灰姐借种

这种怔愣只是一瞬，图嘎便抢先一下撕开了熊的肚皮，而熊在图嘎张嘴的同时，也张开了嘴；只是，它没能撕开图嘎的肚皮，而是一口咬住了图嘎的雄性之根

01

“管家，管家，丁二烯萨——”

“来了，头人。”丁二烯萨听到奚古扎的叫声，匆忙跑进碉房，“有何吩咐，头人？”

“外面的狗为什么叫唤，是不是我们上贡布嘎尔又来了客人？”

“我正在探望，头人。”

“望得清楚了，及时进来禀报。”

“是，头人。”

望着管家丁二烯萨躬身走了出去，奚古扎端起酒碗，分别对斡斯冈和得莫西亮了亮，然后张开大口，倒了进去。

“哈哈哈，痛快！”抹了下嘴，奚古扎大声地笑道。

斡斯冈见状，也端起酒碗，对着奚古扎亮了下，一仰脖，也灌了下去。

奚古扎将眼睛望向得莫西。

得莫西伸出手，端起了碗，可是，他又放下了，笑了笑，说：“我……我不行了，喝不……不下了……”

“呵呵呵，中贡布嘎尔，我们草原人怎么会说‘不行’两个字，这不过是一碗酒！”

“对，在我们贡布嘎尔草原，没有‘不行’这两个字，喝，得莫西，哈哈哈。”

得莫西只得再次伸出手。

可得莫西手刚碰到酒碗，丁二烯萨神色惶惶地掀帘而入：“头人，头人！”

“嗯？”奚古扎对丁二烯萨的惶然很不满地哼了一声，“什么事，如此惊慌，该不是片尔旺又来了吧？”

“片尔旺？呀呀呀，他还敢来？怕只要提到我们兄弟三个，他的胆就裂了，还敢来！呀呀呀……”

“不是，头人——”丁二烯萨显然很是焦灼。

“上贡布嘎尔，我们是不是回避一下？”斡斯冈见丁二烯萨那欲言又止的样子，望向奚古扎问道。

奚古扎狠狠地瞪了一眼丁二烯萨，道："要我说第几遍，这里都是我的兄弟，有什么屁，快放；放完了滚出去，别在这影响我们兄弟的酒兴。"

"是，头人，有屁快放。"丁二烯萨额手道。

"还不快放，啰唆。"

"是，快放。头人——下贡布嘎尔知事喇嘛来了。"

"知事喇嘛来了！"翰斯冈一听，悸得一跳。

"那还不快请。"奚古扎望也没望翰斯冈那不安的面容，挥了一下手道。

"可是……"

"什么？"奚古扎真的是不耐烦了，"可是什么？你个管家，今天怎么这样不长进！"

"是，头人。"丁二烯萨再次额手，"可是，下贡布嘎尔知事喇嘛带着红獒一起来的。"

"红獒安达拉回来了？"

"是的，头人，回来了，红獒安达拉。"

"那还不快赏给它肉吃，你还站在这干什么？"

"可是——"

"又是'可是'，头人我不爱听，管家，记住喽，头人我不爱再听你的什么'可是'。"奚古扎气得手在空中乱舞着。

"可是——"

"管家！"奚古扎乱舞的手突然"砰"地一下拍在了桌子上，"你还'可是'什么？"

"头人。"丁二烯萨不由惊骇地抬起头望了一下奚古扎，满眼里蓄满了泪水。

看到丁二烯萨眼里的泪，奚古扎再次拍向桌子的手在空中停住了："管家，到底发生了什么事？"

"红獒它……"

"它拦住了那个——"说到这里，奚古扎不由望了一眼同样紧张的翰斯冈，将后面的话吞了回去。

“不是，头人，红獒……它死了。”

“死了！”

奚古扎不由望向斡斯冈。

斡斯冈见奚古扎望向自己，耸了耸肩，摊了下手，表示与他一样，什么也不知道。

“是那个知事喇嘛送回来的吗？”得莫西一边说着，一边将腿从座上放下来趿着鞋道。

“是，尊贵的中贡布嘎尔。”丁二烯萨侧身转向得莫西额了下手。

“说不定还有救呢。”说这话时，得莫西另一条腿也开始趿上了鞋，“说不定。”

直到这时，斡斯冈似才突然如梦方醒，立即跳下来，抢在得莫西前面先跑了出去。

02

“头人！”一见到斡斯冈急急地从碉房里跑过来，知事喇嘛立即迎上一步，额手叫道。

斡斯冈没有理睬知事喇嘛，而是径直奔到红獒身边，伸手摸向它的前臂内侧脉搏。

紧随而至的得莫西见斡斯冈手慢慢地从红獒臂侧抽出来，就知道，红獒确实死了。

“啊，我的红獒安达拉。”

望着奚古扎双手仰天的样子，斡斯冈一时不知说什么好，只是顺着奚古扎的目光，一同望向苍天。

天空有些灰，看不见云。

但分明风又在催着云嗖嗖地向前跑动。

“你就是那个送红獒回来的知事喇嘛？”奚古扎望向一边垂手而立着的知事喇嘛。

“是，上贡布嘎尔头人。”

“多谢你，”边说着，奚古扎就边要向知事喇嘛行礼，“上贡布嘎尔多谢你。”

斡斯冈一见，忙伸手挡了奚古扎：“上贡布嘎尔，他只是一个知事喇嘛，使不得。”

“可是他将上贡布嘎尔獒王给送了回来。”说着，奚古扎又要额手。

“头人，管家代您谢过下贡布嘎尔知事喇嘛吧。”管家丁二烯萨见此，立即上前一步拦在奚古扎面前，向知事喇嘛额了一下手，“上贡布嘎尔谢谢下贡布嘎尔知事喇嘛。”

“不敢当，不敢当。”知事喇嘛眼里噙着泪花赶紧额手还礼。

见双方礼毕，奚古扎这才敛了神色，问道：“下贡布嘎尔知事喇嘛，你是在哪儿遇上红獒的？知道它是怎么死的吗？”

“在……知道。”知事喇嘛额手答道。

“在哪儿遇到的？”斡斯冈不由着急地问。

知事喇嘛望了一眼斡斯冈，然后又低下头，说：“在我们下贡布嘎尔领地上。”

“下贡布嘎尔领地！”得莫西有些夸张地叫了一声，“你是说，在你们下贡布嘎尔？”

知事喇嘛没有应答得莫西，低着头继续说：“它是被我们下贡布嘎尔条普通的叫作灰姐的獒给咬死的。”

“什么，一条普通的獒咬死的？”奚古扎以为自己听错了似的问着，“你是说你们下贡布嘎尔一条普通的獒咬死了我们上贡布嘎尔獒王？”

“是的，上贡布嘎尔头人。”

“这，这——”奚古扎情不自禁地张着双手，不知说什么好地望望这个，又望望那个，最后目光落在了地上的红獒身上，“这怎么可能！”

“可是，这是事实。”斡斯冈摊了下手似是对奚古扎又是对自己道。

“事实？你说是事实！”突然，奚古扎咆哮了起来，“斡斯冈，你说这是事实？”

“难道不是吗？”

“啪。”

奚古扎一转身，对着身后的丁二烯萨狠狠地抽了一耳光，然后转过身，双手将袍襟向后一束，径自向碉房走去。

可没走上几步，他又站住了，然后慢慢转过身来，咬着牙，道：“斡斯冈，我跟你没完，哼！”

望着几乎失去理智的奚古扎走进了碉房，斡斯冈尴尬地对着与他一样感到莫明其妙的得莫西笑了一下：“他太激动了。”

“是的，我想。”得莫西附和着说了声。

“看来，奚古扎是不会再欢迎我在这里了，”斡斯冈自言自语道，“我还是走吧。”

得莫西望了一眼碉房，然后回过头对斡斯冈说：“我与你一道。”

“我们头人——”丁二烯萨想说点儿什么，可一时又不知道如何措词才好。

“没事，请代我向你们头人告辞一声，就说我与下贡布嘎尔头人感谢他的盛情款待。”得莫西摆了下手，对丁二烯萨道。

“那管家丁二烯萨代我们头人送二位头人，愿巴孕尕奶山神庇佑！”

“走吧。”望了一眼倒在地上的红獒的尸首，斡斯冈跨上上贡布嘎尔知事喇嘛牵过来的枣红马，似对自己的知事喇嘛又似对得莫西说了这两个字，然后，脚下一磕，领先走了出去。

得莫西立即双腿一夹马肚，随后追了上去……

03

暗色如一张帷般开始罩向贡布嘎尔草原。一只黑颈鹤孤伶地从天空飞过，将一声凄迷的叫，如枚小石子般投进一直默默前行着的斡斯冈的心里。他与奚古扎一样，怎么也不会相信灰姐乌幄楚会咬死红獒安达拉，要知道，安达拉可是上贡布嘎尔的獒王啊，怎么会那么容易被咬死？

“知事喇嘛，灰姐伤得如何？”

被斡斯冈这突然的一问，一直因头人的静默而惴惴不安的知事喇嘛，竟一时没有回过神来，只是茫然地张着嘴望着斡斯冈。

斡斯冈回过头，望了一眼知事喇嘛：“我在问你，我们的灰姐伤得怎么样？”

“灰姐伤得怎么样？没，没有伤。”

“没有伤？”与斡斯冈稍后一马头的得莫西不禁有些讶然地问道，“你是说你们的那条叫作灰姐的藏獒没有伤？”

“是的，中贡布嘎尔头人。”

“这怎么可能！”得莫西轻轻地嘀咕了一声。

斡斯冈则再也不说话，仍默默地任马向前跑着。

“头人——”突然，后面的知事喇嘛有些惊恐地叫了一声，“你听。”

斡斯冈与得莫西同时勒住马缰，掉转头，望向知事喇嘛。

“你听，头人。”知事喇嘛见两位头人都转过了头，便返身用手指着远处道。

于是，一行三人就都放眼向远处望去。

只见暮影中，一骑正向他们飞奔而来，边奔，那马上之人边大声地叫道：“等一等——”

“是上贡布嘎尔管家。”得莫西最先听出了是丁二烯萨的声音，“斡斯冈，是奚古扎的管家。”

斡斯冈没有回应，但他何尝没有听出是丁二烯萨的声音？只是，他的大脑在急速地旋转，不知如此追将上来，他究竟想干什么。

说话间，丁二烯萨已驱马到了近前。

“二位头人，请等一等。”

斡斯冈双手抱拳拱了一下：“上贡布嘎尔管家，不知叫住我们有何贵干？”

“二位头人，关于红獒……”

斡斯冈与得莫西不由对视了一眼，然后没等喘息着的丁二烯萨说出后面的话，接道：“请转告你们头人，我会赔一条獒王给上贡布嘎尔的。”

“是的，下贡布嘎尔头人说话掷地成金，说赔就一定会赔一条给你们的。请不要多言了，我们还要赶路呢。”得莫西怕丁二烯萨说出一些什么其他来，所以也忙帮腔道。

丁二烯萨忙坐在马上额了额手，说：“二位头人，你们误会了，我们头人差我来，是想说……”

“什么也不用说了，我说赔，就一定会赔一条獒王给你们。”斡斯冈不耐烦地打断丁二烯萨。

得莫西见丁二烯萨脸上的尴尬表情，侧过头劝道："下贡布嘎尔，还是听管家说完吧。"

"多谢。"丁二烯萨冲得莫西额了下手，然后转向斡斯冈，"我们头人对刚才的粗暴举动非常后悔，因此特差下人我追上二位，务请二位头人看在以往共同战斗的份上，原谅我们头人。"

一听是这事，得莫西心中的一块石头"砰"一下落到了地上，望了一眼斡斯冈，那意思是刚才应该听他说完就好了，现在好吧，承诺赔他一条獒王，怎么兑现？赔一条藏獒倒是可以，可要赔一条獒王，谈何容易？不要说獒种的纯粹，就那训练，也不是一日之功啊。

见得莫西望着自己不言不语，斡斯冈知道他心里在想什么，于是，仍响亮地对丁二烯萨道："请转告你们头人，我们并没有见他的气；另外，我说过要赔你们上贡布嘎尔一条獒王，就一定会赔，也请一并转告。"

"是呀，我们并没有生谁的气。"想想，得莫西觉得似乎说得还不够到位，又补充了一句，"难道我们头人气量就那么小！你请回吧。"

"那就多谢二位头人了，管家这就回去复命。"

望着丁二烯萨打马而去的背影，得莫西久久无语。

斡斯冈见得莫西那副心事重重的模样，笑了一下，道："再大的事，也没有贡布嘎尔草原大；再难的事，也没有走进巴孕尕奶山难。中贡布嘎尔，我们走吧。"

三匹马，在黄昏中，又继续向那无边的草原深处走去……

04

"头人，中贡布嘎尔临走时说的那话，是什么意思？"望着中贡布嘎尔头人隐入沉沉的夜色之中，知事喇嘛紧走几步，赶上斡斯冈，问道。

斡斯冈没有立即回答，而是望了一眼天上的星星，良久才道："他是说我们贡布嘎尔草原上的头人，是骏马，无论路多险，都会一往无前。"

"可是，他应该说……"

“你说得够多的了，知事喇嘛。”

“是，头人。”知事喇嘛低了下头，尽管他在斡斯冈身后，还有夜色，“可是，中贡布嘎尔为什么对头人您的承诺……”

“我说过，知事喇嘛，你说得够多的了。”

“是，头人。”

“知事喇嘛——”

“在，头人。”知事喇嘛一抖马缰，上前几步，马头搭着斡斯冈马尾走着。

斡斯冈仍没有回头：“你亲眼看见我们的灰姐乌幄楚咬死了红獒？”

“没有——是……”

“到底‘是’还是‘没有’？”

“我赶到领地边界时，看到我们的半耳正在安抚着红獒，而灰姐却远远地恨恨着，所以，我敢肯定，是灰姐咬死了红獒。怎么，头人，你不相信？”

“我相信。”斡斯冈叹息了一声，“是啊，半耳是不会下手的，它们曾共同战斗过。只有灰姐，它没有见过红獒。”

“只是，我一直不明白——”

斡斯冈不禁回头望了一眼知事喇嘛：“不明白什么？”

“我们的灰姐怎么能一口咬中红獒的脖颈呢，那可是藏獒拼死护卫的地方啊。”

“这个，只有红獒自己知道了。”

“可是，红獒已经死了呀。”

斡斯冈便不再搭理知事喇嘛，催马向前跑了起来。

知事喇嘛用那只光臂的手摸了下头，然后两腿一夹，纵马跟了上去……

可是，知事喇嘛一边任马随着头人向自己的碉房走去，一边耳中仍回响着中贡布嘎尔临别时说的那句话：“下贡布嘎尔头人，你要像你胯下的马一样，站着睡觉啊！”

05

夜色中的下贡布嘎尔碉房前，管家日梅基正翘首望着草原，因为，他从半耳的叫声中，听出了头人归来的讯息。

果然，没过一刻，在这静夜中，便传来了马蹄踏在草地上如鼓点般的声音，还有藏狗们欢蹦乱跳的声音，以及藏獒那种深沉而高傲的伴着马蹄跑着的声音。

日梅基赶紧朝着声音的方向迎去。

“头人，管家日梅基踩着一路的星星恭迎您。”

“管家，辛苦了。”

“为下贡布嘎尔，头人远道而归，才是辛苦。”日梅基一边说着，一边上前从跳下马来的斡斯冈手中接过马缰，转身交给随身的下人，牵向马房。

这时，半耳和妹獒巴萝楚见斡斯冈望向它们，马上摇了摇尾巴，表示对头人关怀的回敬。

“灰姐呢？”斡斯冈拿眼四下看了看，竟然没有见着灰姐乌幄楚，便不由脱口问道。

日梅基拿眼也四下睃了下，然后一指照壁的暗影中，道：“它在那。”

“灰姐。”斡斯冈轻叫了一声。

灰姐乌幄楚没有应声过来，而是将两条前腿向前伸了伸，趴伏了下去——这是藏獒准备接受主人惩罚的姿势。

“啊，灰姐，我为什么要惩罚你呢？”斡斯冈边说着边走向灰姐，“你知道吗，你是多么勇敢——你咬死的，可不是一般的藏獒，而是上贡布嘎尔的獒王啊，我为什么要惩罚你！”

灰姐听懂了斡斯冈的话，是的，完全听懂了。它原以为主人回来一定会为它的行为而深深责怪。可没想到，主人现在不仅不责怪，反而还大大赞赏它。它立即站了起来，向斡斯冈迎了上去。

斡斯冈弯身抱住灰姐的脖子，然后半跪着转过身，对正有些莫名地望着他的半耳、灰妹以及那些藏狗们，一字一顿地说：“护卫我们的领地，是你们的责任，任何人，哪怕他是头人，是獒王，没有得到下贡布嘎尔的同意，也决不准踏进我们下贡布嘎尔领地半步。管家，拿肉来，我要亲自奖赏我们的灰姐。”

灰姐乌幄楚的眼里，不禁盈满了泪花……

“头人，你在为对上贡布嘎尔的承诺苦恼吗？”

斡斯冈微微睁开眼，望了一眼躬身立在座前的日梅基，然后又闭上了。但不经意间的一阵叹息，还是让日梅基感到头人正是为他承诺赔偿上贡布嘎尔一条獒王而忧虑着。

“那条红獒，据说是西结古草原上的纯种藏獒……”

斡斯冈再次微微睁开了眼。

“这种獒勇猛、剽悍，聪明、睿智，是其他种獒所不可比拟的。”

“但它死在了我们的灰姐嘴下。”斡斯冈眼睛“嚓”一下全睁开了，“我们灰姐只是我们下贡布嘎尔的种獒！”

“是，头人。”日梅基躬了躬身子，“但如果我们赔给上贡布嘎尔一条贡布嘎尔种獒，上贡布嘎尔肯定不会乐意。”

斡斯冈便有些气恼地哼了一声，将原先压在下面的左腿换了上来，压向右腿。

“不过，头人，我听说，当年引进的西结古纯种獒，一共是三条……”

“对呀，”斡斯冈不禁拍了一下大腿，“我怎么就没有想到。”

日梅基终于露出了欣慰的笑容。

而斡斯冈的眼前，则出现了多年前的那一幕——

奚古扎手里抱着一条小獒，从马上翻身而来，然后颠颠地跑到坐在草地上的得莫西和斡斯冈面前：“嘿，你们看，我从西结古抓回了什么？”

“怕不是西结古美丽的姑娘吧。”得莫西笑着后仰着头道。

“哈哈哈，它可比姑娘还要美丽。”

“是吗，是什么？”斡斯冈跳了起来。

“你们看——”奚古扎将手中的小獒往前一送，“藏獒，纯种的西结古草原藏獒。”

“啊，呀呀呀，那可是草原上最伟大的獒种！快，奚古扎，给我。”得莫西一边也跳将起来，一边叫道。

“给你，他手里可就抓着一条呢。”斡斯冈望了一眼奚古扎手中的獒说。

“哈哈哈，就一条？我怎么会只抓一条？”奚古扎变戏法似地从怀中又摸出一条小獒来，举在空中，“喏，这里还有一条。”

得莫西兴奋地扑过去，从奚古扎手中抢过一条，然后，宝贝似地捧到胸前。

“你不想要？”见斡斯冈一点儿也没有得莫西那样的渴望，奚古扎不由夸张地问道，“这可是我费尽心机才抓到的哦。”

“呵呵呵，”斡斯冈笑了起来，“我再要，你还有吗？”

“哈哈哈，当然有。”说着，奚古扎一探手，从怀中又掏出一条来。

可是，当那条小獒一离开奚古扎怀中，不禁立即嘶叫起来——它太小了，还以为是离开了母亲的怀抱呢。

奚古扎有些不好意思地将它又塞进了怀里，小獒立即止住了嘶叫。

见此情形，斡斯冈想想笑了起来：“算了吧，你看它离不开你呢。”

“那就把这条送你吧。”奚古扎看着手中的那条小獒，有些不舍地道，“这可是一条最大的。”

“还是你留着吧，既然最大——等它们下了小獒，我再来抱一条。”

奚古扎听斡斯冈如此一说，马上兴奋地将手中的小獒往回一收，道：“那好，就这样定。”

可是一边的得莫西却突然叫了起来：“啊，我这条是公的。”

奚古扎一听，一边查看自己手中的，一边笑道：“哈哈哈，我可没注意公母，反正见了，就抓——啊，我这条也是公的。”

“快看你怀中的那条。”得莫西凑过头去，看着奚古扎低头查看着怀中的小獒，“呀，也是公的。”

“看来，斡斯冈，你是没机会喽。”得莫西护着自己的小獒幸灾乐祸地笑着。

“本来我就没打算要。”斡斯冈笑着说，“我就不信，我们贡布嘎尔的藏獒比不上西结古的。”

“你不信算了，反正我要。”得莫西一边说着，一边低头亲了亲怀中的小獒，“不过，说好了，今后可不许你的母獒向我们借种啊。”

“向你们！呵呵呵……”

“不，不，我是说——”

“哈哈哈……”

草地上，三个未来的贡布嘎尔头人的笑声，久久回荡。

想到这里，一抹笑意从斡斯冈嘴角不禁漫了开来。可是，刚漫了一半，却又一下停住了，接着，又收了回去：“可是，当年……”

“头人，那话不是中贡布嘎尔头人说的么，你又没说不向他借。”

“说的也是。”斡斯冈松了下眉道。

“再说，三条，已死了一条，除了中贡布嘎尔那条，另一条，就是上贡布嘎尔的雪獒关布昆拉。关布昆拉会让我们借吗？”

斡斯冈沉默了。

“头人，这件事，就交给我来办吧。”

“也好，管家，这事就由你来办吧。我们下贡布嘎尔说过的话，就是一根木橛栽在草原上，也要发出青来。”

“是，头人。”日梅基躬了下身子，然后又抬起头来，说道，“不过，头人，你看由谁去借这种，灰姐还是灰妹？”

“当然是灰姐，是它咬死了红獒，理当由它去。”

“可是，头人——”

“怎么，有什么问题吗？”

“是的，头人。”日梅基再次躬了躬身子，“灰妹生育过，而灰姐至今……”

“这有什么关系，既然妹獒能怀小獒，姐獒也一定能。”

“不改了吗，头人？”

“就这么定吧，灰姐。”

“是，头人。”

碉房前少有的热闹，一群大人和孩子围着一个圈，圈里的孩子们有的不时吸溜一下鼻涕，有的干脆挥起袖子横着呼啦一下擦过，于是，那袖子上便有一层亮亮的东西在阳光下晃眼，而随着这个动作的结束，那个孩子翘起的嘴还没吸上一口气，便会有一个女人叫骂起来：“哟，要死，这袖子脏的。”而同时便又会响起一个男人的声音：“脏你娘的脚，叫什么叫？再叫把你也送到中贡布嘎尔去……”这要是在平时，准会引起一阵哄笑，但今天，对这声音，谁也不在意。人们在意的，是圈子中间。

圈子中间，日梅基正在精心地为姐獒乌幄楚扎着一根红绸带。

扎好后，日梅基嫌还不够好看，又在它的四条腿上各扎上一根，这样，灰姐就成了一个真真正正的新娘子了。

“好啦，灰姐，打扮好了，我们就准备出发吧。”日梅基站起身，退后几步，歪着头，仔细打量了打量，然后又上前整了整有些不对称的头上的那朵花，然后边说着边向人们吆喝道，“大家让一让，我们新娘子要出嫁了。”

“管家，它叫出嫁吗？出嫁是不回来了，它可还要回来呢。”

日梅基就装聋作哑，并不答话，而是挥着手赶着人们让开一条道，然后牵着灰姐，在人们一片复杂的目光中，开始走过碉房，走过照壁，走向草原……

草原上，那些牧草在灰姐红带的映衬下，显得一片生机。

远处，传来几声悠长的牧歌。

日梅基与灰姐就在这牧歌声中，走出了人们的视线，融进了草原。

06

中贡布嘎尔，碉房前，一个人影匆匆地走进碉房。

“头人，报讯人来报，下贡布嘎尔管家领着他们的母獒已经动身了。”管家满吉金躬身对他们的头人得莫西禀道。

“知道了。”得莫西有些懒洋洋地应了声。

“可是，头人。”

“嗯，还有事吗，管家？”

“头人，我们的西结古纯种藏獒图嘎早就不能……”

管家满吉金清楚，他们的獒王图嘎，其实，早在几年前，就已经不能生育了，因为，它的那根象征着雄性的、顽傲的、屹然的胯下之物，在那次与黑熊的战斗中，被熊一口咬了去——满吉金至今还清楚地记得那个血腥的场面：当一獒一熊浑身都被血浸染得几乎成了红色动物时，仍你咬我一口我撕你一下地战得难分难解。这时，只见图嘎突然一个纵跃，在熊还没有反应过来时，一下骑上了熊背，它是想让自己的重量，压垮这个笨拙但绝对猛狠的家伙。果然，熊猝不及防，一下被图嘎压得趴了下去，但它在倒地一刹那，却来了个就地翻滚，虽然没有滚出图嘎的身下，但身子却翻了过来，由原来的面下而转成了面上。而更要命的是，它们俩虽然面对面，却并非头对头，而是成了首尾相对。一时，一獒一熊都愣住了，谁也不敢动一下，因为双方所有致命部位都在对手的嘴下，图嘎只要一张嘴，就能将熊的肚子撕开，而熊只要一张嘴，也同样可以将图嘎的肠子给扯出来。但这种怔愣只是一瞬，图嘎便抢先一下撕开了熊的肚皮，而熊在图嘎张嘴的同时，也张开了嘴——只是，它没能撕开图嘎的肚皮，而是一口咬住了图嘎的雄性之根。结果，熊死了；图嘎虽然活了下来，但从此，胯下却再也没有了那根可以给它带来无尚威武的快乐之鞭。这件事，除了还有上贡布嘎尔头人知道外，其他任何人都不知晓，甚至连中贡布嘎尔碉房的一些人……可是，头人，中贡布嘎尔头人得莫西，当那天他满吉金有事外出不在，恰巧下贡布嘎尔差人来“借种”时，头人为什么还要一口答应呢？

“我知道，”得莫西有些不满地道，“你可以下去了。”

“是，头人。”

“下贡布嘎尔管家日梅基见过中贡布嘎尔头人。”

“呀呀呀，免了免了。”得莫西一边说着，一边伸手示意正躬身额手的日梅基平身，“你们头人斡斯冈可好？”

“回头人，我们头人一切安好，只是惦念中贡布嘎尔头人您。”

“呀呀呀，我也惦念他啊，你们头人可是我们兄弟三人当中最值得我骄傲的一个呀，呀呀呀……”

听着得莫西那笑起来像惊叫的声音，一直随在日梅基身后的姐獒乌幄楚不由有些厌恶地冲他龇了一下牙齿。

“啊，这就是前来借种的叫什么来着——灰姐，对吧，叫灰姐？”

“是的，它叫灰姐，又叫乌幄楚，我们有时也叫它姐獒。”日梅基介绍过灰姐，又转向灰姐介绍得莫西道，“灰姐，这是中贡布嘎尔的头人，从今往后，你要在这里生活，直到你有喜之后。”

灰姐不知是没听懂还是听懂了故意装作没听懂，望着日梅基，竟轻吼了一声。

“没事的，乌幄楚，只要你怀了小宝宝，下贡布嘎尔就会接你回去的。”日梅基伸手拍了拍灰姐的头，示意它安静下来。

“呀呀呀，一条挺乖巧的藏獒。”

日梅基笑了下，但内心里却在说：“乖巧，嘀，你是没见过它的厉害，上贡布嘎尔的红獒，就是死在它的嘴下。”

“头人，能让它见见你们的獒王图嘎吗？是叫图嘎吧，但愿报讯人没有说错。”

“是的，它叫图嘎。”得莫西说完，冲房外叫道，“管家满吉金在吗？”

“在，头人。”随着声音，帘子一动，一个有些干瘦的老头钻了进来，“有什么吩咐，头人？”

“这是我们中贡布嘎尔管家满吉金。”得莫西介绍说，然后指着日梅基道，“这是下贡布嘎尔管家日梅基。”

“幸会。”

“幸会。”

两位管家各自退后一步，躬身额手互相问候。

“好了，管家，这个叫灰姐的下贡布嘎尔的母獒就交给你吧。”得莫西望着灰姐道。

“是，头人。”

说完，颇富经验的满吉金从袖笼中变戏法般掏出一块生肉来，对着灰姐道：“灰姐，请——”

可灰姐望也不望一眼满吉金手中的肉。非但不望，反而将眼睛转向了碉房门外。

门外，阳光正洒得满草原都是。

巧的是，灰姐这一望，正好望见了在不远处也正偷眼透过门缝看它的图嘎。

顺着灰姐望去的日梅基不由笑了起来，对满吉金拱了下手道：“看来，它对你们的图嘎比对你手上的生肉有兴趣得多。”

“是呀，是呀。”满吉金尴尬地边笑着边将手中的生肉举起来，走到门口，一使劲，扔向图嘎。

图嘎愣了一下，但还是开始迈步向那块肉走去。

而一见图嘎要去吃食那块肉，灰姐不干了，心想：这本来是给我的，凭什么我不要你却当作宝？于是，立即冲了过去。

本以为两獒会通过“不打不相识”的方式相见，不想，图嘎见灰姐过来，它竟然如触电般一下闪了开去，只远远地痛苦般地哼哧着。原来，图嘎自从失去了雄根之后，见了母獒，便控制不住地感到自卑，有时自卑得如人类一般痛哭流涕。

日梅基愣了一下。

满吉金赶紧转移日梅基视线，说道：“管家连日奔波，一定很是疲惫了，请随我来，好好地休息休息吧。”

“不累——再说，再累，见到中贡布嘎尔如此的热情，也就不累了。”

“呀呀呀，”得莫西笑道，“下贡布嘎尔管家真会说话。这样吧，灰姐就留在我这，只要它一受孕，我立马就通知你们来接，如何？”

“这——当然再好不过。”日梅基顿了一下，“那既然这样，灰姐就拜托中贡布嘎尔了。”

“不用客气，我们中、下贡布嘎尔本来就是一家嘛，呀呀呀。”

“多谢中贡布嘎尔头人。”

得莫西转向满吉金：“好好招待下贡布嘎尔管家。”

“是，头人。”

突然，得莫西似蓦然想起来似的，问道：“它叫灰姐？就是——”

日梅基知道得莫西那“就是”后面的意思，立即额手道：“是的，中贡布嘎尔头人，就是它。”

“哦……”得莫西一个“哦”字哦了很长，然后禁不住地又一次地望向灰姐。

“请——”下贡布嘎尔管家满吉金见得莫西没再说其他，便退后一步，伸出左手请道。

日梅基望了一眼看着外面灰姐的得莫西，额手退出了碉房。

“下贡布嘎尔管家，你这就走了吗？”

“是的，中贡布嘎尔头人，感谢您醇美的青稞酒和肥厚的羔羊肉。”日梅基谢道。

“请代我向你们头人斡斯冈问好，祝他如天上的鹰一样展翅在贡布嘎尔草原上。”

“我替我们头人谢过中贡布嘎尔头人。”

“管家，送送下贡布嘎尔管家。”

“是，头人。”

“中贡布嘎尔管家，灰姐就拜托了。”

满吉金立即躬身道：“请下贡布嘎尔管家放心，我一定尽力照顾好灰姐，使它早日回到下贡布嘎尔。”

“那，就此别过了，中贡布嘎尔管家。”

“一路顺风。”

“再见——”

07

“管家，备上一百头牛，二百只羊，我们马上去上贡布嘎尔。”

“是，头人。”

“那你还站着不动？”

“头人，”满吉金嗫嚅道，“你是说‘我们’去？”

“当然是‘我们’，你不去，难道还要我头人亲自带着那条叫灰姐的藏獒！”

“您的意思是——”

“借种，呀呀呀。”

“可是，要是上贡布嘎尔知道就是这条灰姐咬死了他们的红獒，岂不要扒了它的皮。”

“你不说，我不说，上贡布嘎尔如何知道？去吧。”

“是，头人。”

满吉金喜滋滋地跑了出去。

发青的上贡布嘎尔草原，一片绿意盎然。中贡布嘎尔头人得莫西亲自带着一百头牛、二百只羊来访，得知讯息的上贡布嘎尔头人奚古扎早早迎出了碉房。

“哈哈哈，亲爱的兄弟，是什么风刮过草原将你的消息送进了我们上贡布嘎尔。”

“上贡布嘎尔头人，我的兄弟，呀呀呀，是上贡布嘎尔春天的消息，让我走进了你们的草原。”得莫西转过身，指了指身后的牛和羊道，“这是我送给我亲爱的兄弟春天的礼物，不成敬意，还望上贡布嘎尔头人笑纳。”

“如此客气，兄弟，肯定不是春天的缘故吧。”

“确实是春天，上贡布嘎尔，不相信我，难道你还不相信这春天的草原吗。”

“哈哈哈……”

“呀呀呀……”

两个头人笑声中互相拥了拥，然后携手走进了碉房。

“请——”奚古扎端起手中的酒碗。

得莫西也端了起来。

可是，端着酒碗的得莫西却并没有喝，而是望着奚古扎，似犹豫不决般欲言又止。

“中贡布嘎尔头人，有什么事情吗？”奚古扎将喝了一半的酒碗放回了桌上。

得莫西笑了一下，道：“其实，也没有什么特别的事，只是——”

“中贡布嘎尔，你我兄弟，但说无妨。”

“我上次……”

“上次我不是对你。”奚古扎说完，伸手抓起刚才喝了一半的酒碗，一仰脖，将余下的半碗一口喝尽了，“我是对下贡布嘎尔，你知道，红獒安达拉可是我们上贡布嘎尔的獒王啊！”

“是，上贡布嘎尔头人。所以，回去的这些日子我一直在想，上贡布嘎尔的藏獒是多么纯种啊，来自西结古草原，原来有两条，现在只剩下一条了，如果万一哪天这剩下的一条也老了，那——”

“你到底想说什么？”听得莫西说“万一”，奚古扎便有些不高兴地打断他问道。

“你知道，现在是春天，正是藏獒发情时期，所以，我未经您的同意，便带了一条母獒来到了上贡布嘎尔。”

“你是想借种。”

“是的，上贡布嘎尔，我是想让上贡布嘎尔的纯种，也流传到我们中贡布嘎去。”

“你不是也有一条西结古纯种藏獒么？”

“这——你肯定也听说了，它的那根雄鞭，几年前，被熊给咬了……”说到这里，得莫西脸上露出一片黯然。

“哦，我倒是听说过。”

“所以……”

“没问题，既是中贡布嘎尔已经将母獒都带来了，如果我再拒绝，岂不伤了我们兄弟情谊。”

“多谢上贡布嘎尔。”得莫西忙躬身要行礼。

奚古扎赶紧上前一步伸手阻止：“哈哈哈，中贡布嘎尔，使不得，使不得，哈哈哈……”

“呀呀呀……”

碉房内传出两个头人开心的笑声。

青葱的上贡布嘎尔草原上，碉房前的那块平旷的草地上，雪獒关布昆拉与下贡布嘎尔草原上的姐獒乌幄楚并肩卧在那，一副闲散的表情，偶尔看一眼对方，然后又无意地望一眼远处如天上飘动的云朵一般的牛羊。

春天的阳光，很煦暖。

第四章　双喜临门

这是紫霞贝，穿上丝线，戴在央吉的脖子上，护佑她脸蛋永远如太阳一样美艳；这是陶蓝珠，即使在我们汉原，也很少见到，它是在深海中，每五十年才长出一颗，送给央吉，祝她有大海一般的心怀，任草原上的鹰在胸中飞翔……

01

一只红颈鹤从空中领头飞过，紧接着，一排黑颈鹤不知从哪儿飞过来，在空中转了一条美丽的弧线，尾随而去。

望着空中渐飞渐远的鹤，下贡布嘎尔獒王半耳立在碉房前，抬首一直望着，也许，它在想，有朝一日，它也要长出翅膀，像这鹤一样能在天空任由翱翔吧。

妹獒巴萝楚不知什么时候站到了它的身后，也顺着它的视线望着天空那抹鹤影。

突然，一阵紧张的脚步声，将两只藏獒的目光，一下牵扯到了碉房西侧头人的卧室前。

头人斡斯冈卧室前，下人和女眷们一个个面容凝重，不时地朝室内望着，尽管隔着门帘，他们什么也看不到；又一会儿转向碉房前，朝照壁后面张望。

这时，门帘动了一下，从里面探出一个女人十分焦灼的头，急急地也不知是向谁问道："米嫫（女藏医）央玛到了吗？"

人群中立即有人答道："还没到，不过，快了。"

没等后面"快了"说完，那个焦灼的头又掩在了帘后。

正在这时，一阵"得得"的马蹄声急驰而来，接着，人群便发出一声低呼："啊，米嫫央玛到了。"

央玛甩蹬下马，一步不敢停地大步流星直奔头人卧室，虽然她已年近五十，但看上去那股活泼劲，就如草原上三十岁的女人一样，泼辣、干练，还加几分秀慧。

"来了，来了——"

在人们的一片嘘声中，央玛一头扎进了帘内。

"哇—哇——"

随着一阵清脆的婴儿的啼声，守在门前的所有人，脸上"唰"一下，绽开了笑容："巴孕尕奶山神保佑，生了！"

"快，快去报告头人，生了个女儿。"

于是，有人立即拔腿向碉房的另一层跑去。

“头人，您看，这女孩儿多俊，就像我们草原上的小牛犊一样。”央玛一边说着，一边双手托着一个小生命递给刚进卧室来的下贡布嘎尔头人斡斯冈看。

“谢谢你，我们下贡布嘎尔米嫫。”

“头人，能第一个见到头人的女儿，这是央玛的荣幸！”

“这个孩子与她母亲前世有结，让她的母亲经受难产之痛，是你，我们下贡布嘎尔米嫫，化解了她们母女之恨，使她来到了草原，我代她的母亲，再次感谢。”

“啊，头人，央玛真的受不起。”央玛边说边无比疼爱地俯身亲了亲怀中的婴儿，然后抬起头道：“头人，给她赐个名字吧。”

“下贡布嘎尔米嫫，是你迎接了她，就由你来给她起吧。”

“那央玛就领命了，唉……”央玛不由叹息了一声，因为，在贡布嘎尔草原，只有生了男孩，在他一出生时起，就大办宴席，直到十二天后，请来僧众，由活佛当众赐名，才算告一段落，之后，每隔一个整岁，都要庆贺一番；而女孩，则不仅没有宴席的热闹，连名，也不由活佛赐，任由家人随意起上一个。

央玛煞有介事地想了想，然后突然笑了起来，似对下贡布嘎尔头人，又似对在位的大家，道：“我们就叫她‘央吉’吧，头人。”

“我说过，由你为她赐名，既然你叫她‘央吉’，那就叫央吉吧。”

“啊，央吉！”

众人纷纷欢呼起来。

欢呼声中，央吉咧了咧小嘴，可在央玛还没来得说声“她笑了”，那咧开的小嘴，便一下“哇”了起来……

这“哇”声，如一支天籁，在下贡布嘎尔草原上空，久久萦回。

02

虽然草原上生个女儿根本就没有庆贺的理由，但央吉的出世，还是让下贡布嘎尔的人们奔走相告，因为，她是头人的女儿，况且，名字是由人人敬重不亚于活佛的米嫫央玛给起的——央玛给自己接生的孩子取名，这可是第一遭。

于是，央吉，这两个字，便如草原上的风，吹在下贡布嘎尔，吹过牧草，吹过牧场，吹过牧童，吹过牧歌，也吹进了，一个远道而来的客人的笑容。

这个客人，便是汉扎西李浦风。

央吉出生的第二天，也许是第三天，人们正沉浸在“央吉”声中，突然，半耳和妹獒巴萝楚同时直起了身子，定定地望着草原深处，接着，两条獒便如箭一般射了出去。正在照壁前手里拿着一叠厚厚的账册计算着羊、牛、马数目的日梅基，不由吃了一惊，立即慌张地一边收拾起账册，一边叫下人备过马来，然后一纵身骑了上去，向半耳与巴萝楚跑去的方向赶去。

可日梅基还没跑上一里地，就见半耳列拉桑塔与妹獒巴萝楚簇拥着一个人向碉房这边走来。

谁？是谁？

日梅基有些纳闷。是谁值得让两条下贡布嘎尔藏獒一左一右护卫前行？

望着越来越近的身影，日梅基勒住马缰，静静地等待。

啊，近了，近了，“汉扎西！”日梅基终于认出了那马上之人，大叫一声，然后“驾”的一声，策马迎了过去。

“汉扎西，亲爱的汉扎西，是什么风将您再次吹到了下贡布嘎尔草原！”

李浦风早已甩蹬下马，学着藏人的礼节，小跑着迎上日梅基的马，躬身额手道：“是下贡布嘎尔头人女儿央吉的春风，将我引到了这里。”

“尊敬的汉扎西，你的鼻子可真是灵敏。”

“管家，汉扎西如果没有一双灵敏的鼻子，怎么能在这茫茫然的大草原上找到下贡布嘎尔？”

于是，两个人都笑了起来。

“汉扎西来了，汉扎西来了。”

随着下人的呼叫，下贡布嘎尔头人斡斯冈从碉房里走了出来。

“是汉扎西来了吗？”

“是，头人。”一个边走边套着臂上袖子的女人兴致勃勃地向前跑去。

“这些女人。”斡斯冈笑了一下，“见到汉扎西来了，比过年还要兴奋。”

是啊，怎么能不让她们兴奋呢，汉扎西怀里，有永远也取不尽的，她们这一辈子也从来没有见过的新鲜，如五彩的贝壳，泛金的果壳，还有那说不出道不清的各种透着汉原清香的果脯和说不清道不出的各种透着太阳光般的丝线。这些可都是草原上最最珍贵的东西，现在，她们，一群普通的牧人的妻子女儿，就可以轻而易举地欣赏到，能不兴奋！

眨眼间，人们拥着汉扎西转过了照壁，来到了斡斯冈的面前。

众人自觉地停留在了照壁外边，因为他们知道，碉房前，那是尊贵的地方，作为普通人，是不能也没资格踏入的。

日梅基引着汉扎西李浦风，向站在门前空地上的头人走来。

“啊，汉扎西，果真是你，我还以为我的下人们是想念汉扎西而编造的美丽的谎言呢。”

“见过下贡布嘎尔头人，您的下人没有编造谎言，是真的汉扎西李浦风来了。”

“感谢巴孕尕奶山神，让我们尊贵的汉扎西又一次地来到了下贡布嘎尔草原，来吧，亲爱的汉扎西，草原上的青稞酒，早已为你斟满，草原上的肥羊肉，早已为你烤上——”斡斯冈边说着，边稍退半步，伸手相请。

李浦风立即拱手，一边说着“谢谢”，一边与斡斯冈谦让着，然后随着斡斯冈走进了碉房。

“尊敬的下贡布嘎尔头人，”李浦风双手擎着酒碗，“为你的盛情，为我们的友情，干杯！”

“呵呵呵，痛快，干！”

然后，两人互相亮了碗底。

于是，笑声中，两只空碗，再次被如那日河水一般清纯的酒填满。

“来，汉扎西，我们——”

“等等。”李浦风抬手示意了一下，然后侧过身，从随身带来的布袋中，掏出一只方方的锦盒，边打开边说，“来时匆忙，在半路上听说您的女儿央吉来到了草原，所以，这个锦盒送给她，聊表心意。”

下贡布嘎尔头人斡斯冈虽然身为头人，但也是常人，禁不住好奇，连客气的话语也忘了说，只顾伸过头，看着李浦风如同变魔术般从锦盒中拿出一件件稀世的珍宝——

“这是紫霞贝，穿上丝线，戴在央吉的脖子上，护佑她脸蛋永远如太阳一样美艳；这是陶蓝珠，即使在我们汉原，也很少见到，它是在深海中，每五十年才长出一颗，送给央吉，祝她有大海一般的心怀，任草原上的鹰在胸中飞翔……”

“大海，有我们贡布嘎尔草原一样大吧？”斡斯冈沉浸在李浦风的描绘中，展开了无尽的想象。

李浦风笑了一下，道：“比贡布嘎尔草原还要大，就像天空一样，无边无垠。”

“哦——”下贡布嘎尔头人只好点了一下头，也不知他将那大海想象成了什么样的天空，“那一定非常美丽。”

“是的，不仅美丽，还壮阔，那浪涛，”李浦风边说边辅以手势加以强调，“一浪过来，铺天盖地。”

这次，斡斯冈没有再说话，因为任他想象，也想象不出这“铺天盖地”的浪涛究竟是一个什么样的概念。

“噢，还有——”李浦风见斡斯冈眼里有些茫然，赶紧又从手中的锦盒里往外拿出第三件宝物，“这是在沙滩上经过海水与阳光洗礼的金乳贝，戴上它，使人充满海的灵气和太阳的活力。”

“啊，汉扎西，这，这礼物太珍贵了。我们的央吉，一定会天天带在身边，托您的吉祥，长成贡布嘎尔草原上最漂亮的姑娘。”

“愿巴孕尕奶山神赐福予我们的央吉，”说着，李浦风端起酒碗，“来，下贡布嘎尔头人，干！”

“干！”

03

“头人，灰姐今天——啊，尊贵的汉扎西！”匆匆跑进来的知事喇嘛说到半截，突然打住话题，转向正与头人一同饮酒的李浦风。

李浦风仄了仄身，朝他拱拱手，算是打个招呼。

下贡布嘎尔头人不得不介绍一下：“这是知事喇嘛。”

“认识，我们认识。”知事喇嘛自来熟地自我介绍，“上次来时，我们就见过了。”

“好了，知事喇嘛，你刚才说灰姐怎么了？”

“哦，我今天发现，灰姐的肚子——”说到这里，知事喇嘛突然又转了话题，“尊贵的汉扎西，我们下贡布嘎尔添了一个美丽的女儿呢，你知道她叫什么吗？”

李浦风笑了一下：“知道。”

“知道？”知事喇嘛睁大了眼睛。

“她叫央吉。”

“啊，真是无事不晓的汉扎西。”

“知事喇嘛，你不觉得你说了很多的废话？”韩斯冈不得不再次打住知事喇嘛，“灰姐的肚子——”

“哦，头人。”知事喇嘛这才想起接着说刚才的话题，“今天发现，灰姐的肚子开始下坠，怕是离产期不远了。”

“你一直守在它身边，怎么说今天才发现？”

知事喇嘛不好意思地“嘿嘿”笑了一下，然后望了一眼汉扎西道：“这不是听说汉扎西到了我们下贡布嘎尔，想来见见么。”

哦，听到现在，李浦风总算听明白了，原来这个知事喇嘛一直守在一个叫灰姐的藏獒身边，等待着它的产期，怪不得一进来问了那么多令人乍听来好笑的事。看来，他在那个藏獒身边待的时间也够久了，平时恐怕也少与他人接触，所以说起话来，总是不着头也不着尾没完没了。

“知事喇嘛，你说的灰姐就是那条姐獒乌幄楚吧。”李浦风善解人意地挑起一个话头道。

知事喇嘛立即搓了一下手，说“对，对，就是姐獒，它现在可金贵着呢……”

“知事喇嘛，你该去灰姐身边了吧。”多亏幹斯冈及时打断，要不然，知事喇嘛保准会将灰姐借种一事来来去去全抖搂出来。

“是，头人。”

知事喇嘛不无遗憾地瞥了一眼李浦风，低下头，躬身退了出去。

“知事喇嘛有些饶舌，让汉扎西见笑了。”下贡布嘎尔头人学着汉人的礼节，冲李浦风拱了拱手道。

李浦风笑了起来：“哪里，我觉得他很有趣，是个忠实的喇嘛。”

“是的，他很忠实。”

忠实的知事喇嘛退出碉房，一边走向碉房后面专为灰姐辟出来的一间产房，一边暗自笑着，因为，他觉得他是下贡布嘎尔最幸福的人，除了头人，试想，在下贡布嘎尔，谁有机会与系着两个贡布嘎尔关系于一身的灰姐亲密接触？谁有机会如此切近地与尊贵的客人汉扎西面对面地说话？

嘿嘿，没有！

所以，知事喇嘛无比幸福。

看着无比幸福的知事喇嘛转过碉房，灰姐也被他感染了，远远地，冲他兴奋地低噜了一声，然后，迈开两腿，向草原上跑去。

“啊，灰姐，慢点，慢点，我说你慢点，你马上就要生了哎，还这样不知天高地厚地乱跑！”

灰姐似乎有意逗着知事喇嘛，见他一边追着它，一边不停地啰唆着，便停了下来，回头望着他，等他以为它是听他的话，不再跑了时，却又突然抬起腿，跑上那么一截，然后再停下来，等他快到近前，再跑。如此三番两次下来，知事喇嘛干脆一屁股坐在了地上：“啊，灰姐，我的大姑奶奶，你就饶了我吧。”

“呜——”

灰姐见知事喇嘛坐在地上直喘着粗气，这才转回来，走到他身边，用嘴叼住知事喇嘛的那只空袖子轻轻地拉了拉，那意思是：“怎么啦，生气了吗？我是跟你玩儿呢。”

知事喇嘛起先故意不理不睬，可当灰姐放了他的袖子，换嘴来舔他的脸时，他却一把抱了它的脖子，叫道：“嘿嘿，我抓住你了吧，看你还跑！”

于是，一人一獒，两个在草地上兴奋地游戏了起来。

其实，本来灰姐是轮不到一个知事喇嘛亲自来服侍的，只是当那天中贡布嘎尔报讯人前来报讯，说灰姐在他们中贡布嘎尔借种成功，现在怀的小獒都已经能看见肚子了，请下贡布嘎尔头人派人前去将其领回。

恰巧当时其他下人都正有着事，管家日梅基一个人赶着二百头牛、五百只羊还有一百匹马，实在是无能为力，便叫上了他。

说来也怪，当初由日梅基管家将灰姐送去的，如今又由日梅基管家来接，理应灰姐对他亲近才是。可是，当他们将牛、马、羊交与中贡布嘎尔管家之后，来到灰姐身边，灰姐竟一下偎到了知事喇嘛的腿边，任管家日梅基如何哄它，它就是不过去。

一边的中贡布嘎尔管家满吉金只好开着玩笑说：“现在灰姐可是有孕在身，不想与你靠得太近，就让它跟喇嘛在一起吧。”

说得大家全都笑了起来。

辞别了中贡布嘎尔，他们日夜兼程回到下贡布嘎尔，管家日梅基如实禀报头人，说灰姐只认知事喇嘛，请求就允许知事喇嘛专门照顾吧。

下贡布嘎尔头人斡斯冈一想，可能是知事喇嘛平时与几条獒在一起玩得多，现在有孕了的灰姐格外娇贵，所以，就认下了他来与它相伴——藏獒也像人类一样，平时倒没觉着什么，可一旦生病了或是诸如怀孕了，就想与他最亲近的人待在一起。

就这样，知事喇嘛从灰姐回到下贡布嘎尔的那一天起，不，应该说是从灰姐怀孕后见到他的那一刻起，就成了它的专职护士。

“不能疯了，灰姐，你现在身子可不便呢。”倒在地上，知事喇嘛抱着灰姐的脑袋喘着气道。

可灰姐哪听他的，从知事喇嘛手中挣出来，又向远处跑去。

“喂，灰姐，不能那样急跑，不能——”

听见知事喇嘛如此疼爱的叫声，几个从近旁路过的女人，不由哧哧地笑出声来。

知事喇嘛不由得脸便红了起来，站在那，叫不是，不叫又不是，想想拔起腿，干脆向灰姐跑去。

灰姐一见，还以为知事喇嘛在跟它逗乐呢，反而更加疯癫地闹了起来……

04

“灰姐要生了！”

“灰姐要生了！”

“灰姐要生了！”

整个下贡布嘎尔碉房里，从下人到头人，从小孩到喇嘛，都在兴奋地口传着这个令人莫名振奋的消息，因为，灰姐的产儿，将决定着下贡布嘎尔的荣辱，或者换句话说，关乎下贡布嘎尔的尊严。

灰姐咬死了上贡布嘎尔的獒王，现在，由灰姐亲自生下一条赔给上贡布嘎尔，这应该是天经地义地了结那段上下两个贡布嘎尔草原之间的不快了吧！

所以，人们对灰姐的生产，表现出了格外的关注。

“让你不要跑，不要跑，你看，动了胎气，要早产了吧。”知事喇嘛一边轻轻地抚着因疼痛而坐卧不宁的灰姐，一边呶呶唧唧地说着。

这时，管家日梅基走了进来，看了一眼灰姐，然后很内行地伸手摸了摸灰姐的肚子，道：“还有一会儿才能生，知事喇嘛，赶紧拿些鲜奶进来让它喝下去，等会生产它可要出力呢，没有营养不行。”

知事喇嘛一听，起身就往外跑。可他刚跑到门口，冷不防撞在了一个人身上。

谁？

下贡布嘎尔头人斡斯冈。

“啊，头人！您怎么来了？”

斡斯冈脚不停步地问了声：“生了吗？”

知事喇嘛只好返回身跟着斡斯冈又进了屋内，边走边道：“还没呢，管家说，还有一会儿……”

“你怎么又回来了，奶呢？”

知事喇嘛这才想起他出去原本是要去拿鲜奶的，于是，在日梅基的喝声中，立即转过身，小跑着出去了。

“没事吧？”斡斯冈不知是问管家日梅基还是问灰姐。

日梅基顿了两秒没有反应过来。

斡斯冈轻“嗯”了声，望向呆立一边手足无措的日梅基。

管家这才知道头人是在问他，马上答道：“没事，估计还有半个时辰。”

“不是还有几天才会生吗，怎么现在……”

“可能是白天与知事喇嘛玩闹时动了胎，要早产。”

斡斯冈便不再说话，只是伸出手轻轻地拍了拍灰姐，然后转身走出去，在门外，丢过一句话来：“生产后要好好护理，管家，这事就交给你了。”

“是，头人。”

可日梅基“头人”两个字还没落音，斡斯冈的叮咛声又传了进来：“不要再让知事喇嘛插手，他只能添乱。”

“是，头人，不让知事喇嘛插手。”

知事喇嘛捧着一桶鲜奶急匆匆也兴冲冲地止往这边走，猛然听到下贡布嘎尔头人最后交代管家的那句话，突然一下愣住了，站在那，手里的鲜奶什么时候掉落在了地上他也不知道，直望着斡斯冈转过了碉房，这才回过神，“扑通”一下跪在了地上：“巴孕尕奶山神，请告诉我，为什么不让我服侍我的灰姐！”

他的诉问没有得到巴孕尕奶山神的回答，而是屋中管家的声音：“知事喇嘛，你怎么了，奶拿来了吗？”

“奶？”

知事喇嘛好似突然一下清醒了过来，双手摸着正“嗞嗞”渗着的新鲜的奶，恨恨地揪着草地，“嗷”地一下哭出了声。但接着，他又猛地站了起来，抓起地上的桶，跌跌撞撞再次向奶房跑去，因为，他知道，这鲜奶是要给灰姐产前增加力量用的，不能再耽搁。

远远围观的人群中，有人指着知事喇嘛，不知在说着什么……

可等知事喇嘛急慌慌连忙忙将第二桶鲜奶捧回来，日梅基却正火烧火燎地一脚门里一脚门外地叫着：“快，快叫米嫫央玛。”

“咕咚。”

知事喇嘛手中的奶桶再一次地掉落在了地上。

“怎么了？管家！”

知事喇嘛一把拨开日梅基，一头冲了进去。

只见灰姐痛苦地倒在地上，一阵一阵地喘着粗气——它难产了。

可是知事喇嘛却不这样认为，他认为是因为刚才他离开了，才导致灰姐出现现在这种情形。他一边轻轻地抚着灰姐的额头，一边轻轻地安慰着灰姐：“灰姐忍一忍，很快米嫫就要到了。是知事喇嘛不好，不该在这个时候离开你。你想怎么责怪喇嘛，喇嘛都没有意见。你想咬我吗？想咬你就咬，咬哪都行，喇嘛不怕疼……”

“你在这啰唆什么，还不到一边去。”日梅基走了进来，用脚踢了一下知事喇嘛。

可知事喇嘛却像聋子一般，根本不予理睬。

仍抚着灰姐，轻轻地哄着。

好在，这时米嫫央玛赶到了。

在草原上，作为米嫫，不仅要给人看病，还得要会替牲畜诊治，所以，她的地位才有如许至尊。

央玛放下药箱，一边挽起袖子，一边看着因痛苦而微闭着眼睛已没有力气动弹的灰姐，对站在身后的管家道：“它平时跟谁关系最好？”

“我！”

不待管家日梅开口，一直跪坐着的知事喇嘛立即爬上一步答道。

央玛看了一眼知事喇嘛，道：“那好，请你替我按住它的前腿，不要让它乱动。”

之所以要选一个平时与灰姐最要好的人，就是因为怕因疼痛灰姐发了兽性，不是最熟悉的人，被它咬伤。

时间在一点一点过去。

米嬷央玛额头上的汗在一点一点滴落。

知事喇嘛的眼泪，也在一点一点地聚集。

“好了，生出了一条。”

央玛如释重负地将一条小獒轻轻放在了脚边的地上。

但知事喇嘛吊着的一颗心，却一点也没敢放下，因为他知道，灰妞的肚子里，不可能只怀一条小獒。

果然，一会儿，米嬷央玛又拽出了一条。

随着两条小獒的出世，灰妞的肚子终于瘪了下去。央玛伸手摸了摸灰妞的肚子，对正准备松一口气的知事喇嘛道：“别放手，还有一条。”

但这最后一条小獒，却怎么也生不出来，米嬷央玛几乎是用尽了全部的力气，也无能为力。而灰妞，这会却痛得只有呼气的劲，连吸气都似乎不会了。

“喂它吃点东西，这样它才有劲儿生。”

可是，喂什么东西给它吃好?

奶，鲜奶。

知事喇嘛突然想到他刚才捧着的奶桶来：“管家，看看那桶里还有没剩奶。”

这种时候，管家也不在乎一个知事喇嘛对他呼喝了，忙转身奔到外面，然后又赶紧跑了进来：“谢天谢地，还有小半桶。”

“喂它喝。”央玛命令道。

日梅基望了一眼知事喇嘛。知事喇嘛由于正按着灰妞的腿，怕它乱动影响了央玛。但日梅基刚要接近灰妞，不想，灰妞竟然突然睁开眼睛，狠狠地瞪了他一眼，吓得日梅基伸出的手一下又缩了回去。

知事喇嘛见状，便一边松了一只手，一边轻轻地安抚着灰妞道：“灰妞乖，喝了这杯奶，你就有劲了。”

灰妞似个听话的孩子一般在知事喇嘛的劝慰下，轻轻张开了嘴。

“对，灰妞乖，再喝一口。”

听得一边的央玛拭了一下汗，也不禁笑了。

有了点力气的灰妞，开始发出轻轻的“呜”声，央玛再次半跪下来，检查了一下，然后学着知事喇嘛的样儿，轻轻地抚着灰妞道：“好了，再努把力，就好了。”

果然，灰姐开始“努力”了……

“好了，出来了。”央玛一屁股坐在地上，深深地呼了一口气。

呼完气的央玛这才想起来看这最后一条出世的小獒。

可是，小獒却因在产道里待得太久，此时，早已闭了气，还没来到世上就离了世，但米嫫央玛仍不愿放弃，挥起袖子擦了一下脏不拉叽的小獒，张开嘴，竟对它施起了人工呼吸。

一下，两下，三下……

可是，小獒软软的身子，却仍一动不动。

“尊敬的米嫫央玛，你已经尽力了。”一边的日梅基管家不得不上前轻轻地提示央玛。

央玛闻听之后，这才不得不停了下来，望着躺在自己手中的小獒，十分颓唐地坐在地上，半天无语……

05

“呵呵呵，知事喇嘛，你在这次护理灰姐的过程中，功劳最大，管家，请奖给他十只羊。”

“谢谢头人，但这羊我不能要，护理灰姐，每一个下贡布嘎尔的子民都会这样做的。”知事喇嘛额手谢道。

没想到，知事喇嘛能说出这样一番话来，下贡布嘎尔头人斡斯冈，一时竟然愣住了，半天才省过神，不由感慨道：“有喇嘛你这样忠于下贡布嘎尔的知事，我做下贡布嘎尔头人，还有什么办不到的！”

“是，头人。”

“但这羊你还得要。”

“如果头人一定要给知事喇嘛，那就请转给碉房后的寺房吧。”

斡斯冈脸上便露出不快来。

“恭喜下贡布嘎尔头人。”一直与斡斯冈坐在一起的汉扎西李浦风这时插话道，“你日前得了一个女儿，这会，又喜得两条小獒，真可谓是双喜临门啦！”

下贡布嘎尔头人斡斯冈知道汉扎西之所以及时插话，是怕他当着一个汉扎西的面，说出一些让知事喇嘛尴尬的话来，所以顺着李浦风的恭喜，立即转了话题：“这要感谢巴孕尕奶山神，托汉扎西您的吉祥。”

“哪里哪里。”

“呵呵呵……”

笑完之后，斡斯冈这才突然想起来似地问道：“管家日梅基，灰姐生下小獒的讯息告知中贡布嘎尔了吗？”

“回头人，昨日已经派出报讯者，估计现在早到了。”

“那就好。”斡斯冈回过头，又转向知事喇嘛：“知事喇嘛，灰姐这段日子，就仍由你来照顾吧。”

“是，头人。”

“好了，为了庆祝小獒的诞生，所有碉房里的人，每人都赏一只羊。”

“是，头人。”管家躬身应道。

“管家，这些日子，你也辛苦了，你也领十只羊吧。”

“是，头人。”

“头人，去中贡布嘎尔报讯的人回来了。”管家日梅基站在帘外，对房内正在与汉扎西喝酒的头人斡斯冈禀道。

里面立即便传出下贡布嘎尔头人斡斯冈的声音：“中贡布嘎尔有什么讯息带来吗？”

“是的，头人。中贡布嘎尔说，他刚好在我们的小獒降世的同一天也得了一个女儿，因此，他想请求为我们两条小獒中的一条取一个名字。”

“是吗，他说小獒叫什么？”

“他说叫日嘎，意思是太阳永远照在贡布嘎尔草原上。”

“好，你就选一条小獒叫它日嘎吧。”

“是，头人。”

听着管家日梅基脚步退出去之后，李浦风端起酒碗，道：“感谢下贡布嘎尔这些天来的热情款待，我打算下午就离开这里，回我们汉原去了。”

“这么快就走？下贡布嘎尔的酒还没让汉扎西喝好，下贡布嘎尔的肉还没让汉扎西吃好，汉扎西就要离走了么？”

“是的，下贡布嘎尔头人，我这次出来，都已经过了半年了。前次从你这里离开，我是去里孜国，现在，使命完成了，我要回到汉原去了。”

“那我们从此一别，何时再相见？”

“我想长则三年，短则一年吧。我不会忘记下贡布嘎尔美丽的草原，肥美的羊肉，热情的卓玛，还有好客的你——尊敬的下贡布嘎尔头人。”

“呵呵呵，我也不会忘记你的，尊贵的汉扎西。”

“那就让我们互不相忘，干杯！”

“干杯！”

此时，外面的阳光，正朗照在整个下贡布嘎尔草原上，还有那些悠闲恬静地吃着草的牛、马、羊身上……

第五章　兄弟反目

这时，天上的星星开始渐渐隐去了，远处的东方，泛出一片如包裹佛经的丝帕般的金光。突然，一匹马从远处疾驰而至。“谁？”得莫西一惊，“呛啷”一声抽出了腰刀

01

云压得很低，仿佛是擦着人的头顶一掠而过。几米之外，不见人影。透过云雾，偶尔传来几声藏狗的吠叫。

上贡布嘎尔头人奚古扎起来后，照例地先逗一逗已经会咿咿呀呀说着话的儿子森格昂沁，然后走出碉房，看一看他的草原。

草原上的天气，就是这样，刚才还是三步不见对面，等奚古扎来到碉房前，却已经是一轮红日升到了半空。

奚古扎伸开双臂，有力地扩了两下，然后转过身，准备回去用早餐。可就在刚要转身的时候，突然，远处传来一阵马蹄声。从声音中不难辨出，马上之人似乎带着怒气或是焦急。

“管家。”奚古扎习惯地叫了一声。

可是，管家丁二烯萨竟然没有回应。

“丁二烯萨，管家。”

随着奚古扎略略提高了的声音，立即跑过来一个人，但不是丁二烯萨，而是知事喇嘛。

“管家呢？”

“回头人。”知事喇嘛躬身道，“管家清早接到消息，赶往领地边界去了。”

“出了什么事？”奚古扎不由皱了下眉头。

“不知道，只隐约听到报信人说什么汉扎西、铁棒什么的。”知事喇嘛也是一脸茫然地答道。

可刚答完，一抬头，则从岚烟中辨出了正向碉房前驰来的马上之人：“啊，头人，你看，他们回来了。”

清晨，管家丁二烯萨刚起来，还没来得及将一夜憋着的一泡尿撒尽，突然听到一个下人急急地在帐外叫道：“管家，管家——”

管家一激灵，惊得将最后的几滴尿滴了一裤子。“什么事，如此惊慌？”

掀开帘，只见面前站着两个牧人，身上头上却都带着伤——一个破了头，

一个伤了臂。

“你们跟谁打架了？”

“不是我们，是我们被别人打了。”破头的哭丧着脸道。

管家丁二烯萨就有点迷糊，在上贡布嘎尔，本族人之间为了一点小事斗一斗较一较力气虽然常有，但那也不会在这大清早，而且也从不会跑到他上贡布嘎尔管家面前来告状或是评理呀。

见管家有些疑惑地望着他们，伤臂的接着说：“是这样，管家。半夜里，我们正在我们领地的边界上帐篷里睡着，突然听到藏狗们一阵紧吠，起初我们还以为是有什么野兽来了，可跑出去一看，管家，你道我们看见了什么？”

“快说，管家没工夫听你们讲故事。”丁二烯萨有些不耐烦地瞪了那个牧人一眼。

伤臂的立即躬身道了声“是”，然后才又接着说：“原来是几个人骑着马正沿着下贡布嘎尔界线向东方赶路。”

“到底怎么回事，你就快说。”丁二烯萨不得不再次打断这个啰唆的牧人。

“是，我快说。”

“我来说。”破头的上前半步，接过话头说，“原来是汉扎西，我们一见，想起上次红綦安达拉就是为了这个汉扎西才被下贡布嘎尔打死的……”

“打死的，听谁说的？”丁二烯萨表情不由凝了一下。

“牧人们都这么传说着。”伤臂的答道。

“今后不许再乱说。”丁二烯萨说完，立即接着前面的问题问道，“是汉扎西吗，你们没看错？”

“哪里会看错。我们一看是汉扎西，就跑过去想请他到我们上贡布嘎尔来做客……”

“你是想请他来做客吗？”伤臂的呛了一口正在叙述的破头的，“你是上前想找他换奇珍异宝……”

“我那不是找的借口么。”破头的梗了一下脖子，狠狠地瞪了一眼伤臂的。

“结果你们被他给打了？”丁二烯萨平静地道。

“是，”破头的低了下头，“但如果下贡布嘎尔的人不出手，凭汉扎西手中的那根铁棒……”

“铁棒？”丁二烯萨不由睁大了眼睛，“你是说汉扎西手里有铁棒喇嘛才有的铁棒？”

“是，管家。”

“下贡布嘎尔的人也打了你们？你们没说你们是上贡布嘎尔的人？”

“我们说了，可是，人家根本不听，劈手就打。”伤臂的噘了噘嘴道。

“那——现在汉扎西走了有多久了？”

“没多久，打了我们之后我们就赶紧跑回来报告管家您来了。”伤臂的立即精神了起来，“如果管家您现在去，不过一个时辰准能撵上。”

“要不了一个时辰，这么大的雾，他们走不快的。”破头的强调道。

丁二烯萨略一沉思，然后猛然转身，道：“备我的马。”

接着，三匹马就消失在了凌晨的迷雾中。

“管家，究竟发生了什么事？”见丁二烯萨老远便甩蹬下马跑过来，奚古扎不无担心地问道。

丁二烯萨跑到近前，躬身额手道：“头人。”

“是不是汉扎西……”奚古扎试探地问。

“是的，头人。”丁二烯萨仍有些微喘着，“可是，我没有追上。但——”

奚古扎一下拧了眉：“‘但’什么？”

“但我们在边界上，一路发现了好几具我们上贡布嘎尔藏狗的尸体。”

“你确定是汉扎西打死的吗？”

“不，不是汉扎西。”丁二烯萨道，“他一个汉扎西没有那么大能耐，应该是下贡布嘎尔人干的。”

“下贡布嘎尔！”奚西扎咬了下牙，“上次红獒之死的账还没算呢，这又打我的藏狗。”

“是，头人，下贡布嘎尔太嚣张了。”知事喇嘛适时说上这句。

但奚古扎一听，立即警觉地“嗯”了一声，然后道：“这话是你说的吗？”

“是，头人。”知事喇嘛吓得一下退到了后面。

奚古扎望了一眼丁二烯萨，又望了一眼草原远方，说：“这件事到此为止，谁也不许再提起。”说完，上贡布嘎尔头人奚古扎转身进了碉房。

02

“头人——”管家丁二烯萨在帘外拱手道，“下贡布嘎尔报讯人前来报讯。”

奚古扎清了一下嗓子，然后道：“进来说吧，管家。”

丁二烯萨掀开帘子走了进来。

“报讯人说什么？”

“报讯人说，下贡布嘎尔已经有了小獒，正在训练，说训练成王后，作为红獒赔偿给我们上贡布嘎尔。”

“作为红獒？哼！”奚古扎咬了下牙，“就怕他小獒还没训成，下贡布嘎尔……”

“头人！”丁二烯萨立即心领神会，“那——汉扎西以后就会……”

“哈哈哈，斡斯冈啊斡斯冈，我们兄弟说好了三分贡布嘎尔，可你为什么要害死我的獒王，还——”

“还独占汉原的宝藏。”

奚古扎便定定地望着接他话头的丁二烯萨，不再说话。

丁二烯萨被奚古扎看得脊背上直冒虚汗。

也许，作为上贡布嘎尔头人的心思被人就这么轻易地看出来有些不人体统，沉默了半晌之后，他深叹了一声，说：“但下贡布嘎尔头人是我的兄弟。”

“是，头人，是兄弟。”

“你说，管家，下贡布嘎尔真的能赔一条獒王给我吗？”

丁二烯萨没敢急着回答这个问题，因为如果不是，那下贡布嘎尔就不会专门派报讯人前来报讯了。

“我们红獒安达拉可是西结古草原纯种藏獒啊，当年我费了九牛二虎之力才算偷得三条，现在红獒已死，另一条在中贡布嘎尔也成了‘银样镴枪头’，还有一条——雪獒，却在我们上贡布嘎尔，他上哪儿去找这西结古的纯种獒去？”

“是，头人。”

“行了，什么也不用说了，赏报讯人三只羊，让他回去吧。”

“可是，头人，怎么让他回话？”

“就说我上贡布嘎尔明白下贡布嘎尔的一片苦心，请告诉他们头人，上下贡布嘎尔永远是兄弟。”

“是，头人。”

“上贡布嘎尔头人真的是这么说的？”

“是，头人。”

下贡布嘎尔头人翰斯冈对报讯人轻轻地挥了下手：“我知道了，你下去吧。”

“是，头人。”

望着报讯人退出之后，翰斯冈不禁陷入了沉思之中——他太了解上贡布嘎尔头人奚古扎了，他的心比那日河里的卵石子还要小，他的肠比贡布嘎尔草原上的牧草还要细，对他的獒王无端死在下贡布嘎尔，他是绝不会就此轻描淡写抹过去的。现在唯一希望，他能尽快训练出一条獒王来，以化解上贡布嘎尔心中的这个结。

想到这里，翰期冈立即下到地上，他要到后面去看看小獒——

两条小獒，虽然才一个多月大，但已经会挖洞了，此时，知事喇嘛正陪着它们在碉房后面的一个斜坡上，让它们一条挖一个洞。

“日嘎，加油。”

“哎，花嘎，你怎么又跑过来了？”花嘎是另一条小獒的名字，这个名字，是他知事喇嘛给起的，因为它身上的毛灰白相间，看上去就像一块花布一样，当然，是经下贡布嘎尔头人同意的。知事喇嘛一边说着，一边弯下身抱起花嘎，将它又送回到它打的洞前。“啊，花嘎，你已经挖了这么深了啊，怪不得跑过去，是不是想看看日嘎挖了多深了，是吗？”

花嘎在知事喇嘛手上挣着，等知事喇嘛刚将它放下来，它就像要表功似的，一头就扎进它刚才挖的洞中，只露出一小截尾巴尖在外面，一动一动，就像风在吹着的狗尾巴草一样。逗得知事喇嘛趴在地上，望着它一点一点地向里面移着。

“知事喇嘛，你在干什么呢？”

“啊，头人。”知事喇嘛慌忙站了起来，“花嘎……”

“花嘎怎么了？”

“它钻到洞里面去了。”

“哦，是吗。”

斡斯冈一时兴起，将手伸进洞中，轻轻拽住花嘎的小尾巴尖往外拖。起先，花嘎还往里“强”一下，可一看外面的力量远远比它大，它便不再“强”，而是一点一点主动往外撤，如果不注意，外面的人还以为是自己拖拽的结果呢。可就在整个身子刚一出洞的刹那，它突然一个转身，张嘴便咬。要不是斡斯冈早有准备，这一口非咬中他的手腕不可。

“呵呵呵，好，好，不愧是我们下贡布嘎尔的藏獒！”

斡斯冈一边拍着手，一边又走向另一边的日嘎。

日嘎挖的洞要比花嘎浅了许多，直到现在，也不过刚刚没过它的半截。

“它们是同时开始挖的吗？”

“是，头人。”

“唔，很好。知事喇嘛。”只是，知事喇嘛不知道头人这“很好”是夸两条小獒“很好”，还是夸他“很好”，“看来，我要开始训练它们了。”

“头人，您是说，您要亲自训练它们吗？”

“难道让你训练？”

“嘿嘿，头人……”

“如果让你训练，那训练出来的不是獒王，只能是条养在太太房里的玩物。”说完，下贡布嘎尔头人转过身，回碉房了。

望着头人的背影，知事喇嘛摸了半天头，喃喃道：“我训练的獒怎么就会变成太太房里的玩物呢。”

03

眼看秋天就要过去了，所以，阳光也就一天天地见其宝贵起来。

上贡布嘎尔草原上，如往日一样，一派祥和与安静。头人奚古扎与管家、知事喇嘛以及一帮女眷们，正在碉房前的草地上，逗着刚刚蹒跚学步的少爷森格昂沁。

“少爷，来，过来，走过来——”

知事喇嘛一边举着森格昂沁出生时下贡布嘎尔送来的那串珠贝项链，一边引着少爷向他这边迈步。

“啊，少爷走了，少爷走路了，少爷会走路了！”

在女眷们的欢笑声中，奚古扎不由将眼睛落在了知事喇嘛正摇动着的那串项链上，腮帮不由就狠狠地紧了起来：“哼！”然后转身走回了碉房。因为看到那串项链，他就想到了那个汉扎西；想到汉扎西他就不禁想到曾经在管家面前流露出的想拥有这些奇珍异宝的想法，更重要的，他丝毫没敢在管家和下人面前透露的，那就是——汉扎西一定也会带来盐巴和丝绸，这些贡布嘎尔草原上最最紧俏的比珠贝还要神奇的宝物。下贡布嘎尔送几串项链就想掩人耳目？掩得了别人，能掩得了我上贡布嘎尔头人！

所有的人都不明所以地望着他们上贡布嘎尔头人的背影，一步一步隐进了那道象征着家族势力和上贡布嘎尔权力的碉房，面面相觑。

管家与知事喇嘛对视一眼，赶紧跟了进去。

女眷们则回过头，继续着她们的逗乐——部落的事，用不着她们女人操心。

可是，就在管家与知事喇嘛刚要迈进碉房的时候，突然，远处传来一阵激烈的藏狗的吠声。

而这吠声显然不是它们发现了什么，而是被什么惊吓了而在躲避。

走在前面的管家不由就站住了回过头。

一回头，就见草原远处正有一个黑点急急地向碉房前驰来。

“发生了什么事吗？”管家丁二烯萨狐疑地望了一眼如他一样不解的知事喇嘛，然后返到前面的草地上，眼睛一直盯着那个黑点。

黑点越来越大，越来越清晰——是一骑快马。

终于快马到了近前，马上之人来不及勒住马缰让马停稳，便一下从马背上跳了下来。直到这时，管家丁二烯萨才不得不十分惊讶地迎上去，因为来人不是一般的牧人，而是在草原上担任巡察并兼有密探使命的族人，他不仅要将本部落牧人的动态及时报回碉房，同时也有责任通过各种方式刺探其他部落的动态，被草原人称为“通事”。

“通事，如此惊慌，有什么事发生吗？”丁二烯萨远远地便问道。

可通事并没有直接回答丁二烯萨管家，而是急急地边跑边道：“头人在碉房里吗？”

“在，通事。”

看着通事一脸的焦急表情，管家丁二烯萨表情也不由凝重起来，一边伴着通事向碉房内跑去，一边不由自主地回头望了一眼阳光下正显现一片靛青的茫茫草原。

“头人，”通事直奔到上贡布嘎尔头人奚古扎的房前，在帘外额手行了一个礼，然后不待里面头人招呼，又一起身，径直掀帘而入，“有紧急情报，头人。”

奚古扎在听到几声“咚咚”的脚步声时，心里就不免一凛，正要问是谁，就听通事的一个“头人”在门外炸响，知道一定发生了什么大事，因此，立即坐正了身子，等通事一进来，便道：“不要惊惶，通事，慢慢说。”

“头人，得到确切消息，片尔旺头人勃索嘉措兵马已经练达，现正结集准备攻打我们上贡布嘎尔。”

“为什么只攻打我们上贡布嘎尔？”奚古扎不满地挥了一下手。

通事望了一眼自己的头人，不知道他怎么会问出这样一个问题，但还是回答道：“可能我们上贡布嘎尔离他们最近吧。”

“探到他们进攻的日期了吗？”

“还没有准确的时间，但肯定会赶在冬天来临之前。”

奚古扎沉吟了一下，道：“再探再报，一定要探到他们进攻的日子，最好连他们的线路也探到才好。”

“是，头人。”

“来得正好，我还没找他，他倒送上门来了让我收拾！”奚古扎对着他的通事傲慢地说道。

“是，头人。”

“好，你去吧，去管家那里领三只羊。”

"是，头人。"

看着通事退出房间，奚古扎一改刚才的傲慢之气。他知道，此番片尔旺来犯，绝对不是小打小闹，如果是那样，他勃索嘉措根本就没必要等到今天才来了。

"管家。"

"头人。"丁二烯萨一直留在房中，多年的经验告诉他，头人一定会在此时召唤他。听到头人叫他，他第一时间掀帘而进："有何吩咐？"

"你都听到了？"

"是，头人。"

奚古扎没有立即说什么，皱着眉头在思考着该怎么说。

空气沉闷。

丁二烯萨眼睛随着奚古扎的表情，忽大忽小。

"管家——"

"头人。"

"立即派快马报讯人，分别到中贡布嘎尔和下贡布嘎尔，请他们马上集合过来，一起对付片尔旺。来者不善，我想我们力量充足一点还是比较有把握一些。"

"是，头人，我这就去办。"

"无论如何，要在明天……"奚古扎顿了一下，"最迟在后天带回消息，这样我好统筹部署。"

"是，头人，最迟在后天要带回消息。"

"还有，通知后面的寺房，请喇嘛们为我们上贡布嘎尔即将到来的战争祈祷。"

"是，头人。"

"好，你去办吧。"

"是，头人。"

草原上，上贡布嘎尔草原上，两骑快马，分别向两个方向，疾驰而去……

寺房里，颂经声阵阵，就像鸟儿翅膀在空中被风刮过的声音。

04

上贡布嘎尔快马淹没在下贡布嘎尔草原碉房前的一片藏狗的吠声中，但很快这些藏狗的吠声便被管家日梅基的呵斥声所驱散了，因为看到快马上高挑的红色布幡，只要是贡布嘎尔草原上的人，都知道这骑快马，一定肩负着十万火急的使命，任何人或动物，都得为其让道。

“尊敬的下贡布嘎尔管家，我奉我们上贡布嘎尔头人之命，特来面见下贡布嘎尔头人。”报讯人当中，红幡使者可以直接晋见头人。

“远道的上贡布嘎尔客人，真是不巧，我们头人刚刚有事外出了，不在碉房；如果你要急着复命，不知可否让我转告？”

报讯人犹豫了一下，但想到临走时管家丁二烯萨一再叮咛，务必在今天夜里赶回复命，但讯没有直接报到下贡布嘎尔头人耳里，多少有些不安，于是便问：“请问管家，你们头人什么时候能够回来？”

日梅基望了一眼天上的太阳：“估计至少要三个时辰之后，他到那日河边训练小獒去了。”

“那——管家，就请你代为转告吧……”

听完上贡布嘎尔报讯人的信息，日梅基神情也不由有些紧张，但想到现在片尔旺来犯的日期还不知道，心里这才又稍稍安妥了一些。对报讯人道：“请放心，上贡布嘎尔报讯人，我以我下贡布嘎尔管家的名义，一定立即转告我们头人。”

“那就多谢管家了。”说完，红幡使者翻身上马，扬鞭就走。

管家日梅基冲着报讯人的后背叫道：“喝碗奶茶吧，报讯人。”

“多谢了，管家。”

望着消逝在草原中的上贡布嘎尔报讯人和那面红色幡旗，日梅基站在那略略思忖了一下，然后转身牵出他那匹灰头骏马，急急地向那日河边跑去。

美丽的那日河从巴孕尕奶山蜿蜒而来，河水清澈得就像巴孕尕奶山上的冰雪一样，不仅将贡布嘎尔草原上的姑娘滋润得如凝脂一般，还将沿河两岸的牧原孕育得如羔羊一样肥美。

可是，如此蔓延的河岸，让管家日梅基上哪去寻找他们的头人？

日梅基站在河边，望着清粼粼的河水，不由发起愣来。

直到月上三竿，日梅基才拖着疲惫的身子与他的灰头骏马一道回到了碉房。离碉房老远，他就开始注意看碉房里面靠近南边是否有灯光，那里，是下贡布嘎尔头人静卧的地方。可是，随着他离碉房越走越近，失望的情绪如一条快要冰僵了的蛇一样，在他的心头蜷缩着。

“管家，你回来啦。”知事喇嘛认出了来人是他们下贡布嘎尔的管家日梅基，“见到头人了吗？”

不用问，斡斯冈还没有回到碉房。

日梅基站在碉房前的草地上，良久，没有说话。

知事喇嘛望着一脸沉重的管家，想想无趣地又回到碉房里面去了。

管家抬起头望了一眼天空，天空很深邃，只有几缕薄云轻轻地飘动着，星星在那飘动中似乎也在动着。

日梅基轻轻叹息了一声：“巴孕尕奶山神，难道真的有灾难要降临到贡布嘎尔草原上了吗？”

突然，管家日梅基眼睛被什么刺了一下，他知道，那个“什么”不是别的，是碉房后面寺房的灯光。

他开始向寺房走去。

他要请寺房里的喇嘛占上一觇——

可是，当他说明来意，喇嘛郑重其事地念念有词时，突然，寺房里的门窗被一阵风“呼”地一下刮了开来，惊得日梅基一身冷汗，望着念着“阿弥陀佛”的喇嘛不安地问道：“是不是有灾祸要降临我们下贡布嘎尔？”

喇嘛半天才睁开眼睛，云里雾里地说了一声：“该来的总会来，该去的总会去。”

“什么意思，这是？”

“即使是活佛在这，他也不知是什么意思，天机不可泄露呀，管家。”

“那，我们的头人有凶兆吗？”

“凶便是吉，吉便是凶。”

废话，这不等于什么也没说吗？日梅基气哼哼地走出寺房。走出没多远，他还忍不住地回过头，说了声：“平时那些羊肉都白给你们吃了。”

那声音虽然不大，但还是将天上的星星惊了一跳，然后，赶紧躲到云层后面去了。

地上一片夜色。

05

上贡布嘎尔碉房里，灯火通明。

一张已经被翻得有些起卷了的地图铺在地板上，上贡布嘎尔头人、管家，还有知事喇嘛等全围坐在它周围。

奚古扎指着图说：“片尔旺肯定会从这里进入我们上贡布嘎尔，只要我们在这里布好阵势，不等他进入我们领地，便可以将他们一举歼灭。只是——管家，中贡嘎尔率的人马到了吗？”

“明天就可到达。”

“那好，就让他直接将他们的人马安排在这里。”奚古扎指着图的一边道；然后随手又一划，“下贡布嘎尔的人马放在这里——下贡布嘎尔的人马还没有消息吗？”

管家就望了一眼知事喇嘛，知事喇嘛也正拿眼望他，最后，两人都摇了摇头。

“这样，我们在这里一出手，中贡布嘎尔与下贡布嘎尔两边一夹，哈哈哈，片尔旺，勃索嘉措，你就等着受死吧。”

“可是，头人。”管家丁二烯萨还是把他的担心提了出来，“万一下贡布嘎尔没有及时过来，我们这一片是不是就等于开了一个口子，让片尔旺逃生！”

上贡布嘎尔头人奚古扎拧了下眉头：“你是说，下贡布嘎尔会不来？”

“头人，管家没有这么说。”丁二烯萨忙低头。

“哼。”

只是，奚古扎这声“哼”，不知是对管家丁二烯萨，还是对下贡布嘎尔，抑或是对他自己？

“管家，”上贡布嘎尔头人奚古扎目光越过中贡布嘎尔头人得莫西的肩头，问道，“通事仍还没有片尔旺出兵的准确消息报来吗？”

“是的，头人。”

奚古扎眉头便拧成了一个疙瘩。

“不会是通事报错了消息吧。”中贡布嘎尔头人得莫西说出了他的疑惑。

“再探再报。”奚古扎对管家说完之后，转向得莫西，“中贡布嘎尔，你说如果片尔旺头人勃索嘉措不从我们上贡布嘎尔进入贡布嘎尔草原，那他们会从哪里进入？”

得莫西望着那张卷了边的图纸，无意识地摸着他的光下巴，道：“没理由呀，从片尔旺过来，只有上贡布嘎尔离他们最近，而且，他也知道，目前论实力，只有上贡布嘎尔可以与他相抗衡。”

“唔，你的意思，他肯定还是会先攻入我上贡布嘎尔？”

“是的。”

“那好，我们就先行一步，趁着今晚夜色，去边界，迎接我们的可爱的片尔旺头人勃索嘉措吧。”

“你是说今晚，现在，马上？”

“怎么，你是担心通事还没有来报吗？”

“不，不是。”中贡布嘎尔头人边起身边道，“我是说，下贡布嘎尔还没有到……”

“不等了，我们都等了他三天了，要是片尔旺早点来，恐怕我们战斗都打完了。”

得莫西望着一边穿着靴子一边说着这些话的奚古扎，眼睛里变幻莫测地闪过几点亮光，然后与奚古扎一起，走出了碉房。

浓浓的夜色中，草原上，一队队人马，正悄无声息地向上贡布嘎尔与片尔旺边界那片荒芜的草原进发。

“中贡布嘎尔，你的奘和人马就守在这里吧。”

“不，上贡布嘎尔，我的人马要与你的人马一道，再往前推进三箭之地。”

“哈哈哈，中贡布嘎尔，你以为我是不想让你杀那片尔旺吗？错了，我是说，我们两个贡布嘎尔人马集中在一起，目标太明显，那片尔旺看见了，还不掉头望风而逃！那下贡布嘎尔不来也罢，要是来了，还真的没有地方让他们驻扎。”

奚古扎虽然说得轻松，但得莫西还是从他的话音里听出了他是多么希望下贡布嘎尔此时能前来助他一臂之力，因为人马一多，不说战斗力，单就那一片“杀”声的威势，也让胆小的能吓掉胆，胆大的吓破胆。

可是，下贡布嘎尔始终没有出现。

这时，天上的星星开始渐渐隐去了，远处的东方，泛出一片如包裹佛经的丝帕般的金光。

突然，一匹马从远处疾驰而至。

“谁？”

得莫西一惊，“呛啷”一声抽出了腰刀。

“别紧张，是通事。”奚西扎按了按得莫西的手，然后对正急急趋步前来的通事问道，“情况怎么样？”

“禀头人，片尔旺的人马已经开拔了，正向这边赶来，估计在天亮之前能到。”

“哈哈哈，果然不出我所料。”奚古扎不由大笑，“想偷袭，打我个措手不及？勃索嘉措，你还得要多烧几炷香，多拜几天佛。来人，传我命令——兵分两路，做好战斗准备，同时各家管好各家的藏獒，在没有发起攻击之前，不许出声。”

“是，头人。”

接下来，便只见人影幢幢，不见星光闪烁。

片尔旺头人勃索嘉措压根儿也没想到，他精心策划的这次偷袭行动，竟然在发起之前就要土崩瓦解。他原准备趁着夜色运动到边界上，然后在太阳出来之前，以迅雷不及掩耳之势直驱上贡布嘎尔碉房，等到上贡布嘎尔发现他们的大军时，他们怎么也不会在半天时间之内集合起所有的人马来还击。他要在上贡布嘎尔碉房里，亲自抓住那个曾让他丢尽颜面的奚古扎。

可是，正当他望着天空，估算着应该到了边境时，突然，前面传来消息，说前面草原上似有贡布嘎尔的人马严阵以待。

“什么，有人马？”勃索嘉措简直不相信自己的耳朵。

“是，头人。”报信人再次确认。

“这怎么可能，这怎么可能……”勃索嘉措根本不相信他昨天晚上才临时决定动身的时间，怎么这么快就让上贡布嘎尔的人知道并还迎到了边境？一边在心里反复说着，勃索嘉措一边策马赶紧随着报信人向前跑去。

透过昏暗的黎明前的光亮，片尔旺头人勃索嘉措的心，如这早晨的冷风一样，开始由上向下一直冷下去。

看来，这次行动走漏了风声，让上贡布嘎尔早就做好了准备。

现在，箭已在弦上，打还是不打？勃索嘉措脑筋急速地旋转着。

“头人，”这时又有一匹马跑了过来，“我们侧面发现有上贡布嘎尔人马在运动。”

勃索嘉措二话没说，立即打马奔向侧面。

果然，侧面有大队人马正在向他们的后方包抄。

望着近在眼前的贡布嘎尔美丽的草原以及那日河那清清的河水，又从眼前如雾气般消散开去，片尔旺头人勃索嘉措恨恨地咬着牙说出了一个字：

“撤。”

片尔旺头人勃索嘉措恨恨地将马鞭在空中抖出一个花，“啪”打了一个响，然后，勒转马头，率先往回撤去。

不战而退，这虽然不合片尔旺头人的作风，但这种没有把握的仗，他勃索嘉措不敢打，因为好不容易经过这么多年的准备，刚刚建立起来的片尔旺，不能就这么眼睁睁地往敌人张着的嘴里送。

不一会儿工夫，片尔旺人马就如他们来时一样又悄悄撤了回去。

而此时，上贡布嘎尔头人和中贡布嘎尔头人却分别在自己的人马中，静等着天亮时，给片尔旺以迎头痛击。

“头人，片尔旺人马逃了。”

“哈哈哈，”奚古扎望着阳光下的泛着金色的草原，不禁哈哈大笑，“中贡布嘎尔，片尔旺见到我们的大军，吓破了胆，战也不战，就撤啦。哈哈哈……”

“是，上贡布嘎尔头人。”得莫西也兴奋地道，“这只是我们两个贡布嘎尔的人马，要是再加下贡布嘎尔，我们兄弟三人合在一起，那勃索嘉措不要吓得屁滚尿流。”

“兄弟！哼。”奚古扎咬着腮腺恨恨地道，“中贡布嘎尔，从今往后，不要再在我面前提起什么下贡布嘎尔。”

得莫西怔了一下，但接着便替下贡布嘎尔开脱说：“上贡布嘎尔，也许，下贡布嘎尔正在赶往这里来的路上呢，或者，是下贡布嘎尔遇上了什么难缠之事脱不开身呢。”

“中贡布嘎尔，你就不要再说了，任何理由，都不能比抵御外族来侵更有理由。他眼里没有上贡布嘎尔，好啊，我眼里更没有他斡斯冈！”

“啊，巴孕尕奶山神啊，”得莫西望着气得脸孔都有些变形的奚古扎，知道再说什么也没有用了，只有等他冷静下来，再伺机调停吧。于是，他双手合十，对着远方正在阳光下闪着耀眼雪光的巴孕尕奶山念道：“请伸出你仁慈的手，将上下贡布嘎尔的孽结解开吧。”

巴孕尕奶山没有伸过一只手，但天上却伸过来一片云，得莫西仰头看了一眼，然后两腿一夹，“驾”，胯下的战马，立即向已经走出一箭之地的奚古扎追去……

06

听着报讯人报来的消息，下贡布嘎尔头人斡斯冈望着巴孕尕奶山，久久无语，直到知事喇嘛在后面轻轻催问“头人，你今天还去那日河边训獒吗”，他才深深地叹息了一声：“上贡布嘎尔，这回，算我下贡布嘎尔欠你的。”

这时，远处传来几声藏獒的低叫……

第六章　孤寂雪原

就让他扔吧，哪怕砸中了自己，那又算得了什么，总比现在什么声音也没有，什么事情也没有，什么动静也没有要强，因为那样，至少还可以证明我花嘎是一个活着的生命

01

大雪一直下着，整个下贡布嘎尔草原，很快就被雪的棉毯厚厚地裹了起来。天空除了乱舞的雪花，再也看不见什么，稍远处，分不清哪是地哪是天。

风不大，但足以让人不敢从棉帽中伸出头来。

下贡布嘎尔头人斡斯冈站在碉房窗前，想着天晴之后，草原中包括巴孕尕奶山上的所有动物，都会出来觅食，而且一个个会“穷凶极恶”——饥饿，让它们见到可食之物会不顾一切。

而这正是训獒的最好时节。

想到獒，斡斯冈便想到现在仍被他扔在洞中的花嘎和日嘎。

这两只獒已经被训得初露王者风貌了，尤其是花嘎。

想到当年为了训练这两个小东西，竟然在片尔旺入侵上贡布嘎尔时他竟没能前去助战，从而使他与上贡布嘎尔头人奚古扎的嫌隙越来越大。而要想弥补这间隙，现在唯一能做的，就是尽快训出一只獒王来，当上贡布嘎尔看到一条比他原来的红獒安达拉还要强悍的獒王时，也许，他们之间才会回到从前。

想到这里，斡斯冈不由得深深叹息了一声。

但随着他的叹息，那两条可爱的小獒，又浮现在了他的眼前——

当那天发现它们两个会打洞时，他便知道，要单独训练它们了，如果再让它们与知事喇嘛在一起，只会让它们产生对人类的依附和与人类的友好相处，知事喇嘛太宠爱它们了。于是，他便在一个黄昏，把两只小獒抓到了那日河边，将他们扔进了事先挖好的两个洞中。

洞不大，可以刚够它们跳起来扒住边沿，但绝对不可能爬得上来。

这是锻炼它们的耐力。

可没过两天，斡斯冈竟发现，虽然两条小獒分别在两个洞中，但它们只要听到有牧人经过或是别的动物动静，它们就通过彼此起伏的吼叫作为交流。

于是，斡斯冈只好将它们往草原更深处送去，并且将它们两个间隔开来，一个靠近那日河，一个则向巴孕尕奶山方向，这样，离人类更远，它们再也

听不到了那马的嘶叫，狗的吠叫，人的喊叫。

为了确认它们这次是真的陷入一种孤寂之中，斡斯冈特地留在那，连续观察了三天，而就是这三天，片尔旺悄悄发动了战争。好在，奚古扎凭着他敏锐的鼻子，嗅出了片尔旺的偷袭，使他们不战而退，要不然，他斡斯冈这一辈子也不会心安。

“头人，花嘎和日嘎现在长得又高又大了吧？”

不知什么时候，知事喇嘛悄悄站在了斡斯冈的身后。自从那两条小獒只有一个月大小之后，他便再也没见过它们了，此时见头人站在窗前锁着眉头，他猜想，头人一定也是在想日嘎和花嘎。

斡斯冈没有直接回答知事喇嘛，因为，知事喇嘛这不是第一次如此问了，记得一开始那阵子，他几乎每天都要问上一遍的。

“它们现在真的凶狠无比、迅猛无比、桀骜无比了吗？”

是呀，它们现在真的凶狠无比、迅猛无比、桀骜无比了吗？而为了它们的这个凶狠、迅猛、桀骜，他，下贡布嘎尔头人，吃了多少苦……

随着坑越来越深，越来越大，斡斯冈知道，第一期训练已经结束了。

于是，他将花嘎和日嘎带到了巴孕尕奶山脚下，因为，只有这里，才有猎人。他要对两条小獒进行各种生存训练。

这天，斡斯冈将花嘎扔进一条壕沟，而这条壕沟下宽上窄，从沟底里看上面，只看到一线天——这是一条天然的训獒好场所。

花嘎一进去，便迫不及待地观察了一下地形，然后选择了一处表皮比较松软一些的沟壁，开始往上爬。

可是，每次正当要从沟中探出头，能看见沟外的阳光、树木或是牧草、牛羊时，那土块一松，它又跌了下去。

如是者三，花嘎的力气在一点点消耗，但怒气，却在一点点聚集、升腾。

没有吃，没有喝，花嘎从仅能容下自己转过身子的壕沟这头跑到那头，又从那头跑向这头，一直到了第三天，突然，一团黑影兜头罩了下来，花嘎本能地一个跳闪让了开来，可等它跳闪开还没落下地，不想，那个黑影竟然向它发起了攻击——啊，原来，是只熊。

这只熊正为它被蒙了头昏天黑地而恼羞成怒，却突然身子一空，落进了个壕沟。但在落地的刹那，它的本能让它嗅到了有其他动物的体味，因此，一俟脚下够着泥土，它便转身向发着浓重气味的那个动物扑去。

花嘎一个腾跃，竟然从熊的上边跳到了另一头。

这下，熊可气坏了，一个转身，“砰”地一掌，拍得泥土哗啦啦一片响。

花嘎不知道这个家伙到底是个什么东西，冷冷地后蹲着警惕地注视着它。当熊转过身再次向它袭来时，它仍没敢接招，而是如前炮制，准备从它的身上跳过去。

可是，这次，这个笨家伙却多了个心眼，当花嘎正要越过时，它却猛地一伸掌，抓向空中的花嘎。

花嘎这一惊非同小可，要是被它抓中，不说扯出肠子，至少也会撕破肚皮。好在，毕竟壕沟里活动空间太小，熊在伸掌时，没能自如，所以稍稍慢了那么半拍，只抓到了一把花嘎的毛。

一落地，花嘎立即反过身，轻轻地吼上一声，那意思是：“你到底是谁，出手怎么如此狠毒？来而不往非礼也，就别怪我花嘎不讲情理了。然后突然起跳，直向熊的脖颈咬去。

熊连着两次的失利，已足够让它气得吐血了，现在，见这个不知死活的东西又向自己正面攻来，于是，它立即直起身子，伸出双掌，迎向花嘎。

眼看熊掌就要触到花嘎的鼻子了，可花嘎却突然改变了方向，不是直接攻向熊的颈项，而是熊的眼睛。因为它知道，任何动物，只要没了眼睛，便想怎么玩它就怎么玩了。

熊哪想到花嘎会在半道上来这一手，慌乱中忙用掌来拦，但迟了，花嘎的大嘴已经连皮带肉将它的左眼咬了下来，并且借着冲劲一跃，现在又跳到了它的后面。

熊急忙转身，但还没等它转过来，花嘎再次扑上，这一次，可是明明白白，一口咬住了熊的脖颈。

血，如壕沟上面射下来的光线一样从花嘎嘴下射向两壁。

熊还在挣扎，但显然，那已经是毫无意义了。

这一次，花嘎又轻松获胜。

而与此同时，相距至少有三里之地的日嘎，也在经受着同样的生死考验，所不同的是，它面对的不是一只熊，而是三条与它有着一样体形的鬣狗。

这些被饿了三天的鬣狗一见到眼前这么大的一个活物，立即狂吠一声一哄而上，日嘎没敢正面接招，而是从乱中突然就地一蹿，躲了过去，虽然这招看起来不雅，但很适用。

三条鬣狗立即转身，不容日嘎有任何喘息的机会，再次攻上。

日嘎这次没再避开，而是在三条鬣狗跳起来的同时，它也跳了起来，在空中，认准了那条冲在最前面的鬣狗喉咙，只一伸嘴，就听到一声清脆的断裂声，它知道，这条鬣狗完了，另两条见前面的鬣狗跳了一半就“咕咚”一声倒了下去，知道这条獒非同小可，转身想逃，可是，狭窄的壕沟里，它们能往哪儿逃？于是，日嘎立即发起正面进攻，一起一落之间，两条鬣狗顷刻也都毙了命。

望着如此不仅凶狠而且还足智多谋的日嘎和花嘎，下贡布嘎尔头人斡斯冈，不由舒心地笑了起来。

“头人，什么时候带我去看看它们，我都快有三年没见着了呢。”

斡斯冈看了一眼知事喇嘛，见他那副认真的样儿，不由得笑了起来：“知事喇嘛，你真的想见见它们？”

“那当然，做梦都想呢。”

“可要是它们认不出你呢？”

“认不出我？不会的，我从小就与它们在一起呢。”

“没有什么不会的……”

望着雪原，斡斯冈又沉进了他的回想。

02

“头人，这么大的雪，你也要去吗？”

“是的，管家，它们就要成功了，这个时候，最是关键，只要它们连人类也不相信，就大功告成了；可是，我现在就怕它们做不到。”

“其实，头人，你也做不到，你这不就要去看看它们么？”

斡斯冈一边从管家手中接过枣红马缰，一边道：“我这次出去，多则十天少则三五天就回，你们不用再送什么食物；带的奶酪，够我吃一阵的。”

“是，头人。”

“驾——”

茫茫雪原上，一骑枣红如一团火焰一般，向巴孕尕奶山驰去。

两条藏獒眼看一天一天地变得成熟起来，凶狠有了，凶猛有了，现在，还缺少那种一招毙命的凶暴。

下贡布嘎尔头人又将它们从壕沟里拖了上来，开始往巴孕尕奶山更深处走去，那里，会有更多的即便是他也意想不到的危险。

但他一次只能带上一条，必须让它们绝对孤独，否则，就练不出它们的獒性来。

可当斡斯冈再次返回来，带上日嘎前去山中时，正行走间，突然，一边的灌木中传来一片折断之声，接着，竟然拱出两头野猪来。

这两头有力气而没脑子的家伙，突然看见面前一人一獒，竟然吓了一跳。但很快，它们又平静了下来，其中一条往前走了几步，睁着它那双贼溜溜的小眼睛，直瞪瞪地望着斡斯冈和日嘎。

这个时候碰上这两个该死的家伙，斡斯冈也没有想到，此时，他只能以不变应万变，否则，只要他一动，野猪立即就会扑上来将他撕碎。

但日嘎却不是好惹的，它早在这两个家伙还在灌木中时就发现了它们，只是由于它与斡斯冈在一起，没将它们放在眼里罢了。现在，这个呆头呆脑的家伙居然伸着它那张猪嘴，直视着它的主人。于是，日嘎突然跃起，直扑过去，还没等斡斯冈回过神，日嘎又已跃向第二头了。而第一头野猪，却好像一下失去了脑袋一样，边叫着边只在原地打着旋，再一细看，它的喉咙，正如一截漏了的自来水管一样，往外冒着血。

而第二头野猪，比第一头更惨，还没弄明白是怎么回事，只感到脖子上一阵钻心的疼痛，稀里糊涂就一命呜呼了。

一场獒猪之战，不过短短的几分钟便告结束，这是斡斯冈所没有想到的。

望着躺在地上的两头仍不时地抽搐一两下的野猪，斡斯冈从靴中抽出藏刀，很快就将其肢解了。

望着眼前一大堆肉，斡斯冈想：“这下可不用为食物发愁了。”

为了祝贺日嘎的这次战斗，斡斯冈破例地，让日嘎吃了个饱，而且，没有立即将它扔进早就选好的一个洞穴。

雪已经停了，而随着雪一停，空中没有乱舞的雪花，地上，则变得格外地刺眼起来。下贡布嘎尔头人斡斯冈整了一下头上的帽子，将马鞭在空中打一个响花，继续向巴孕尕奶山驱驰——他现在要对它们两个，日嘎和花嘎，进行最后一个科目的训练，那就是唯主人是从，否则，任何活物都是可恶的。

草原上就是这样，只要雪一停，太阳就出来了。

到处泛着金光的雪原上，不时地有那么一两个红点在雪地上跳跃，斡斯冈知道，那是红狐，这接连几天的雪，它们也一定饿坏了，现在雪一停，便赶紧出来觅食。

近处也不时地从小土堆中拱出几个小黑脑袋，那是獭鼠，虽然旱獭冬眠，可这些小东西却并不。它们伸出小脑袋，东张张西望望，只要有一丝风吹草动，便又赶紧缩回洞中。当然，它们不会想到，这要是碰上有经验的藏狗，想吃它们，只要默默地走过去，不声不响地守在洞口几分钟，保准能将它们生擒，因为它们缩进去不一会儿，就又忍受不了洞中的孤寂，禁不住洞外阳光的诱惑，钻出来；而它们刚一露头，正好便落入早就等待着的藏狗嘴中。当然，只有藏狗会这么偶尔为一下，藏獒是不屑如此取食的；藏獒要取，就得像对付野猪、棕熊、黑豹这样的对手，跟一只力量根本就没法与自己相匹配的对手较量，那样即使胜利了，也是不武。

几只獭鼠刚将头伸出来，看到雪地上远远走来一匹庞然大物，而且浑身枣红，在这雪地上看起来，格外耀眼，吓得“吱”一声缩了回去——但又忍不住好奇，转过身，将眼睛躲在洞口朝外望着。直到那庞然大物“吱吱嘎嘎”从它们身边走过，走向大山，它们才又跳将出来。望着他们的后背，在雪地上跳几个圈，并发出只有它们自己才能听得懂的几声欢叫。

听到獭鼠的叫声，下贡布嘎尔头人斡斯冈不禁笑了笑，这些小家伙，不知将他们这一人一马当成了什么呢，说不定还以为是上天突然降下来的世界，因为，它们实在是太小了。

可是，斡斯冈的笑意还没完全从脸上褪去，突然，前面几个黑影一下爬上了他的心头：不好，碰上狼了。

这种时候碰上狼，无异于碰上一群死神。

斡斯冈迅速调整好坐姿，同时操刀在手，双腿一夹，纵马弛去。他知道，这个时候千万不能调转马头，否则，狼会以为你落荒而逃而立即向你追来。它们的肚子现在已经让它们疯狂到只要遇到活物就绝不放过的地步。

活物？

对，这不正是锻炼一下日嘎或是花嘎的最好机会吗？

于是，就在狼群见斡斯冈挥刀直向自己冲来一愣神的工夫，斡斯冈已将它们远远地甩在了后面，但狼群是根本不会轻易放弃这到嘴边的食物的，一只头狼“嗥”地叫了一声之后，便立即卷一堆雪，向他追来。

在这饥饿的雪原上，人类最怕这种群狼了，被它们盯上，能够狼口余生的，几乎为零。但此时的斡斯冈却不仅不感到害怕和担心，反而格外高兴，他想，如果他训练出来的藏獒，连这样的一个狼群都对付不了，那他葬身狼口又复何言？

近了，近了，前面就是花嘎的洞穴。

花嘎在洞中正为如何脱逃这个“苦海”而日夜动着心思，没曾想，突然外面远远地传来一片嘈杂声，并从嘈杂声中，它听出了主人那匹枣红马的蹄声以及紧随那马蹄之后的狼的脚步声。

怎么办？

花嘎望着只有一小块圆圆的天空，望着每次自己刚要爬上去，却又掉落下来的四壁，再次腾跃——它要冲出去，主人正在受着威胁。

一下，两下，三下。

啊，这下行了，花嘎两条前腿终于一下够着了地面边沿，可是，它要想爬上来，却万万不能，因为后面两条腿悬空在那，没有任何可作支点，哪怕是一丁点大的小土块也行，那样它就可以跃上去。可是，现在没有。它只能扒着洞口——好在虽然吃力，但头终于还是能伸出一部分，虽然看不见主人如何在向它奔来，但能看到那被枣红马踏得乱飞的雪粒正四下飞扬。

远远地，下贡布嘎尔头人看到了地面上露出一小截黑黑的影子，他知道，那一准是花嘎。这样也好，只要稍助它一下，它就可以出洞，而不需要他找根树枝来给它做支点横在半空跳出了。

离花嘎还有十米远，斡斯冈灵便地跳下马来，然后借着马的冲势，一下扑到花嘎的面前，伸手抓住它的两条前腿，然后往上一提，使它前爪腾空，这样，它两条后腿便很合时宜地一下就蹬住了洞壁，只轻轻一跃，就上来了。

一俟上来，那几年来的压抑，几年来的愤怒，几年来的孤寂，此时，立即化成一股无与伦比的力量在花嘎身上爆发了出来。只见它像一支离弦的箭一般冲进了狼群，没见它的嘶吼，却见一只只狼被它左一甩右一扔地抛得一路都是。

狼群怯了，要在平时，它们是根本不碰这样的怪物的，经验告诉它们，碰獒，就等于自取灭亡。但现在不同，现在是大雪几天，它们实在是饿了，而正好又多一个活物送到它们嘴边，岂能就此轻易放过？因此，它们拼死也要战上一场。

狼确实不是獒的对手，没几下，它们就倒了一批。而且看来，这条藏獒简直就是疯子，不分攻与不攻的狼，它见着就咬，而且口口狠毒，一口毙命。

但狼是狡猾的，见这只藏獒这么没头没脑地横冲直撞，便分出两部分，一部分仍与它纠缠，另一部分，则向它们的目标——那一人一马悄悄逼近。

下贡布嘎尔头人一看，不好，狼想绕上来对付他与枣红马呢。于是，他立即发出命令，让花嘎不要乱追一气，这边有狼想伤害它的主人。

正在杀得尽兴的花嘎一听主人发出了危险信号，忙一掉头，向主人奔去。果然，就在花嘎奔到主人身边时，另一侧的狼也刚好到达。好险，迟一点，主人就会有不测。

其实，斡斯冈早就做好了准备，他骑在马上，手握钢刀，如果万一花嘎没过来或是不敌，他便立即过去，杀出一条路来，再去将日嘎释放上来。

一眼瞥见几只獐头鼠目的狼正悄悄地向主人靠近，花嘎身子向后一挫，然后一个纵跃，立即向它们扑去。

头狼一看计谋已经败露，只好长嗥一声，带着它剩下的狼群，无奈地撤了出去。

望着如一个个小黑点一般消失在雪原上的狼的影子，花嘎仍不解恨，冲着它们“呜呜”地吼了两声。

斡斯冈伸手轻轻地按了按花嘎的头，以示对它刚才一战的褒奖。

花嘎兴奋地摇了摇尾巴，表达对主人的安慰的回应。

可它没想到，正在它得意之时，主人一下伸出双手，将它“咚”的一声又掀进了那个只能看见碗口那么一小块天空的黑洞。

“呜——”

这次，花嘎发出的，却是怎么也不明白的责问。

其实根本不需要责问，因为它还没有接受完最后一个项目的训练……

03

将花嘎再次推入洞中之后，斡斯冈拍了拍手，然后牵过枣红马，向相距至少有三里之地的另一边的日嘎走去。

为什么要相距如此距离？

道理很简单，因为他训练的是獒王，现在是两只獒，獒王仅能有一个，只有通过“战”而胜。如果彼此太接近，它们之间就会因为熟悉而在将来的争斗时，出现不“战”而胜，不利于真正的獒王的选拔和成长。

日嘎比花嘎的苦丝毫没有少吃，这些天，望着纷纷扬扬的大雪如秋风刮过的树叶一样从它的头顶上飘过，它便想，已经有好几天了，怎么这次再也没有什么活物从天而降了呢？肚子都饿得前胸贴后背了，再没有，恐怕自己要饿死在这个可诅咒的洞中了。此前，虽然每次它都要拼却生命的最后一点力气，但总算将对手置在了自己的爪下，成了自己的口中之物，就连一向以凶狠著称的雪狮也不例外。

正这么胡乱想着，日嘎突然精神一凝，立即竖起耳朵，屏息静听起来：

它从那风雪声中，听到了远处有狼嗥，而且是一个不小的狼群的嗥声，在那些凄厉的嗥声中，它还听到了几声同类的声音，是的，是同类的声音——獒，没错，是獒的声音。

日嘎静听了一会儿，可突然，那些声音一下却什么也没有了。

它正疑惑间，陡然，又传来一阵马蹄声。

日嘎立即警觉地往洞壁上靠了靠，因为每次从上面落下来的动物，都是直接落到洞底。一开始它没经验，只顾抬着头往上面望，不承想，那些活物落下来不是砸在硬硬的冻土上，而是砸在了它的身上。甚至有次，一条豺狼落下来，竟然差点砸折了它的腰，以至那次本来一口就能让豺狼毙命，结果，它硬是与它周旋了足足有半天时间，最后才将它逼到洞壁边，总算报了一砸之仇。

可是，日嘎很快又站了出来，因为，它从这马蹄声中听出了，这是主人的枣红马，那匹英俊得让所有母马都秋波横溢的枣红马，它正驮着它的主人向这边走来。

走来的，当然是日嘎的主人斡斯冈。

斡斯冈来到洞前，跳下马，先探头往洞中望了望，见日嘎正期待地望着他，他便笑了一下，又缩回了头。

怎么，主人就看我一眼又要走？

日嘎心里不宁起来。

果真，主人的马驮着主人离去了。

啊，啊，主人，让我上去吧，在这里，我怎么才能去抓那些野兽来填充我的已经空得连整个巴孕尕奶山都能放得下的胃？

听着日嘎从洞中发出一声低沉的吼声，斡斯冈在马上回头望了一眼，然后不由笑了一下，策马向前又继续奔了起来。

“从今天起，尊敬的巴孕尕奶山猎人，我请求你们不要再往洞中扔猎物了——”

两名腰束皮带，肩上靠着猎枪倚坐在火炉边，正一边不停地翻着手中伸在火上烤着的野猪肉，一边望着说话人的猎人，一下顿住了：“不扔猎物，难道你出这么大的价钱让我们往里面扔石头？”

斡斯冈笑了下，道：“一点没错，就是往里面扔石头。”

“你说的可是真的？”

“当然是真的，下贡布嘎尔头人难道还与你们打诳语？”

两个猎人你望望我我望望你，不知如何回答才好。

“你们不用担心，只管将你们能抱得动的石头往下面砸，最好能瞄着那两条獒身上砸，瞅准了，接二连三地砸。”

“那要是一不小心砸死了……”

“放心，砸死了，是它该死，我绝不找你们。”

两个猎人莫明其妙地摇了摇头，嘀咕道：“竟然世上还有这等事。”

“奇怪是吧。”斡斯冈笑了下，站起身，然后边往外走边说，“三天后我再来。”

“是，尊贵的下贡布嘎尔客人。”

但已经跨出门帘外的斡斯冈想想又转回了身，道：“我要提醒你们的是，每天只能砸一到两次，要不然，等我三天后再来，恐怕不是见不到你们就是见不到我的獒了，请记住。”

“放心，下贡布嘎尔头人，我们既然拿了你的报偿，就一定会按照您的吩咐去做。”

04

花嘎跌回洞底，脑袋还是没有回过神：怎么好好的主人，一转眼，又将它给推进了这虽然有底但胜于无底的深渊？

听着主人的马蹄声“踏踏踏”远去，花嘎的心也一起“踏踏踏”地冰冷起来。好在，刚才的一通厮杀，让它很过瘾，只是，早知道它还会回到洞中，那就多吃几口狼肉才好。狼肉是不好吃，只能喝一点儿狼血；可现在，不仅狼血没有，就连最不好吃的狼肉也没有了。

这么东想西想着，时辰便过去了一天。

大概雪停了吧，因为花嘎听得到有鸟落在雪地上唱歌的声音，还有其他野兽出来觅食的那狂飙如风或小心翼翼的脚步。这个时候，要是自己能在雪原上，那该多好啊，自己一定要撒开四腿，尽情奔跑，将那积雪，踏得如云彩一样。可是，现在它只能站在这洞穴的底层，望着圆圆的天空作着空洞的遐想。

花嘎不由有些沮丧起来，这是它自从接受训练以来从来没有过的情绪。

正在这时，它听到有脚步声向这边来了。

是人!

花嘎立即昂起头朝上面望着。

果然是人。

两个人影从圆天中探了下来，大概是想看看它花嘎在干什么吧。

花嘎便朝他们轻轻呜了一声。

谁知，随着它的一声轻呜，“呼”一下，从上面落下一个东西来。

花嘎心中一喜，是不是又有什么猎物跌落进了洞中？管它是什么猎物，只要是有生命的就成，那样与其战斗着，哪怕被咬伤甚至咬死，也比让它干站着望着天受用。

可等那两团东西一前一后落到地上，花嘎不由发出了一声失望的感叹：原来只是两块石头而已。

可恶的人类，为什么要扔石头？难道想砸死我吗？花嘎躲过第二次落下来的石头，非常不满地朝上面的人类“骂”了一声。

“呵呵，它发怒了呢。”一个人对另一个说。

“是啊，”另一个回道，“这贡布嘎尔头人也怪，雇请我们竟然用石头来砸他扔在洞中的狗。”

“不是狗，是獒。”

“对，是獒。不过，它与狗长得没什么两样呀。”

“与狗长得没什么两样？”花嘎听懂了人类对它这样的评价，“那是因为你们整天待在山中，根本不知道我们草原上藏狗和藏獒的区别。要是有机会我上去了，一定会让你们见识见识我这样的獒与狗有什么不一样。”

可是，人类没有机会给它再对话，而是说着便离开了。

花嘎有些后悔，刚才不该如此诅咒人类，就让他扔吧，哪怕砸中了自己，那又算得了什么，总比现在什么声音也没有，什么事情也没有，什么动静也没有要强，因为那样，至少还可以证明我花嘎是一个活着的生命！

孤寂，如夜色一般浓浓地、湿湿地、重重地从头顶上向花嘎压来……

当第一块石头落下来的时候，日嘎便赶紧扑上去闻一闻，看看这些人类又在玩什么花样，因为他知道，以前那些野物，都是人类给扔进洞里来的，虽然每次扔进来的动物都是那么凶悍，有时甚至几至要要了它的性命，但它日嘎却热血沸腾，因为作为一只獒，只有在战斗中，才能体现出獒的本色。

可是，当它扑上今天从上面扔下来的东西时，那东西竟然躺在地上一动不动，哦，原来是块石头。

扔石头下来干什么？

日嘎不满地仰起头向上望去，呀，不好，又有一块石头落了下来。日嘎赶紧一个前扑，身子紧贴住洞壁，只听“咚”的一声，那块石头在它身后几厘米的地方砸得它脚下的土都一震。

“可恶。”

日嘎恨恨地望着圆顶上两个人影。

从鸟的叫声中，花嘎知道又一个新日子开始了。

它现在很饿，但比饿让它更难受的，仍然是那无穷无尽的孤寂。

这时，雪地上又响起了脚步声。

花嘎一下跳到洞的中间，昂头望着，它多希望这脚步声能在它的洞的上面停下来，然后——

还没想到“然后”，突然，一块石头从天而降。

花嘎一时没有反应过来，等意识到是一块石头正朝它落下时，那石头就已经落在了它的身上。

“啊，好疼。”

花嘎疼得大叫一声，躲到壁边，用尾巴不停地拍着刚才被石头砸中了的后尻，牙根痒痒地冲着上面大叫了一声：“我要是上去了，非将你们的皮扒下来不可。”

而上面的人类在听到花嘎那变了调的吼叫声中，不仅没有停止下来抛砸

的石头，而且还夹杂着他们奚落的笑声：“你看，是我砸中了它。”

“来，这次看我的。”

于是，花嘎看到一个人头伸着朝洞底张望，它知道，那是在寻找它在哪个方位，好让他的石头直接落到它的身上。

“混蛋，你们究竟想干什么！”

花嘎愤怒地嚷了一声。

可就在它嚷声刚出嘴的同时，又一块石头直向它落来，这下，花嘎早有准备，立即身子一蜷，横着贴向洞壁，让石头在它身边落下。

可它刚刚躲过这一块，还没来得及朝上再骂一声，又一块石头落了下来，而且直向它藏身的壁沿垂直而下。

花嘎忙跳向另一边。

可脚刚落地，又一块石头从上面落下来了。

这次，花嘎真的是愤怒到了极点，它大吼一声，迎着那石头，突然纵身——哦，它是想利用那石头作为支点，跳上去。

显然，那垂落的石头没办法“支”着花嘎上去，但也将那两个人类一下吓得不轻，因为花嘎这一跃，差点儿就跃上了洞口。

“这个可恶的狗。”

“是獒，我都说过多少遍了，还狗？”

“反正都一样，”另一个人道，“还真是吓人，刚才就像要跳出来了一样。”

“嗯，我们下回要注意点。”

两人边说着，边又探头朝下望了一眼，然后，“踏踏踏”离开了。

随着人类脚步声的远去，花嘎回头抚了抚被砸得现在仍还有些疼的后尻，气不打一处来，来来回回在洞中转了好几圈，也不能使自己平静下来。

可转着转着，花嘎眼睛一下亮了起来——

望望眼前一块块大小不一的石头，又抬头望望圆口的天空，花嘎试着爬上一块稍大点的石头，然后猛一发力，腾跃而起。可惜，在刚要能够着洞的边沿时，它又滑落了下来。

虽然仍滑回了洞内，但这次的一跃，使花嘎信心大增。

于是，它一次次地选择着石头，一次次地试着往上腾跳……

05

“尊敬的巴孕尕奶山猎人，请带上我给你们的羊和牛，回你们的山寨去吧。”下贡布嘎尔头人斡斯冈站在不知是哪一年建立起来的猎人的窝棚前，对两名这些天来，一直帮他捕猎的巴孕尕奶山猎人说道，“感谢你们二位这几个月来的辛苦。”

“啊，尊敬的下贡布嘎尔头人，要说感谢，我们得感谢你才是，是你给我们羊，给我们牛，还有巴孕尕奶山最珍贵的盐巴，我们不过按照您的吩咐，捉一些活的野物让您的狗享用一下罢了。”

“是獒。”另一个猎人马上小声地更正道。

斡斯冈笑了一下，没有管他们说的“狗”还是“獒”，这就像在猎人的眼里，没有他打不中的猎物一样，只要是猎物，他就去打，至于这个猎物具体叫什么，那是其次。

“尊敬的巴孕尕奶山猎人，在你们离开之前，我想请你们最后再帮我去砸一下我的藏獒。”

两个猎人互相看了一眼，然后又都同时点了点头。

“这次，你们要狠狠地砸，不要用大块的石块，只用小碎石了，越能砸中它越好。”

“行，下贡布嘎尔头人，我们会照您的吩咐去做的，越能砸中它越好。只是，假如它要是跳了上来呢。”

“那你们就用棍子将它再打下去。”

日嘎试过这几天来所有从上面落下来的石头，但每次，只差那么一丁点，就是上不去。根据往常的规律，现在，应该又是那两个人类过来砸它的时候了。

而想到人类前来砸它，日嘎再也没有以前那样的恐慌，而是一种期待，因为它知道，人类砸得越多，石头累积起来也就越快；石头累积得越快，那就意味着它就越接近跳出这个无底洞的日子了。

果然，它听到那两个人熟悉的脚步声。

可是，不同的是，当它仰头朝上望时，却并不是与往日那样的一块块石头从上而下直向它落来，而是一个个卵石兜头盖脸而下。

日嘎一时有些怔愣，可就在这一怔愣之间，几块卵石便落在了它的身上，呀，好疼。日嘎惊叫一声，恼怒地向上吼了一下，但回应它的，仍是劈头盖脸的卵石。

这下日嘎可受不住了，愤恨让它几乎要失去理智，将整个身子退到洞壁的一侧，然后猛吼一声，借着前面一块石头，直向上跃起来。

“快打！”

日嘎刚一从洞中冒出头来，不想，“嗡”的一声，它的脑袋像是撞在了一堵墙上似的，一下，又跌了下去。

不是墙，是棍棒。

落到洞底的日嘎这才明白过来。

于是，它更加恼怒，更加愤恨，更加凶狠，再次积攒起全身的力量，准备再次冲天而起。

而就在它准备发力的同时，它听到了一个熟悉的脚步声正赶将来，这个脚步声不是别人的，是它的主人。

一股说不清道不明的情绪，一下涌上日嘎的心头，它悲喜交加地呜吼了一声，然后身子往后一挫，接着前腿抬起，后腿垫上它早就计算好的一块石头，奋力向上跃去。

“啊，日嘎，你果然不负我的希望，你终于跳出来了。”斡斯冈一把抱住跃上的日嘎，激动得热泪盈眶。

多少日子以来，就是为了等待这一天的到来啊。

为了这一天，他下贡布嘎尔头人不仅亲自训练它们，而且还第一次运用了这种别人从来没有用过的训练方法……

可是，日嘎顾不上与主人亲热，立即掉转头，去找寻一直与它为难的那两个人类。然而那两个人早在它跳上来之前，乘着斡斯冈替他们准备好的快马，逃之大吉了。

望着还留散在空气中的那两个人类的气息，日嘎愤怒地朝着天空狂叫了

起来。

正在洞中为一次次腾跃而仅差那么一点就是上不去而焦躁着的花嘎，忽然听到远处一声又一声苍劲而又夹杂着悲凉的同类的声音，心底不由升起一种从没有过的力量，然后突然起跳。只是这次的起跳，与以往不同，以往它都是直上直下，而这次，也不知哪来的灵感，它是借着洞壁，成“之”字线路，前爪离开这壁，后腿就紧跟上猛蹬，使得整个身子蹿向另一边。如此只用了三个来回，它，花嘎，便一下跃出了那个囚禁它几个月之久的洞穴。

跳出来了的花嘎，似乎还不相信，在冲出几步之后，猛然回身，朝后看了看，接着又朝天看了看，朝地望了望，看到天——原来是那样的大，地——是那样的广，这才确信，它真的是跃出了那个让它想起来就不寒而栗的陷阱……

06

雪原上，一匹马，如一匹红缎般向下贡布嘎尔草原飘去……

因了这红色，雪原，不再孤寂。

第七章　胜者为王

那些藏狗们，曾几何时见过如此激烈、惨烈、热烈的场面，一个个在外围既蹿又跳，既吠又叫，将那些近处的牧人也都招引了过来，使得整个上贡布嘎尔碉房前如同节日一般

01

“头人回来了！”

整个下贡布嘎尔碉房前，站满了翘首以待的人，大家一个个或眯着眼，或手搭着凉棚，或干脆伸长脖子，一齐望着那条通向巴孕尕奶山的雪道。

雪道上，只见一匹枣红马矫健如飞，后面，紧紧跟随着两只同样如飞一般的藏獒，正向碉房前驰来。

人们开始涌动，自觉不自觉地开始向前迎去。

知事喇嘛边跑边叫着：“我的神呀，花嘎、日嘎，还认得我吗？长这么大了！”

连一些远远朝这边张望的藏狗们也不禁有些好奇起来，冲着那一骑两獒“汪汪”地吠叫着。当然，这样大的动静，不可能不引起半耳、灰姐和灰妹的注意。其实，当人们还只是三三两两地在碉房前指指点点时，它们就透过那雪霰，看清了来人不是别人，而是它们的主人。所以，当人们激动得向前涌动时，它们则反而很冷静地立在那，一点也不惊讶。只是主人身后的那两条獒，倒是引起它们不小的兴趣。

半耳望了一眼灰姐，好像是在说：那是你生的两个儿子吗？真是不错，看，那腿，多壮实！

灰姐站在那，只是拿眼看着那两条獒，随着枣红马的一起一伏而一起一伏着，既不超过马，也不被马落下，始终保持着那么一点距离，这样看上去，一马两獒不是在奔跑，而是在进行着一项运动表演。

人们簇拥着自己的下贡布嘎尔头人，嘘寒问暖。

而知事喇嘛却让过头人，径奔后面的两条獒而去。

跑在前面的日嘎忽见一个喇嘛不去问候主人，却张着臂向它们跑了过来，立即一个急停，然后冷冷地望着他。

而花嘎由于日嘎的猛然停顿，一时刹不住脚，竟一头撞在了日嘎身上。

日嘎不满地回头望了一眼花嘎，龇了龇牙，花嘎只好抱歉地轻呜一声，绕过日嘎，向主人跟前走去。

“啊，你是花嘎，是吗？”

知事喇嘛见一条獒径向前走来，还以为是迎向他的呢。

可是，没等知事喇嘛“都长这么大了，小时候就数你坏”说完，花嘎突然冲他猛地张开嘴，一口咬住了他的袖袍。

知事喇嘛一惊，忙要从它嘴中抽出袍袖，可是，花嘎咬着就是不松。于是，一人一獒，在雪地上就这么一挣一咬地闹腾着。

“啊，花嘎，你不认识我了么？”

望着知事喇嘛与花嘎做着游戏般地在雪地上打个旋，众人全都一下笑了起来。

笑声中，日嘎却密切地在观察着半耳它们那边几条獒的动静。虽然风中的信息告诉它，它们是同族，同时还有一定的渊源，但獒的本性就是战斗，为主人战斗，只要主人下了命令，不管是谁，都要所向无敌。

“花嘎，放了他吧。”这时，斡斯冈发话了。

花嘎听到主人让放了他，它这才将嘴一松。而知事喇嘛正用力地挣着呢，突然花嘎这一松，使他一下收留不住，蹬蹬蹬，一连退了好几步，最后还是“咕咚”一下，摔倒在了地上，于是，又引起一片哄笑声。

但人们的哄笑声还没完全展开，突然又“啊”的一声紧张起来——

原来，花嘎将知事喇嘛一松，然后一错身，不是退到日嘎那边与它一起蹲坐着，而是直接向半耳跑了过去。

虽然眼前一片热闹，但半耳与灰姐、灰妹却视而不见，它们眼里只有那两条健硕的獒。它们不知道主人离别这些天突然带回来这两条獒究竟要干什么，尤其是半耳，难道是主人嫌我做王已经到了非要更新换代的地步了吗？灰姐与灰妹也各自在想着各自的心思。灰姐想：真看不出，这两小子长得还真够高大威猛。灰妹想：真的要争起王来，半耳够一番争斗的。

三条獒正这么各怀心事地想着，突然，只见花嘎扔了知事喇嘛，径向它们这边走了过来。

首先出来拦截的是妹獒巴萝楚。它突然起步，一下就跳到了花嘎的面前，警告它不要再向前，否则，它会不客气。

花嘎原本并不是前来打架的，只是它突然感到那边的三条獒与它之间有着一丝说不清道不明的联系，因此，想前来问候一声，没想，眼前的这条母獒竟然拦住了自己。花嘎停住了脚步，回头望了一眼主人。

见斡斯冈只顾与他的族人们谈笑风生着，花嘎便又回过头。从它看到半耳第一眼时，它就认定，这个缺了半个耳朵的家伙一定很有味道，它要尝一尝。因此，对灰妹的拦阻，花嘎根本就没往眼里去，而是如灰妹刚才拦它时一样，也是突然起跳，直向半耳扑去。

半耳虽然早已有心理准备，但没想到这个家伙怎么这样不懂礼貌，不仅不向它獒王请安，而且当着主人的面，竟然向它扑来，是想给我獒王一个下马威还是想给它自己今后做王打一个基础？想到这里，半耳不禁恼怒起来，在花嘎跳起的同时，它也跳了起来……

“花嘎。”

“半耳。”

几乎与此同时，斡斯冈与管家日梅基的声音也一起响了起来。

眼看就要在空中相触的两条獒，突然听到主人如此惊骇的叫声，都愣住了，只在空中虚晃一招，然后各自落到地上。

这时，日梅基已跑上来一把抱住了半耳。

那边斡斯冈虽然没有像日梅基这样抱着花嘎，但对花嘎却狠狠地瞪了一眼。

看到瞬间发生的这一切，原本也想参与进来的日嘎，不由幸灾乐祸地笑了起来，然后两条前爪在地上抓了抓，冲着正不知所措的花嘎轻轻呜了一声。

下贡布嘎尔头人看了看两边的藏獒，然后似对花嘎又似对在场的每个下贡布嘎尔人说道：“花嘎和日嘎是我们下贡布嘎尔的客人，记住喽，不许你们这样对待它们。”

“客人？难道它们不是我们灰姐生下的小獒吗？”知事喇嘛一边习惯地摸着他的头一边说。

可是，没有人回答。

02

“好吧，就按管家的建议，将花嘎送过去吧。”下贡布嘎尔头人斡斯冈笑着道，“其实，这两条獒都很优秀。”

“那是，头人亲自训练出来的，哪会有错？”管家日梅基躬了下身子。

对管家这句明显是拍马的马屁话，斡斯冈听后，只是笑了一下，然后问道：“报讯人派出去了吗？”

“派出去了，头人。”

“说了由我亲自送过去？”

“是的，头人。”

“唔，那好，管家，不早了，你也休息吧，明天还要早起呢。”

“是，头人。”

空气还在散发着星星的梦呓，斡斯冈就起来了，他今天要带着花嘎前去上贡布嘎尔，但愿下贡布嘎尔与上贡布嘎尔因了一条獒王加上为了训练花嘎而贻误了前去合力打击片尔旺的所有恩怨，能从此一笔勾销，就像从来没有发生过一样。

这时，寺房那边的喇嘛已经按照管家的布置，开始为下贡布嘎尔祈祷了。

望着仍不知怎么回事的花嘎，斡斯冈轻轻地拍了拍它的脑袋，然后就像刚才寺房里的活佛对花嘎说话一样，道：“你是一个使者，愿巴孕尕奶山神保佑。”

03

上贡布嘎尔草原，虽然时令仍还处在寒冷之中，但头人奚占扎却感到仿佛到了春天。

前天报讯人送来消息，说下贡布嘎尔头人斡斯冈将亲自送一条獒王给上贡布嘎尔，以践几年前他说过的要赔偿一条獒王的许诺。

我的獒王是能赔的吗？

听说为了训练这条獒王，斡斯冈没少吃苦。

那也好，就让我见识见识下贡布嘎尔头人训练出来的獒到底能不能称王！

想到这里，奚古扎不由叫了一声：“管家。”

“在，头人。”丁二烯萨立即掀帘而入。

奚古扎望了一眼丁二烯萨，见他今天将他那件好久没穿过的狐皮袍子穿了起来，便笑了一下道：“怎么，今天是个特别的日子吗，你穿得如此隆重？”

“应该是，头人，因为今天下贡布嘎尔头人带个他训练出来的獒王就要到达我们上贡布嘎尔了。”

“哦，是今天吗？”

“是的，头人。”

“嗯，管家——”

“在。”

“你说，下贡布嘎尔头人真的能训出一只獒王来？”

“我想，应该能够吧。”

“即使能够，那他为什么不自己留着却要送给我？要知道，在草原上，千獒易得，一王难求啊。”

“大概是想说明他下贡布嘎尔言而有信吧。”

“言而有信？”奚古扎冷哼了一声，然后坐下去，不再说话。

管家丁二烯萨见头人不可捉摸地哼过一声之后不再言语，心中不免有些惴惴，上前半步，躬了躬身，小心地告辞道：“头人，我先出去了，待会下贡布嘎尔头人到了，我再进来禀报。”

“你退下吧。”

“是，头人。”

丁二烯萨刚退出碉房，就忽然听到前面传来一阵藏狗的吠叫。

“难道，是下贡布嘎尔头人到了？”管家丁二烯萨一边想着一边放眼向前望去。可是，正迎着太阳，光线很刺眼，他无法看清那群藏狗们究竟是为了什么而在那里起着哄地吠。

“雪獒，雪獒——”

丁二烯萨不由叫起雪獒关布昆拉来，他是想让它去看看前面到底发生了什么。

可是，管家连叫两声，平日里只要一听到他的声音就会过来的关布昆拉，这会却一点反应也没有。

“怎么，雪獒不在？”丁二烯萨有些狐疑地回过头，去看雪獒一直常蹲的照壁前。

可照壁前，没有一条獒影。

哦，看来，真的是下贡布嘎尔头人到了。

丁二烯萨整了下袍襟，向前迎了去。

下贡布嘎尔头人斡斯冈带着花嘎，日夜打马而行，今天终于到了上贡布嘎尔，可眼看就要到达碉房了，却斜刺里跳出一帮藏狗来，在他身前身后没命地吠着。他知道，它们不是吠他，而是在吠一直让他牵着脖颈的花嘎。

而花嘎要不是脖颈让主人给牵住了，早就冲过去将这群不知天高地厚的家伙给全部消灭了；可现在不行，主人不让动。花嘎试过几次，想跳过去给那个叫得最响的身上带着疤癞的藏狗一个教训，可都被主人严厉喝住了。

真是扫兴。

花嘎只好冲那群藏狗恨恨地龇一龇牙齿。

那群藏狗们见花嘎被一条锁链套着，在其主人手中不能放马过来对它们怎么样，于是，吠得格外起劲，以至于终于将獒王雪獒给引了过来……

自从红獒死了之后，雪獒便做了獒王。

做王之后，雪獒带领领地上的藏獒，很是威风过一阵。它们在主人的授意下，将领地境内的其他动物，譬如专门偷羊的狼，还有专门掏牛和马肠子的豹，一一赶出了上贡布嘎尔，甚至有那么一段时间，只要听到上贡布嘎尔的獒声，这些野兽哪怕只打到一半的哈欠也立即敛了，转身逃之夭夭。

为此，主人很是高兴，因为他的牧人们不需要防狼防豹，安心地圈好牲口，他也就能安心坐在碉房内饮酒吃肉了。

早在两天前，自从下贡布嘎尔来了个报讯人之后，雪獒就预感到会有事情发生，因为从主人和管家丁二烯萨的眼神里，它捕捉到了一种信息，只是，让它没想到的是，竟然凭空里多出一条藏獒来。

虽然隔着人群，并且那条藏獒被它的主人缚着颈项，但从它的走路的步伐以及对藏狗们的态度，让它感到一种威压正在逼近。

于是，它走了过来。

一直不急不缓地走着，就像什么事情也不会发生一样，慢慢地走在自己的草原上，一步一步向花嘎走去。

花嘎突然不动了。

斡斯冈试着连拽了两次，它也没动。

怎么了？斡斯冈不由顺着花嘎的目光望去。

啊，那条他第一次误以为是獒王的雪獒正以一个王者的风度缓缓而来。

不好，前面花嘎的挣，只不过是想脱开他的手去制止一下那些胡乱叫唤的藏狗，而现在，它却不再挣——它不是不挣，而是在判断着对方的意图以及自己发起攻击的最佳距离和机会。

这——

下贡布嘎尔头人不禁心中颤了起来，别新獒王刚到，就与老獒王打了起来——要是这战打赢了还好说，要是输了，他这下贡布嘎尔头人的颜面如何搁置？虽然花嘎的脖子现在被他手中的一根绳套着，但他知道，一旦这样的两条獒开起战来，就是十条绳，也阻不了花嘎。

正在斡斯冈不知如何应付之时，管家丁二烯萨到了。

“啊，尊敬的下贡布嘎尔头人，怪不得我们头人说昨天夜里做了一个好梦，梦见他变成一只喜鹊站在我们碉房上歌唱，原来，是为了欢迎您的到来啊。”

斡斯冈这才松了一口气，忙拱起手：“上贡布嘎尔管家，我们的报讯人三天前来报过讯了，想必你们头人也知道了吧？”

“是的，下贡布嘎尔头人，我们头人正在碉房里替您温着好酒，切着好肉呢。”

“多谢你们头人了！”

说着，斡斯冈拉上花嘎想往碉房走去。

可是，一拉，竟然没拉动；再拉，花嘎仍还是死死地盯着雪獒，一动不动。

丁二烯萨一见，马上对雪獒叫道："雪獒，他们是我们上贡布嘎尔的客人，还不滚开。"

雪獒瞟了一眼丁二烯萨，但身子却没动，站在二十米之外，定定地望着花嘎。

斡斯冈在丁二烯萨训着雪獒的同时，轻轻俯身拍了拍花嘎的头，意思是听话，跟他去碉房。谁知，他不拍则已，一拍，反而让花嘎领会错了，以为主人是说："看你的了，不要给我，给我们下贡布嘎尔丢脸！"于是，头一摇，从斡斯冈手中挣了出去，然后发一声吼，让对方做好准备：我要进攻了。藏獒从不干偷袭那种奸诈之事，要战，就战得光明磊落；要死，也死得轰轰烈烈。那样偷偷摸摸，暗箭伤人，绝不是大丈夫所为，更不是旷广的草原藏獒禀性！

雪獒立即作出反应，整个身子重心往后移去，使得前腿伸了出来，然后头压低，再压低。

一场争夺上贡布嘎尔的獒王之战眼看就要上演，这可急坏了斡斯冈和丁二烯萨。斡斯冈想得更多的是如此上来就战，是不是显得我们下贡布嘎尔太没有深度；而丁二烯萨想的则是，这是下贡布嘎尔赔偿给我们的"獒王"，如果就这么被雪獒给打败了，下贡布嘎尔将如何面对我们上贡布嘎尔头人。

好在，这时碉房前传来了一阵笑声："哈哈哈，好，好啊，尊敬的下贡布嘎尔头人，就让我们看看它们谁是王者吧。今天这一战不打，明天还是会打的嘛。"

不知什么时候，奚古扎站到了碉房前，也正望着这边的势态，也许他是见人们围立在那久久不动，感到好奇才出来的吧。

听到头人说话，丁二烯萨忙退后一步，对斡斯冈作出一个"请"的手势，将他引向奚古扎身边。

可在一听到奚古扎说让它们战时，斡斯风心里就后悔了，倒不是怕花嘎打不过雪獒，而是后悔没有将套在花嘎脖子上的绳索解开来。现在，花嘎可是带着"镣铐"在战斗呢。

没有啸叫，没有怒吼，只听到一股风声，"呼"地炸响，两条獒便战在了一起。

高手之战，不是你咬我多少次，我咬你多少口，而在于质量。质量，懂吗？就是讲究一招毙命。即使你咬它一百口，它只要咬一口，而这一口就要了你的小命，能说它败？

第一个回合，双方都带有试探性地跃起，然后在空中瞅准对方最薄弱也是最致命的颈项，一口咬去，但谁也不会将这个最薄弱和最致命的地方轻易送给对手。腾空而过，立即“唰”地回转，两人又咬向对方。

这时，也不知从哪一下跑出十几条獒来，“呼”地将它们围在了中心，然后一个个像裁判一般那么卖力地叫着，似乎正在战斗的两条獒的叫声全都给了它们。

两条獒几个回合下来，都开始流血了。

花嘎后胯被雪獒深深地扎了两个窟窿，血不停地向外流着；雪獒呢，鼻子被花嘎咬破了，也正一滴一滴地向下滴着血。

这时，藏獒越集越多，也许它们听到这边正在争夺獒王吧，纷纷从各自的家中跑了过来，生怕来晚了，将来会被新獒王责怪似的。倒是那些藏狗们，曾几何时见过如此激烈、惨烈、热烈的场面，一个个在外围既蹿又跳，既吠又叫，将那些近处的牧人也都招引了过来，使得整个上贡布嘎尔碉房前如同节日一般。

雪獒又进攻了，花嘎本能地低头、侧身、跃起，因为只有这样，才能准确地咬向对手的脖颈。可是，意外发生了。就在它腾跃到半空时，突然，那根系在它脖子上的绳索，不知被什么绊住了，也许是草根，也许是碎石，反正这一绊，局面立即陡转，原来正要咬向雪獒的花嘎，现在却处在了被咬的位置，而且回避已然来不及了。没办法，努力跳一下吧，能跳开就跳开，跳到什么程度就什么程度吧。“咔嚓”，花嘎分明听到了雪獒那扎入自己肉骨里的这声脆响。雪獒的这一口可是非同小可，正中它的前肩胛，要是它迟跳一点，就被雪獒一口咬住了脖颈。

但还没等到人们从一阵惊呼中回过神来，雪獒一招得胜之后，立即乘势而上，不给花嘎一点喘息的时间，又一口向它咬来。可花嘎此时刚刚才转过身，还没将自己调整好，就见眼前一黑，它知道，雪獒又到了眼前。于是，它索性闭上眼凭着感觉，张开嘴，迎着那个黑影就是狠狠一口。

雪獒没想到花嘎会这样没有章法地张开嘴对着它没头没脑地咬来，要是不让，自己是能咬中对方，但在咬中对方的同时，自己岂不也要落入对方的口中，这哪是打仗，这是拼命呀。我雪獒可是上贡布嘎尔的獒王呢，跟你拼，太不值了。于是，就在两张嘴眼看就要咬住对方时，雪獒一个侧翻，避了开去。

花嘎一见，千载难逢的好机会，因为雪獒一侧身，整片白花花的肚皮全露在了花嘎的眼前，花嘎立即摆头回首，一口咬去。

雪獒怎么也没想到，在运动中花嘎还能回过头来，等到它发觉时，晚了，只感到自己肚子下边一凉，它知道，那里，被这个还不知道名的藏獒给撕开了。

可它并不为自己的失败而悲哀，它哀的是，这个连名也不知道的獒，以这样的卑鄙手段赢了我，它能做獒王吗？在它看来，能做獒王的，只有咬住了对方的脖颈，哪怕是一口毙命的那种，那才可称得上是王，可现在，它竟然撕开了我的肚子……

看着肠子撒了一地仍想起来而挣了几次也没有起得来的雪獒，花嘎再次跃起的身子在空中突然转向，从雪獒身体的上空跳到了另一边落了下来，然后紧张地望着雪獒。

唔，这一点，倒是有些王者风度！

雪獒终于微笑了一下。

而看到雪獒那轻轻的一笑，仿佛一缕风吹开了花嘎的皮毛，直露骨肉——冥冥中，这种笑它曾见过，在哪见过？花嘎摇了摇头，又闭了闭眼，可就是想不起来。

它又怎么能想得起来——雪獒是它的父亲！

在管家丁二烯萨的惊叫声中，花嘎一步一步向雪獒走去。

“花嘎，不！”斡斯冈阻止道。

可是，花嘎仍一步一步向前走去。

“不，你不能这样！”丁二烯萨跌跌撞撞地跑向雪獒，想赶在花嘎之前赶到它面前。

可是，无论是斡斯冈还是丁二烯萨，突然一下怔住了。整个上贡布嘎尔碉房前围观的人群，一下全都静了下来。就连那些一直叫着的藏狗，也一下停了下来。

眼睛，人的眼睛，狗的眼睛，獒的眼睛，全都定格在了花嘎身上。

只见花嘎走到雪獒面前，两条前腿跪了下来，然后轻轻地将它流在肚皮外的肠子，一下一下地用舌头往肚子里面送着……

“米嫫，快叫米嫫！”奚古扎突然叫了起来。

人们似乎这才回过神来，一边纷纷传着“快叫米嫫”，一边向雪獒跑过去。

但人们很快又顿住了，因为，人们从雪獒的眼里，看到的不是对对手的敌意乃至愤恨，而是那半闭的眼睛，流露出一种无限的慈爱。

人们震惊了。

直到米嫫闻声赶来，半跪着将花嘎已送进一半的雪獒的肠子塞回雪獒的肚子，花嘎这才立起两条前腿，站在一边，看着米嫫细心地清洗、缝合……

“哈哈哈，下贡布嘎尔，你还真的给我送来了一条獒王！”

奚古扎亲眼看了一场獒王争夺大战，感到非常爽意，一进碉房，不禁哈哈大笑起来。

“只是，这场打斗，并不是我的本意。”斡斯冈赶忙解释。

“我知道。但既然是你赔偿给我的獒王，如果它不能夺回王位，那你赔的是什么？哈哈哈，下贡布嘎尔头人，好，好，好。”

斡斯冈被奚古扎一连三个“好”字好得心里直打鼓，不知道奚古扎这“好”字后面会有什么“不好”来。

“听说，这条獒是你亲自训的？”

“是的，上贡布嘎尔，既然我下贡布嘎尔头人说要赔偿一条獒王给您，那就一定要赔偿……”

“所以，你就亲自训练它。”

斡斯冈无置可否地笑了笑。

“嗯，好。”说话间，他们已分宾主坐了下来，奚古扎端起酒碗，“来，下贡布嘎尔，有了这条獒——它叫什么名字？”

“花嘎。上贡布嘎尔头人。”

“唔，花嘎，有了这条花嘎，下贡布嘎尔头人，红獒一事，就当没发生过好了。”

斡斯冈也端起酒碗来："是，上贡布嘎尔头人。"

看着好久没有在一起同桌用过餐的两位头人如此说笑着，管家丁二烯萨垂手立在一边心里不由长长地舒了一下。可是，刚舒了一半，忽然听到下贡布嘎尔头人的后半句话，他的心不由又一下提了起来——

"我们还是好兄弟！"

奚古扎明显愣了一下；在这一愣之间，他看到了宽广的草原，美丽的那日河，还有那从来没有见过面的汉扎西以及汉扎西手上托着的草原上最最紧缺也就格外珍贵的盐巴、如云彩一样的绸缎……"哈哈哈，"奚古扎为了掩饰自己刚才的一愣，一边笑着，一边伸手抓过一块羊肉递到斡斯冈的碗里，道，"吃肉，吃肉。"

于是，斡斯冈的眼里，便飘过一团云雾，他知道，上贡布嘎尔头人仍然还在计较着……

碉房前，上贡布嘎尔人一起围观着他们的新獒王花嘎。

花嘎一时有些很不适应，想进到碉房里去，可主人说过，从现在起，他就不再是它的主人了；它的主人，应该是这个草原上的头人——奚古扎。

可它才不管呢。

这时，从人群中突然走过来一个少年，径直向它走来。

人群中发出一片惊呼。

花嘎看了一眼愕然的人群，又看看少年；少年呢，却奔过来，也不管它愿不愿意，竟然一把抱了它的脖子，与它亲热起来。

啊，这种久违了的亲热，让花嘎心里一下涌起了一种说不出的温情；这份温情，让它立即做出决定：我就认这个少年做主人吧。

"少爷！"

少爷，他是少爷？花嘎从少爷手里挣出头，向他仔细看了看。

"花嘎。他是上贡布嘎尔少爷森格昂沁，你可不能吓了他。"听到惊叫声从碉房里冲出来的斡斯冈声音都有些变调地叫道。

"没有，它没有吓着我，是我吓着它了。对吧，花嘎？"

听着新主人嫩生生的声音，花嘎驯服地摇了摇尾巴……

04

花嘎一到上贡布嘎尔便做了獒王的消息，像草原上春天的鸟鸣一样，很快就传遍了整个贡布嘎尔草原，当然，也传到了中贡布嘎尔草原。

“头人，听说从我们这借种回去的下贡布嘎尔藏獒，一到上贡布嘎尔，就咬伤了它的父亲雪獒。”管家满吉金躬身告诉着一条腿竖着一条腿躺着的得莫西。

“呀呀呀，它父亲？谁告诉你说它父亲是上贡布嘎尔的雪獒？”得莫西瞪了一眼满吉金，“下贡布嘎尔是从我们中贡布嘎尔借的种，记住了，下回再说错了，小心你的舌头。”

“是，头人。”满吉金暗暗笑了下，“不过，我听说，头人，他们还有一条獒……”

“呀呀呀，管家，你真他娘的贼精。”

“可是，头人，管家可什么也还没说呀。”

“呀呀呀，就你那小样，尾巴一撅，我还不知道你是拉稀的还是干的？”

“是，头人。”

“不过，当初我们可没跟人家提过任何要求，现在，人家将獒训出来的，再提，岂不过分；况且现在下贡布嘎尔也只有这一条了。”

“头人，您忘了，下贡布嘎尔不是不喜欢西结古獒种吗？”

得莫西便想到了那次奚古扎抓到三条小獒要与他们三个人分的情景来，嘴角不由就露出一抹笑意。

“再说，我们的图嘎确实不行了，你看，它现在几乎是靠着它的过去在活着，如果再这样下去，我担心，恐怕连一条藏狗它也敌不过了。”

得莫西陷入了沉思。

见得莫西不再吱声，满吉金进一步提议道：“头人，这件事就交由管家我来办，你看如何？”

“可是——”得莫西仍犹豫不决，“这要我如何向下贡布嘎尔开口？”

“头人，一切由管家来做吧。”

得莫西似无奈地叹息了一声，终于道：“千万不要让下贡布嘎尔看出我们图嘎是条没用的公獒。”

“是，头人。”

“那你就看情况办吧。”

“是，头人。”

望着从上贡布嘎尔回来就一直有些闷闷不乐的头人，下贡布嘎尔管家日梅基心里怎么也不明白，按说，当年灰姐咬死了上贡布嘎尔獒王，头人承诺赔偿一条，如今，承诺兑现了，而且是一条真正的獒王，头人应该高兴才是呀，可为什么还一直紧锁眉头？

日梅基想得头疼，也想不出个所以然来。

“头人。”

斡斯冈从窗前缓缓转过头来，望了一眼日梅基：“有事吗，管家？”

“没有，只是——”

“只是什么，管家？”

“只是，我见头人自从上贡布嘎尔回来之后一直沉默寡言，心里有些担心。”

“哦，没什么。”斡斯冈笑了一下。

“没什么最好，头人。”

“你说，管家——唔，还是不说吧。”

日梅基微张着嘴望着说了一半又自我打住了的头人，不知该说什么才好。

正在这时，碉房外传来一阵藏狗的叫声。

“管家，去看看谁来了。”

“是，头人。”

“啊，尊贵的中贡布嘎尔管家，是什么风把你吹到了我们下贡布嘎尔？”日梅基一边说着，一边张开双臂，迎向正牵马走来的中贡布嘎尔管家满吉金。

满吉金见从碉房里走出的是下贡布嘎尔管家，立即抢步上前，同样张开双臂走向日梅基：“是下贡布嘎尔的美酒让中贡布嘎尔的管家跑了过来。”

“哈哈哈。”

“哈哈哈。”

笑声中，两个管家亲切地拥抱在了一起。

“怎么不先派一个报讯人前来通报一下，那样，也好让我替中贡布嘎尔管家斟好酒，布好肉，找好美丽的姑娘伴舞助兴。”

“我只是闲来无事，顺路来看看老朋友。”

“是吗，那就在下贡布嘎尔多待些日子，让你好好尝尝下贡布嘎尔的青稞酒。”

“好啊，下贡布嘎尔管家，就按你说的做。”

两个管家手拉着手，相扶相将着走进碉房。

“中贡布嘎尔管家满吉金见过下贡布嘎尔头人。”

“呵呵呵，中贡布嘎尔管家，”斡斯冈边说，边示意满吉金坐下说话，“你们头人得莫西近来可好？”

“感谢巴孕尕奶山神，我们头人很好。”

“上次灰姐借种一事，其中，多劳管家了，这里，我代表下贡布嘎尔管家，敬你一碗。”

满吉金慌忙站了起来，双手擎碗，敬过天，敬过地，然后一仰脖，将碗中酒干了。

“呵呵呵，管家，”斡斯冈笑着立起身，对日梅基叮嘱道，“你陪中贡布嘎尔管家喝吧，喝完之后，领着中贡布嘎尔管家走走转转，好好地看看我们下贡布嘎尔。”

“是，头人。”

“好，你们喝吧。”说完，斡斯冈掀开门帘，走了出去。

“是，头人。”

等斡斯冈走出去后，日梅基和满吉金这才转过身，继续喝将起来。

“下贡布嘎尔管家，你看，现在我们酒已喝好了，肉已吃饱了，是不是该出去——”

日梅基立即边往起站边说：“行，我们这就出去走走。你是想打猎呢还是想去那日河边看风景？”

“猎就不打了吧，那日河边，也太远了一点，我看，就在这碉房前草原上随便转转吧。”

“那好，管家请——”

“请。”

“下贡布嘎尔管家，那是什么？”

日梅基顺着满吉金手指的方向望去，原来，是几条藏獒正趴在那：“尊敬的中贡布嘎尔管家，那是几条獒。”

“獒？”满吉金似突然想起地道，“灰妞也在那吗？”

“在。”

“日嘎呢？”

“我想也会在，中贡布嘎尔管家。”

“走，我们看看去。”

日梅基不免有些纳闷：这中贡布嘎尔管家怎么对灰妞和日嘎这么感兴趣？难道是灰妞在他们那生活过一段时间他们有了感情？还是日嘎是他们中贡布嘎尔给起的名？好像是，又好像不是。日梅基摇了摇头，紧走几步，赶上已朝几条藏獒走去的满吉金。

见有人走过来，日嘎第一个站了起来。

自从花嘎被送到上贡布嘎尔之后，它与半耳这个獒族之间，算是达成了一项协议：我不承认你是我的獒王，你也不用承认我是你的家族成员。现在忽见管家带着一个陌生人走了过来，它的第一感觉就是“此人可能是前来看我的”。动物与人一样，往往靠直觉就能预知将要发生的事情。

“这是妹獒巴萝楚，这是灰妞，不用我说了，这是它的儿子日嘎，那边那条半耳，是我们下贡布嘎尔獒王列拉桑塔，我们都叫它半耳。”日梅基一一介绍着。

“灰妞。”满吉金嘴里念着灰妞，眼睛却直盯着日嘎，“还认识我吗？”

灰妞躺在那摇了摇尾巴，表示还记得。

“啊，你还记得我！”满吉金突然激动了起来，“那你还记得图嘎吗？”

灰姐莫明其妙地望了望满吉金，然后掉开了眼睛，望向草原。

“可是，图嘎自从你走后，它，它……”满吉金不禁哽咽了起来，“它就什么也不吃不喝，以致，以致……”

日梅基大感意外，一时竟不知如何是好：“管家，满吉金，中贡布嘎尔管家！”

“啊，下贡布嘎尔管家，没什么，只是我一见到灰姐，让我想起了我们的图嘎。”

“图嘎怎么了？”

“自从灰姐被送回你们下贡布嘎尔之后，它日夜思念，自己绝食……”

“啊，有这种事？”日梅基讶然。

“是的，管家。”

“那，你们中贡布嘎尔——”

“不瞒你说，我们中贡布嘎尔现在没有獒王。”

“这，这——”

“不过，也没什么，见到日嘎长成这样威武的样子，我心里也踏实了。”

日梅基望了一眼日嘎。

日嘎不知管家与这个陌生人之间发生了什么事，但从陌生人嘴里，它分明听见他说到了它的名字，于是，它好奇地走了过来。

满吉金见日嘎向他走来，一时，不知它要干什么，屏在那，一动也不敢动，任它在他袍子上东嗅嗅西闻闻。倒是日梅基，见满吉金一副紧张样，忙喝退日嘎：“日嘎，这是中贡布嘎尔管家，记住喽。走开吧。”

日嘎顺从地转过身又回到了原来趴伏的地方，但这次它没有趴下，而是站在那，直昂昂地望着满吉金。

满吉金在心里便暗暗地挥了一下拳头！

05

“头人，中贡布嘎尔獒王是因为灰姐而亡命的，您看，我们是不是将灰姐——”

“不，管家。”斡斯冈打断日梅基的话，“灰姐一直生活在我们下贡布嘎尔，如果将它送给中贡布嘎尔，它一定也会像图嘎一样绝食的。”

“那，我们怎么办？既然我们知道了这一切，总不好装着不闻不问吧？头人。”

斡斯冈突然就笑了起来：“呵呵呵，得莫西呀得莫西，你怎么还是这样刁顽？”

“头人，你——”

“没什么，管家，将日嘎送给他们吧。”

“日嘎？”

“是的，日嘎，他们要的是日嘎。”

望着碉房外与管家日梅基亲切话别的中贡布嘎尔管家满吉金心满意足地带着日嘎踏上了归程，下贡布嘎尔头人斡斯冈在心里默默地想：但愿在上下贡布嘎尔的隔阂上，中贡布嘎尔能力所能及地做一些工作。

窗外起风了。

刚才还那么灿烂的太阳，仿佛被这一阵风给刮跑了，天空，一下暗了下来；该不会下雨吧？

开春了，是应该要下一场雨的……

第八章　活佛觋算

退出人群的米嫫央玛双手合十，深深地呼吸了一下，然后对着巴孕尕奶山轻轻说道：“巴孕尕奶山神庇佑，但愿下贡布嘎尔草原每天都如这歌声一样充满吉祥！”

01

积雪开始化去，草原上一片绿色，涓涓细流，如一首首动听的情歌，在草原上空与鸟的翅膀相和。

下贡布嘎尔少女央吉，也如这春天一般，出落得似花，却比花动人；似玉，却比玉润洁。

“央吉，带上药箱，东牧区有头奶牛病了。”米嫫央玛一边系着靴子，一边对正在房间梳妆的央吉道。

央吉一听有奶牛病了，马上将编了一半的辫子顺手一拧，挽成一个髻，然后敏捷地伸手抓过药箱，跳了出来：“央玛阿姨，我准备好了。”

“好，走。”

“央玛阿姨，你与我一道去吗？”

“是的，我与你一道。”

两人走出帐房，牵过两匹白马，翻身跃上……

十六岁的央吉虽然年龄不大，但跟随米嫫央玛学医却已不短。自从出生时央玛觉得与她有缘并为她起名“央吉”之后，米嫫央玛便仿佛一颗心丢在了碉房里似的，隔三岔五，总得要见上她一面才踏实。等到央吉长到有八九岁时，有时正巧遇上出诊，顺便就将她也一并带上了。

而小小的央吉，不仅仔细认真地看着米嫫央玛如何望、闻、问、切，而且还仔细认真地看着米嫫如何处方如何制药。这样，等到第三次带她出诊归来，央玛便正式地问她：“央吉，愿不愿意跟随阿姨学米嫫。”

“当然愿意了。”央吉童稚的声音很甜地答道。

“学米嫫是需要吃很多苦的。”

“我不怕。”

“譬如，半夜里睡得正香，突然有人来请，你就得起来。”

“既为米嫫，心里只有病人，哪能想着自己睡得香还是不香！”

米嫫央玛当即一把搂过央吉，兴奋地在她小脸蛋上亲了一下，道：“好，你这个徒弟，阿姨收下了。我这就去向头人请求，请求让他的女儿跟随我学米嫫。”

“阿爸会同意吗？”提到头人，央吉有些担心地问道，“他常说我不是男孩子，如果是男孩就好了，他就会将头人传给我。”

“你虽然不是男孩子，但你可以做同男孩子一样甚至是男孩子也做不到的事情啊，所以，阿爸一定会同意央吉做米嫫的。”

“那就太好了，走，我们这就去找头人。”

于是，央玛牵着央吉的小手，走进了碉房。

“尊敬的头人，米嫫央玛有一事恳请——”

面对突然造访的米嫫，一时不知发生了什么事情的下贡布嘎头人斡斯冈，直到听见米嫫说有事恳请，这才一个激灵，回过神来：“恳请？呵呵呵，下贡布嘎尔米嫫，有什么事情值得让您说出‘恳请’这两个字？”

“是的，头人，是恳请——恳请让您的女儿央吉跟随我学习米嫫。”

“你是说，米嫫，你是说让央吉学习米嫫？”

“是的，头人。”

“可是，央吉她愿意吗？”

“我愿意。”不想，斡斯冈的话音刚落，门帘一动，央吉钻了进来，脆生生地答了声，“阿爸，我愿意跟随央玛阿姨学习米嫫。”

斡斯冈愣了愣，但想想头人的女儿学习米嫫，那是最最体面不过的事情了，在草原上，还有什么比米嫫更让人尊敬的职业呢。于是，他笑了起来：“你愿意？可央玛阿姨还不知道愿不愿意呢？”

“央玛阿姨愿意。”

“哦，你怎么知道？”

“我当然知道。”说着，央吉拉过央玛的手摇了摇，“央玛阿姨，你愿意，是吗？”

央玛伸手拍了拍她的小脸蛋，然后抬起头额手道：“头人，既然我前来恳请您，当然是愿意。”

“那好，从今往后，央吉就拜托你了。”斡斯冈坐在那躬了下身子，算是托付。

就这样，从九岁始，央吉便开始跟随央玛学起了米嬷，转眼，六七个春秋就过去了……

“央玛阿姨，今年春上好像奶牛发病，这还是第一例。”

“是的，所以我要与你一起去看看。”

“嗯，这样也好，要不然，遇上把握不准的，我又不知如何是好了。”

央玛没有回应，只是策马往前走着。

草原上的太阳，开始被蝴蝶花一样地围上了……

02

如果说下贡布嘎尔头人斡斯冈的女儿央吉学习米嬷是应米嬷的恳请，那么中贡布嘎尔头人得莫西的女儿卓拉朵学习米嬷，则是在得莫西头人的一再恳请下，米嬷才肯收留。

比央吉小一个来月的卓拉朵，却与央吉不一样，从小就弱不禁风，一直长得小巧瘦削，都十二岁了，却还像是十岁的孩子，简直豆芽菜一根。

那天，当暖暖的太阳照在碉房上，得莫西与女儿无意地谈起她将来准备做什么时，卓拉朵扬起小脸认真地想了半天，才轻轻地吐出两个字：“米嬷。”

“为什么？”

“因为，米嬷可以救人，可以救牛、羊、马，还可以救受伤的黑颈鹤。”

那次她正在草地上与从下贡布嘎尔引回的獒王日嘎逗着乐，不想，一只不知是被猎人射伤的还是在与同类的战斗中被啄伤的黑颈鹤，突然斜着身子从空中栽了下来。不知它是认准了卓拉朵会救它还是怎么的，不偏不斜，正好落在了她的脚边。日嘎一见，以为是什么侵袭卓拉朵，立即一个扑跃，向它扑上。要不是卓拉朵眼疾手快，在日嘎爪牙未到之前抢先伸出了手，它肯定早被日嘎的一扑毙了命。

由于小主人的伸手，日嘎不得不及时收住身子，望着那个翅膀耷拉着的黑颈鹤黑亮亮的小眼睛，忍不住对它低呜了一声。

可是，黑亮亮的小眼睛竟对日嘎的呜声充满好奇地眨了眨，日嘎不由得就喜欢上了它；当然，不仅是这个原因，主要是小主人抱着它，正心疼得了不得地替它呵护着伤口。

恰巧中贡布嘎尔米嫫出诊归来路过这里，看到小主人卓拉朵手里抱着一只硕大的黑颈鹤正紧锁眉头，不由就停了马，问道："卓拉朵，你怎么啦？"

"米嫫，你看这大鹤受伤了，你能为它治一治吗？"

"它受伤了？"米嫫一边下马一边问道，"这是管家让你抱来玩儿的吗？"

"不是，是刚才从天上掉下来的。"

"是吗！"说话间，米嫫到了卓拉朵面前，伸手要接过黑颈鹤。

黑颈鹤不由惊讶地叫了一声，卓拉朵便轻轻地拍了拍它，道："她是我们中贡布嘎尔米嫫，待人可好了，你不要怕。"说完，将黑颈鹤受伤的翅膀拉开来，让米嫫看。

米嫫见黑颈鹤不愿意让她触碰，只好将伸出的手改为直接查看起它的伤口来。然后回身，从随身的药箱里取出一些药，轻轻地撒在了伤口上。

"好了，小主人，它三天之后就会好的。"

"是吗，三天之后。"

"是的。"

"噢，太好了。"卓拉朵高兴地亲了一下怀中的黑颈鹤，"快谢谢姐姐。"

正转身上马的米嫫听到卓拉朵的话，停了下来，转过身问道："嗯，怎么让它叫我'姐姐'？"

"人家都说仙鹤姐姐么，你救了它，它是鹤，你当然就是姐姐了。"

这——这是什么逻辑啊。

但米嫫还是很受用："小主人，愿巴孕尕奶山神佑护您！"说完，一扬鞭，马撒开了四蹄，一会儿，就转过碉房，看不见了……

"呀呀呀，说得好，她还可以救黑颈鹤。好，卓拉朵，你就学做米嫫吧，明天我便专门去请求米嫫。"

第二天，当草原上的雾岚还在空中飘忽的时候，尊贵的中贡布嘎尔头人就带着他心爱的女儿卓拉朵走出了碉房。

阳光与卓拉朵一起微笑。

卓拉朵一会儿伸手牵着父亲的大手，一会儿又跑开几步，采一朵野花，一会儿又蹦蹦跳跳将野花送给近处一只小羊羔并替它戴上。

望着女儿少有的天真烂漫的本色流露，得莫西非常惬意。

卓拉朵是他唯一的一个女儿，她前面，已经有了三个哥哥，所以，对卓拉朵，得莫西很是偏爱，尽管草原上向来对女儿从来就不当一回事，连出生都无须告知族人。

“卓拉朵，学习米嫫，你将来准备怎么做？”马上就要到米嫫帐房了，得莫西拉过卓拉朵，再一次地问道。

“要像米嫫那样，有一颗爱心。”

得莫西点了点头，这才对正望着他的米嫫家的藏獒叫了声：“通知你家的主人，头人得莫西来访。”

那只藏獒仿佛听懂了得莫西的话语，立即转过身冲着帐房的帘子叫了两声。

主人闻声而出。

“啊，头人，是太阳请你一起驾临我的帐房吗。”米嫫赶紧施礼。

得莫西还礼道：“尊敬的米嫫，昨夜我做了一个梦，说米嫫要寻访一位徒嗣，于是，清早起来，我特地敬过天，敬过地，然后带着这个徒嗣赶了过来。”

米嫫望了一眼卓拉朵，赶紧躬身道：“头人，您说的可是卓拉朵？”

“聪明的米嫫，你一下就说对了。”

“可是，头人，她还太小，连药箱恐怕都还背不动呢；过两年吧，等她……”

“不，米嫫，我能背动药箱。”突然，一向连见人头都不敢抬的卓拉朵一甩父亲的手，勇敢地直面着米嫫，鼓着小嘴大声地道，“我还会……”还会什么，卓拉朵一时还真的想不起来，她能做的，好像平时什么也没做过，由于她的娇小，到现在，甚至连马都还不会骑呢；卓拉朵随着“我还会”声音的越来越小，眼泪就流了下来。

“啊，卓拉朵，你还会呵护黑颈鹤，不是吗？”

卓拉朵感激地望了一眼父亲，然后望向米嫫：“对，你是仙鹤姐姐，所以，我也会像呵护黑颈鹤那样呵护你的。”

米嫫终于被感动了，深深地笑了一下，弯下身，拍了一下她的小脸蛋，然后直起身，道：“那好吧，尊贵的头人，就让卓拉朵留下来呵护她的仙鹤姐姐吧。”

“噢，我要做米嫫喽。”

卓拉朵兴奋得跳了起来，亲了一下得莫西。

得莫西望着女儿如此开心，不由也心花怒放，躬身施礼道：“一切拜托了。”

“这是米嫫的荣幸，能收头人的女儿为徒。”

刚说到这，突然，一匹马急驰而来，然后从马上跳下一个年轻人，边跑边叫道：“米嫫，米嫫，请你快点去救救我的女人吧，她快不行了。”

米嫫二话没说，转身奔回帐房，然后拎出药箱——

卓拉朵立刻上前，一把抢过她的药箱：“仙鹤姐姐，你去牵马，我来背药箱。”呵呵，她还记着刚才米嫫说她药箱都背不动的话呢。

米嫫顿了一下，但立即就松了手，翻身上马。

得莫西亲自将女儿抱起连同药箱，一起送到了米嫫的怀里……

中贡布嘎尔草原上，常常看到一匹马上坐着两个人，俨然一对母女，母亲怀里抱着女儿，女儿怀里，则抱着药箱。

不用问，那是米嫫仙鹤姐姐和她的徒弟卓拉朵。

03

宽广的上贡布嘎尔草原，就像它的十七岁的少爷森格昂沁一样，充满着阳光与活力。

骑马。射箭。格斗。唱歌。跳舞。喝酒。

森格昂沁从会走路那天起，就一直被要求做着这些。

因为，他是将来的头人。

头人不会这些，怎么做头人！

所以，十七岁的森格昂沁，看上去已经完全是一个标致的草原男儿了，虽然那粗放的嗓音告诉你，他还是个处在变声期的少年。

但变声期的少年森格昂沁已经能骑在马上百步穿杨，能够在舞会上倾倒美丽的姑娘，他走到哪里，哪里就会引来一片目光……

上贡布嘎尔头人奚古扎望着日日长大的儿子，心中虽然有种苍老的情愫潜滋暗长，但他每当听到人们称赞森格昂沁“他简直就是我们头人用模具刻印下来的一样”时，又总是抑制不住地从心里笑上眉梢。

“少爷，今天还出去吗？”

“是的，管家，昨天还有两个牧区我没有跑到。”森格昂沁向管家丁二烯萨略一躬身，从他身边走了过去。

丁二烯萨忙跟在他身后，边走边问：“牧人家的饮食，少爷习惯吗？”

“自己牧人家的饮食怎么会不习惯！”

丁二烯萨被呛在那，半天没有回过气来，就那么张着嘴望着少爷森格昂沁翻身上马打马而去。

04

下贡布嘎尔草原上的夏夜，如天上的星星一样，充满着热烈而温情的歌声。

碉房前，人们围坐一起，中间，大家不分彼此尽情跳着圈舞，偶或某个男子或是女子激情喷涌，上前几步，在圈舞中间跳起独舞。每当此刻，圈舞的人们便发着有节奏的韵拍伴着热烈的舞步，而圈外的人群，则拍起他们的手，合着节律，将这热情洋溢得满草原都是，甚至连远方的那日河里的鱼儿，也被这歌声感染，不时跃出水面，争睹一眼。

藏獒三三两两站在离人群不远的地方，一边警惕地守卫着这群奔放的主人们，一边时不时地偷眼往这边看上一会儿。

更远一些帐房边的畜棚里，牛、马、羊，则在这歌声中，静静地睡去。睡梦中，它们各自做着各自那流淌着天上彩虹一般的梦。

“央吉米嫫，央吉米嫫。”

突然，一个压抑的声音悄悄地在人群中游走。

“她正在圈中跳舞呢。”有人立即小声地应答着，“你去找米嫫央玛吧。”

“我就是央玛。”

“啊。”答话人这才转过头来，“米嫫央玛！”

“没事，你们跳吧。”

米嫫央玛躬着身子悄悄地退出了人群。

退出人群的米嫫央玛双手合十，深深地呼吸了一下，然后对着巴孕尕奶山轻轻说道：“巴孕尕奶山神庇佑，但愿下贡布嘎尔草原每天都如这歌声一样充满吉祥！”

原来，刚才米嫫央玛听到歌声正要向这边走来，不想，被寺房里的活佛拦住了。

“阿弥陀佛，米嫫央玛。”活佛合十躬身。

“阿弥陀佛。”

米嫫央玛以为是活佛例行的见面行礼，回礼之后正要举步，不想，活佛却道：“米嫫央玛，根据我们寺房的觇算，有一场灾难就要降临到我们贡布嘎尔草原，请你，一定要设法阻止啊。”

“灾难？呵！”米嫫央玛不免撇了一下嘴，因为向来米嫫与寺房是相左的，米嫫主张用医术医治病患，而寺房则主张用经书来解释病者。今天活佛亲自拦住她，央玛心下揣度，不知他又会说出一番什么“道道”来。“连下贡布嘎尔的活佛都不能阻止的灾难，我一个小小的米嫫又能如何？”

“阿弥陀佛，米嫫央玛，请不要固执，听我说完。根据经书，每隔一个五十年，我们贡布嘎尔草原就会有一场灾难发生，而今年，正值这五十。我希望我们联合一起，不分彼此，共同为天下苍生，为贡布嘎尔草原，祈求上天驱走邪恶，送来福祉。”

看在活佛满脸虔诚与庄重的份上，米嫫央玛退后一步，合十道：“只要为下贡布嘎尔所有生灵能做些什么，米嫫都会义不容辞。”

“那好，米嫫央玛，请你打开你祖上传下的秘籍，查找一下历史上每隔五十年都会有一些什么灾难发生，好吗？”

“你们不是有经书吗，上面没有？”

“经书只记载修行，不记载具体病案；你是米嫫，世代相传，祖上一定会有所反映。”

哦，原来这样啊。米嫫央玛再次合十：“我一定查找。”

“请米嫫一定查找啊，万万不可当作儿戏，天下性命，唯此唯重啊，阿弥陀佛。”

“知道了。”

说完，米嫫央玛便辞别了活佛，转身向碉房前的篝火走去；而望着虽然已不再年轻却依然如年轻人一样的米嫫央玛的背影，活佛愣怔了半天……

辞别了活佛的米嫫央玛耳边，却仍在萦绕着活佛那沉郁而忧心的话语。难道真的会有什么不测要降临贡布嘎尔？米嫫央玛在心里不由问了一声自己。这次，活佛会不会还是像上次那样耸人听闻？

上次的耸人听闻，说来也是一件趣事——

那是几年前或者说是十年前了。

也是一个这样星光灿烂的晚上，活佛突然拦住了头人斡斯冈，神色慌张地道："头人，大事不好，根据我们寺房觇算，一场前所未有的灾难将要降临我们下贡布嘎尔草原。"

一向对寺房敬重的斡斯冈当即便紧张起来，忙问是什么灾难。

“天机不可泄，活佛我也只知道有灾难，但具体是什么，只有我佛知道。务请看在天下苍生的份上，头人你一定要拿个主意啊！”

但不管谁知道吧，既然活佛如此郑重其事，作为下贡布嘎尔的头人，怎么能拿天下苍生为儿戏？于是忙问有什么方法可以避免或是破解。

活佛沉吟半晌，最后道："后天，后天辰时，请下贡布嘎尔所有属相龙的男子全都集中到碉房前，听从我佛昭示。"

斡斯冈不敢怠慢，立即差人将所有下贡布嘎尔领地上属龙的男子，哪怕是远在偏僻的牧区牧羊，也全都在三天之内集中了起来。

到了活佛所说的三天之后的辰时，大家全都集中站在碉房前的草地上，专等着佛的昭示。

可是，从辰时直等到亥时，所有属龙的男子望着天空的脖子都望酸了，所有的僧众嘴巴都念干了，可天空中，佛的任何昭示也没有出现，最后，活佛不得不擦着一脸的大汗，在人们一片茫然中，宣布灾难已过，大家可以回去安心牧业了。

其实活佛在跟斡斯冈说集中属龙的男子祈祷还隐瞒了一些觇算，按照他的觇算，应该就在这天的辰时灾难降临。

可是，灾难为什么没有降临呢？

活佛的解释是，他们的善举，感动了上天，上天将灾难移到了别的地方，譬如那些不相信佛神的异族。

那一年，汉原发生了一场历史上最大的地震。

但尽管如此，斡斯冈从此对活佛的信奉却大大打了折扣，这也是这次活佛将他的觇算没有直接告知头人而告知米嫫的苦衷。

但不管怎么说，活佛有一句话是对的，那就是查找祖传秘籍，看看每隔五十年在贡布嘎尔草原上，都会有一些什么现象发生。何况，万一这次活佛觇算是对的呢！米嫫央玛边这样想着，边寻起她的徒弟央吉来，她想让央吉帮她一起查找，因为这些秘籍，很快就会传到她的手里，此时，也不用再避讳。

可是，央吉在跳舞。

那就让她去跳吧，年轻人，总有年轻人的快乐；让快乐多陪伴年轻人吧，何必将这个还没有任何证据的“忧患”过早地让她知道呢？

米嫫央玛急急地向帐房走去。

从那之后每天夜里，米嫫央玛帐房里的灯，一直亮着，就像天空中那颗最亮的星星一样……

05

当草原同黎明一起醒来的时候，太阳刚刚起床，还在忙着洗漱，弄得水珠洒得满草原都是。

那些水珠落在牧草上，牧人们便叫它露珠。

露珠扬着一张张小脸，望着太阳，因为只有太阳能让它们神采飞扬……

可就在这时，一阵藏狗的吠叫，像突然在云空里放进了一个响雷，震得露珠一哆嗦，“吱溜”一声滑到草根下。

听到藏狗的叫声，半耳列拉桑塔仍然那样不惊不讶，灰姐也只是睁开眼向叫声方向看了看，倒是妹獒巴萝楚，倏一下站了起来，昂着头，朝那里极目眺望。

但接着，好像突然发现了什么，灰妹弹开四腿向那边跑了过去。

灰姐一惊，也跟着跳起来跑了出去。

半耳一看两姐妹都跑了，这才站起来，虽然没有立即跟随过去，但它还是有些紧张地仔细张望——不过，它相信，不会有什么大的危险，因为凭它獒王的经验，如果真的有什么，那帮藏狗绝对不是这种叫声。

果然如獒王半耳所料，没有什么。

当灰姐跑到一半时，就清晰地闻出了随风飘浮在空气中的气味——汉扎西。于是，它便停下了脚步。而灰妹则仍还在跑着，当然，它也早嗅出了汉扎西的体味，只是，这次的跑，不再是先前那种要去保卫什么的狠，而是以下贡布嘎尔藏獒的身份去迎接下贡布嘎尔的客人。

李浦风坐在马上，被一群藏狗“围追堵截”着，每次来，他都会受到这种“优待”，虽然早已习惯了，但那些蠢笨的藏狗不像藏獒能认识他，它们咬得可是非常认真，要不是在马上，他相信，它们会真的扑上来将他撕碎的。每次都要费很大的力气，才好不容易通过这一关。虽然现在他手里有着铁棒，这些藏狗不会将他怎么样，但紧紧围着他，让他不能顺利前行，也着实让他无可奈何。

也许白天会好些，可是，现在天才刚刚亮。

本来他是准备在前面度过这一夜再到这里来的，可是，昨晚刚躺下不久，谁知帐篷外竟然响起了一片打斗声，等他小心翼翼地从帐篷内往外一看，天哪，原来是一只饥饿的雪豹正在与一群狼打在一起。他真的不知是应该感谢豹还是狼，要不然，他相信，现在他看到的就不是它们的打斗，而是自己的血肉模糊了。

抹了一把额上的汗，他再也不敢睡了，悄悄爬将起来，趁狼与豹仍只顾互相拼杀，连帐篷也没敢收拾，牵上马，一路跑了过来。他知道，有这一夜的奔波，最迟在太阳升起来的时候，他就能够到达下贡布嘎尔的碉房了。

现在，从这些藏狗的围堵方向上判断，碉房应该就在前面。

李浦风一边左躲右闪，一边不时盼望着听到这些藏狗的吠叫赶过来的下贡布嘎尔哪怕是牧人。正在这时，猛一抬眼，突然看见远处有两团黑影向这边奔来。

“藏獒。”

李浦风心中一喜，有了獒跟有了人一样，因为他知道，下贡布嘎尔的藏獒会记住并认出他来的；只要它们一来，这些藏狗们就不会再这样为难他了。

果然，当妹獒巴萝楚兴奋地奔过来时，那些藏狗们立即全都簇拥起它来，只是，没想到，它们正准备接受下贡布嘎尔领地上的藏獒的嘉奖时，灰妹竟然对这个外族人表示起友好摇起了尾巴。

李浦风一见灰妹冲它摇动着尾巴，嘴里发出一种快乐的呜声，而不是那种警告的吠，忙激动地跳下马，伸手从马背上的褡裢里掏出一小块干肉（多次来到下贡布嘎尔，早已让他学会了如何讨好这些异类朋友），然后一边问着“你是灰姐还是灰妹”一边递给灰妹。

灰妹当然无法回答李浦风的问题。

不过，仅此就足够了，只要让那些藏狗们知道，灰姐或是灰妹认识他，它们就不会再阻住他了。

接下来，李浦风几乎一直是牵着马走到碉房前的，因为他觉得那种被两只獒一左一右后面还跟着一帮藏狗护送着的感觉，非常让他快意。

06

“尊敬的汉扎西，睡得可香？”

望着醒来的李浦风，管家日梅基问候道。

“感谢下贡布嘎尔管家，我这一觉，睡得比吃三头羔羊还要香。”

日梅基刚要答话，不想，外间里响起头人斡斯冈的笑声：“呵呵呵，那就感谢我们尊敬的汉扎西为下贡布嘎尔省下三只羊吧。”

“啊，尊贵的下贡布嘎尔头人。”李浦风慌忙起身。

“不必多礼了，汉扎西。”斡斯冈一边在李浦风对面坐下来，一边问道，“这些年你怎么一直没有消息，忘了下贡布嘎尔我这个老朋友了吗？”

“哪里，忘了山忘了水，也不会忘了下贡布嘎尔头人您哪。”

“呵呵呵，是吗？”

“当然。”

“当然？当然还隔这么久都不来看看我们下贡布嘎尔的羊是否肥，下贡布嘎尔的牛是否壮？”

“尊贵的下贡布嘎尔头人，哪里是汉扎西不想来，而是汉扎西所在汉原，这些年时局动荡，人心不安，实在是没有时间前来拜会啊。”

“汉原也有像片尔旺这样的头人吗？”

“虽然形式不一样，但实质都差不多吧。”

“哦，汉扎西，这些年一定吃了不少苦吧。”斡斯冈关切地问，“这次来到下贡布嘎尔，那就好好地休息休息，等养足了精神，养白了皮肤，养壮了身子，再回。”

“不，尊贵的下贡布嘎尔头人，我只能在这里逗留两天，因为，我还奉有我们汉原的使命，要前往里孜国。”

“那这次去了要多久才能返回？届时，我让管家带着下贡布嘎尔的酒，下贡布嘎尔的肉，去边界上接你。”

李浦风真的感动了，热泪盈眶地额手道：“汉扎西代表汉原谢谢下贡布嘎尔头人的盛情，如果我能够顺利返回，一定会再来拜见。”

这时，管家日梅基走了进来；什么时候管家出去的，李浦风只顾与斡斯冈说着话，一直没注意。

“头人，汉扎西走了一夜的路，现在肚腹肯定早已‘辘辘’，你看——”

“好，汉扎西，我们边吃边接着说吧。”斡斯冈边说边站了起来。

“请——”

管家日梅基退后一步，让过汉扎西和斡斯冈，然后又赶紧跑上前，引导着他们走向膳房。

“啊，这是央吉，长这么大了！”李浦风只见眼前一闪，突然就出现了一个如花似朵的姑娘来，不由惊叹起来，“当年我见她时，她还只这么一点儿大呢。”

望着汉扎西用手比划着她小时候的大小，一向不知道什么叫害羞的央吉，这次，却忍不住羞得脸红了：“汉扎西……”

“按我们汉人的称呼，你应该叫我‘大叔’。”

“汉大叔。”

“不对，就叫‘大叔’。”

“哦，明白了，大叔——”

一屋子的人，全都发出了愉快的笑声。

笑声飞出碉房，落在草地上，如一片金子，闪闪发光……

“大叔，你真的要走了吗？”央吉抚着戴在脖子上的一串紫珠项链，非常不舍地拉着李浦风的胳膊道。

李浦风笑了笑，指着天上的太阳说：“早晨从东边升起，它就要向西边走；我有来到下贡布嘎尔的一天，就有离开下贡布嘎尔的一日，下回再见到我们的央吉，相信，她会长得更加漂亮，就像那日河水一样让人羡赞！”

“谢谢大叔，我一定不忘记大叔的祝福！”

“好啦，送君千里，终有一别，下贡布嘎尔美丽的姑娘，下贡布嘎尔辛劳的管家，请留步吧。”

管家日梅基停住脚步，但双手却托起一把短刀，道：“汉扎西，你给下贡布嘎尔那么多盐巴和绸缎，却一只羊不要，一头牛不牵，我们头人非常过意不去，这是一把我们头人随身携带的佩刀，现在送给你，祝你一路顺风，扎西德勒——”

“扎西德勒——”央吉也躬身道别。

李浦风收好藏刀，翻身上马，然后双手抱拳，道声“再见”，一声“驾”，马蹄便在下贡布嘎尔草原上画一路音符，向巴孕尕奶山方向谱去……

07

肥美的牧草，掩映着肥美的牛羊，上贡布嘎尔草原上，一片春天的景象：草青、天蓝、云儿悠，牛肥、马壮，牧人闲。

几只老鹰，不时地从这边飞起盘旋几圈飞向那边落下，然后又从那边飞起盘旋几圈飞向另一边。

风像长了尾巴一样，从草原上吹过，总要轻轻地抚摸一下人们的衣服或是牧草，让所有的一切都知道春天正飞临在上贡布嘎尔草原上。

少爷森格昂沁和上贡布嘎尔獒王花嘎，就在这春天里，如一只风筝般，飘在上贡布嘎尔草原上……

“森格昂沁。”

不知是天气渐暖的缘故还是什么别的原因，近来，上贡布嘎尔头人奚古扎变得越来越烦躁，有时躁得连地上的草他都恨得想去踩上几脚。

“森格昂沁，森格昂沁！”

随着奚古扎一声高过一声的呼喝，管家丁二烯萨忙小跑着走了进来：“头人，少爷清早起来就上牧区去了。”

“花嘎跟他一道去了吗？”

“是的，头人。”

“好了，我知道了。”

“是，头人。”

丁二烯萨躬身退了出去，走到门口还回过头不安地朝奚古扎回望了一眼。

上贡布嘎尔碉房前，几只圈养的奶羊正悠然地啃着青草，后面寺房里喇嘛诵经的铃铛声，如丝如缕，在空气中轻轻飘荡。

一切，显得那样的安谧。

可是，突然从碉房里传出的奚古扎的一声咆哮，将这一切安谧吓得一个激灵，全跑了——

“什么？汉扎西，又去了下贡布嘎尔？”

“是，头人。”

“还带来了盐巴和绸缎？”

“是，头人。”

“哼，你去告诉下贡布嘎尔报讯人，我不要盐巴。”

“是，头人。”

“也不要绸缎。”

“是，头人。”管家丁二烯萨见奚古扎什么都不要，想想小心地问道，“那，头人，您要——”

“我要？我要——下贡布嘎尔草原……”

“轰隆！”

上贡布嘎尔草原上，响起了入春以来的第一声雷……

第九章　红点风暴

“如何古怪？”“说是无论人还是牲畜，身上起红点，红点成红斑，红斑变红块，红块连红片，然后——”“然后呢？”“然后就没了。”“这——这是什么病？”

01

本来就只有半个的月亮，现在被云一遮，立即就没了。

这是一个月的下旬。

下旬午夜的月亮没了，但下贡布嘎尔米嫫央玛帐房里的灯，却仍然亮着。不知这是第几十本书了，随着在脚边越堆越厚，央玛的心，也越来越悬，终至于在这个没有月的午夜，悬到了嗓子眼儿——

米嫫央玛神色慌张地揉了下眼睛，将刚才看到的那段文字用手划着一字一句地又看了一遍，然后颓唐地往椅后一靠："天哪，真的吗？"

虽然这一声不大，但还是将睡在一边的央吉"刺棱"一下给惊醒了："怎么了，米嫫阿姨，找到了吗？"

"还没有，你睡吧。"

"哦，米嫫阿姨，你也早点休息吧，这样下去你会生病的。"

"知道了，你睡吧。"

央吉看了一眼疲惫地靠在椅上的央玛，翻了一个身，不一会儿，又睡着了；年轻人，就是好瞌睡。

米嫫央玛一直没有将她所做的一切让央吉知道——何必让一个还不知道人间苦与乐、酸与悲的十几岁女孩过早地与她一样，为这目前还没有任何征候证据的活佛的觇算忧心沥胆呢？可自己整天每日每夜足不出户而且手不释卷总得有个理由呀，于是，她便编造说自己正在研究一种偏方，需要查阅大量的资料，请她不要打扰。

一向唯米嫫阿姨命是从的央吉，果然信以为真，不分白天黑夜，将原来由她们俩人的巡诊，一个人主动接了下来，除非遇到她非常棘手的病例非要请教米嫫央玛不可，从不打断她的"研究"，也从不打听她到底研究的是什么。因为，小小的央吉知道，这是每个研究者的秘密，研究成功了，就是祖传秘方。

望着响起轻轻鼾声的央吉，米嫫央玛一时情不能已，两行热泪不知不觉挂上了脸颊："不行，我得要去告知活佛，好商议一个妥善的办法，让下贡布嘎尔，不，是让整个贡布嘎尔，度过这一场浩劫。”

寺房里，在这没月的午夜，经声念起来似乎格外让人心慌。活佛禅坐在房舍里，虽然用尽了定力，可是，心里却总是不断涌起各种意念。可待他想去用理智捕捉时，这些意念倏忽一下，又全都化作了虚无。

如是者三，活佛再也坐不住了。

可活佛刚要起身，寺外似乎就传来了米嫫央玛的说话声：“请通报一声活佛，我有急事见他。”

“米嫫央玛，活佛可能休息了。”

“休息？不会，这个时候如果他要是休息了，他就不是活佛了！”

“果然不愧米嫫！”活佛暗笑一声，朝楼下声音不高不低道，“请米嫫央玛上来吧。”

“是。米嫫央玛，请——”

“尊敬的活佛，这个时候来见你，没有打搅吧？”

“如果这个时候有人来见活佛，活佛却说是打搅，那他就不是活佛了。”活佛笑了一下，伸手示意米嫫央玛坐下说。

央玛也不再客套，边坐边开门见山地道：“活佛，你有什么发现没有？”

“没有，只是感到那个日子不远了。”

“是的，我也觉得。”

“你查到什么了吗？”活佛敏锐地问道。

“是的，活佛。诚如您所说，我在我家祖传秘籍中查到了这样一段话，您看——”

活佛立即伸手接过米嫫央玛指给她看的那一段文字，看过一遍，似没看懂，望了一眼米嫫央玛，埋下头，又看了一遍，然后缓缓抬起头来，道：“瘟疫？”

“是的，是瘟疫。”

“怪不得我前日探访牧区五十岁以上牧民时竟发现，健在者寥寥，这寥寥者中有的什么也不记得，有的只知道说‘饿殍遍野，臭气熏天’，问是什么原因，都只顾摇头。原来是这样啊！”

“籍中记载，该瘟疫多发生于春季，夏季时自愈。看来，你的觇算应该就是这件事了。”

“事不宜迟，明天，哦，不，等今天天一亮，我们要立即禀报头人。”

“是，立即。”

活佛与米嫫央玛表情凝重地相视一眼，深深地点了点头。

可是，没有等到天亮，这场贡布嘎尔草原历史上的又一次浩劫，已经开始了。

但不是在下贡布嘎尔……

02

哭声首先是从上贡布嘎尔头人奚古扎卧房里传起的，头人太太听东牧区来报，那里发生了一种古怪的传染病症，无论是人还是牲畜，身上先出现红点，红点发成红斑，接着红斑连成红块，红块又连成红片，等到浑身都红了时，人或是畜就不能再呼吸了。而此时的少爷，上贡布嘎尔头人的继承人森格昂沁，带着上贡布嘎尔獒王花嘎，却仍在牧区没有回来。

所有碉房里的人全被这突然的哭声从睡梦中惊醒。

谁也没说话，但谁都在心里问：怎么了，头人房里发生了什么事？

他们根本不知道，一场瘟疫，就像天空撒下来的一张巨大罗网，正罩向他们每一个人。

“管家。”奚古扎边走出卧房边习惯地叫了声，可叫出声，他才想起，现在只是凌晨，天还没有完全放亮呢。

刚才进来禀报的知事喇嘛赶紧抢先奔进议事房将灯点亮，然后退后一步躬身让进奚古扎。

“快去叫管家过来。”

“是，头人。”

知事喇嘛答应一声刚要跨出门，奚古扎又叫住了他：“等等，我先问你，明天，哦，不，今天天气如何？”

“昨晚不是向您报告过了吗，今天阴天。”知事喇嘛一脚门里一脚门外回头道。

“有风吗？”

“有，但不大。”

“风向？”

“偏西风。”

“好，你去吧。”

“是，头人。”

“管家，少爷临走时，告诉你他去哪个牧区了吗？”

“没有具体说，但他说上次在北牧区的事还没做完，估计还在北牧区吧。”

“请你立即派人让少爷回到碉房来。”

“发生了什么事吗，头人？”

奚古扎就将眼睛望向一边躬身而立着的知事喇嘛，知道他刚才在路中什么也没跟管家说，然后望向管家道：“东牧区有人送信来，那里发生了古怪病症，想请少爷赶快回来一同商议商议。”

“那赶紧让米嫫去东牧区啊。”丁二烯萨不由有些急道。

“我知道怎么做，管家。”奚古扎声音不高，但听得管家立即打了一个寒战。

“是，头人，我这就亲自去接少爷。”

望着管家退出去之后，奚古扎又望向知事喇嘛：“风向不会在少爷回来之前改变吧？”

“不会。”知事喇嘛不明白地望着奚古扎。

其实，知事喇嘛哪里知道，奚古扎在想，只要风向不变，那么这种传染病症就不会顺着风向迅速传向北方，那样，就能保证森格昂沁顺利返回碉房。

见知事喇嘛愣愣地望着自己，奚古扎想想道：“你再好好地占卜一下，看看这种病症在上贡布嘎尔会是什么卦象？”

“可是，头人，我只对星象和卜术略知一二，对卦象……”

“去寺房。”

知事喇嘛愣了片刻，不知头人说的是指他们两人马上去寺房还是指让他去寺房问问卦象；见头人说完之后已低下头正在看着桌上的什么，知道头人是说让他独自去寺房：“是，头人。”

“注意，这事在我宣布之前千万不要外传出去。”

“是，头人。”

“知事喇嘛，这么早就过来了，一定有事吧？我也正准备过去向头人禀报我昨夜的一个觇算呢。”

“禀报？活佛，你准备禀报什么？”

“还是你先说吧，知事喇嘛，你这么急过来，肯定比我的还要急。”

“还是活佛您先说，我想听听活佛您觇算到了什么。”

“那好吧，阿弥陀佛。”年轻的活佛合了一下手道，“我很久没有觇算过了，再说，即使有什么，我的师父也会及时告知我的。”

“你的师父不是在下贡布嘎尔吗？”

“是呀，但有什么大的觇算，他总会事先通知我的。我的师父……”

“还是不要说你的师父，说说你的觇算吧。”知事喇嘛不由打断了这个啰唆的活佛。

“昨天晚上，我觇算到有一颗灾星正好落在了我们上贡布嘎尔草原，所以，我要去提醒头人，防止片尔旺头人像上次一样偷袭。”

“可是，活佛，这次灾星不是来自片尔旺，而是来自东牧区。”

“东牧区？”活佛睁大了眼睛，“如此说来，这次灾星，是我们上贡布嘎尔自身……”

“是的，东牧区来人报告，说他们那里发生了一种古怪的传染病症。”

“如何古怪？”

“说是无论人还是牲畜，身上起红点，红点成红斑，红斑变红块，红块连红片，然后——”

“然后呢？”

“然后就没了。”

“这——这是什么病？”

“所以，头人让我这么早过来，就是想让你占上一卦，看看这次灾星，对我们上贡布嘎尔会有多大的妨害。”

“好，我马上就来占卜。”

寺房里，一片叮叮咚咚的各种法器声。

经过七七四十九分钟之后，结果终于出来了。

望着占卜的结果，活佛目瞪口呆，一时竟说不出话来……

03

“古怪病症？头人没有说明是什么样的古怪吗？”十七岁的少爷森格昂沁十分惊诧地望着前来接他回碉房的管家。

丁二烯萨十分懊悔，昨天他因事一天没在碉房，否则，也不至于现在连这“古怪病症”究竟古怪在哪一点上都不知。面对少爷的提问，他只能摇了摇头，道：“是的，少爷，头人只说让你回去商议商议如何解决。”

“米嫫去了吗？”

“我不清楚。”

“你不清楚？”森格昂沁莫名地望着丁二烯萨，“你是管家，你不清楚？”

“是的，少爷，我知道时，头人就让我来接少爷了。”

“哦——”森格昂沁想了想，又摇了摇头，然后望向丁二烯萨，“这样吧，管家，你回去禀报头人，就说我直接去东牧区查看病症去了。待我查看之后，即刻回去向他汇报再商议如何采取措施。”

“这，少爷，我……”

“没你事，就说少爷我执意要去就行了，头人不会怪罪你的。”

“可是——”

“别可是了，管家，你请回吧，我马上就去东牧区。”

“要不，”丁二烯萨见森格昂沁说完就要动身，忙道，“我陪少爷一道吧。”

森格昂沁略一思忖，点了下头：“也好。”

两骑在前，一獒随后，顺着湿热的西北风，在上贡布嘎尔草原上，向东牧区驰去……

“少爷还没回来吗？”

当又一批报讯传到碉房里时，上贡布嘎尔头人奚古扎不禁想起森格昂沁到现在还没有回来。

“没有，头人。”

“那——管家呢？”

“也没有，头人。”

奚古扎眉头拧成了一坨疙瘩。

良久，奚古扎抬起头：“知事喇嘛。”

“在，头人。”知事喇嘛应声掀帘而入。

“米嫫有什么话传回来吗？”

“暂时还没有，头人。”

“现在病症是不是传到北牧区了？”

“是，头人。”

“寺房里在祈祷吗？”

“在，头人，喇嘛们已经三天三夜没合眼了。”

“唔，我知道了。”奚古扎喃喃地道了一声。

知事喇嘛望着奚古扎心事重云般的面孔，想想又问了一声：“还有什么吩咐吗，头人？”

“知事喇嘛，你替我占一下，看看少爷现在如何。”

“是，头人。”

知事喇嘛立即走了出去，但不一会儿，又走了进来：“头人，从卜术来看，少爷暂时没事，但如果在酉时还不能及时赶回碉房……”

“怎么样？”

“这只是卜术，头人。”

“一个喇嘛怎么能对自己的卜术怀疑？”

“不是怀疑，头人。”

“那是什么？”

“知事喇嘛不敢说。”

“说。”

“从卜术上看，如果少爷在酉时还没赶回来，恐怕就会有生命之虞。”

奚古扎“咕咚”一声跌坐在那，半天没有回过气来……

“少爷,不能往前呀,那边发人瘟了。”逃难的牧民中有人认出了森格昂沁，劝道。

望着牧民们赶着成群的牲畜，仿如洪水猛兽在后面追赶着他们一样，森格昂沁不由也有些慌了，嘴里一个劲念叨:“怎么会这样，怎么会这样？”毕竟，他才十七岁啊。

“少爷，管家求您了，我们回吧。”丁二烯萨几乎带着哭腔哀求道。

“不能回，作为上贡布嘎尔少爷，这个时候离开他的牧人，躲进碉房，岂不让天下人笑话，驾——”

两骑一獒继续向西飞奔而去……

04

下贡布嘎尔寺房里，掌灯喇嘛已是这一夜中第三次给灯加油了。

灯光下，米嫫央玛再次急急走进寺房。

“活佛，想到什么办法了吗？”

“你呢？”活佛没有直接回答央玛，而是反问道。

“我与央吉查到现在，也没能查到先人是怎样阻止的。您呢？”

“只有一种被动的办法。”活佛似乎是给自己一个肯定，点了点头，“在瘟疫发生的地方设置一道火墙，然后，我们所有的喇嘛坐成一排，用火经来加以遏制。”

“这办法行吗？”

“我是活佛，米嫫央玛。”

米嫫央玛一下顿住了，倒不是为活佛的这句话，而是她想，即使不行，她又能有什么好办法呢？她是米嫫，医者，在没有见到病例之前，她能说出什么“对症”之药？何况现在病症究竟会是一个什么样子她连想都想象不出。

于是她道："那我们立即禀报头人，就按活佛您说的做吧。"

"事不宜迟，走——"

"头人，您已经三天三夜没合眼了，休息一会去吧。"管家日梅基望着一脸倦容的下贡布嘎尔头人斡斯冈小声地劝道。

斡斯冈动了动坐得有些麻木的腿，望了一眼日梅基，说："不行啊，管家，你看活佛，还有米嫫，他们都在没日没夜地查找破解瘟疫的良方，这个时候，如果他们的头人却在睡大觉，你不觉得他们那颗叫做下贡布嘎尔的心，失去了光泽吗？我坐在这，就是在给他们那颗下贡布嘎尔心加油啊。"

"头人教诲得是。"

"管家，他们说的是真的吗？"

"头人，我也不知道。"

"是啊，你也不知道；你如果知道，你不也成了活佛了？"

一主一仆，说完，不禁都苦涩地笑了起来。

正在这时，门外传来知事喇嘛的通报声："头人，活佛和米嫫喇嘛求见。"

"快请进来。"

"是，头人。"

一会儿，只见门帘一挑，活佛和米嫫央玛一起走了进来。

"阿弥陀佛，头人，我们——"

"想出了阻止的办法了吗？"斡斯冈激动得半跪起身，眼睛在活佛和米嫫央玛身上来回望着。

米嫫央玛额了一下手道："是的，活佛想出了一个办法。"

"请说，活佛！"

"火经。"活佛合了一下十，只道出这两个字。

"火经？"

"是的，就是用火龙加上喇嘛们的经声，合在一起。"

"经书上说，大约五百万年前，婆罗诺男神不小心打翻了一只魔盒，虽然诸神合力捉拿，但其中有一个魔逃到了我们贡布嘎尔草原躲藏了起来。由于草原太大，婆罗诺男神亲自在这里守了七七四十九年都一直没有候到。哪知，第五十年，那个魔实在坚持不住了，悄悄跑了出来，吸食生灵的血，也就是现在发生的瘟疫。等婆罗诺男神得到消息赶来，那魔又隐匿了起来。这样，他又守了七七四十九年，结果还是没有守到。第五十年，那个魔又出来了。这样三番五次，魔便掌握了婆罗诺男神的规律，此后，每隔五十年就出来吸食一次生灵的血。现在，我们喇嘛来念婆罗诺男经，让魔以为是婆罗诺男神捉它来了，然后再升起火，让烟熏瞎它的眼掉进火中，这样，即使火炼不死它，至少可以使贡布嘎尔暂时躲过这一劫。”活佛一口气解释到这。

“好，就用火经。”斡斯冈兴奋地说完，却又一想，“在什么地方施行火经呢？在碉房吗？”

是呀，在什么地方呢？

米嫫央玛只想到有了办法，而这个办法具体怎么施行，还真的没有仔细想过。现在被头人一问，不由窘住了。

还是活佛胸有成竹，他躬了一下身，道：“在瘟疫流行的趋向上。”

“可是，我们——管家，接到过瘟疫已经开始的讯报吗？”

“回头人，目前还没有接到，我已派出各路人马，一旦发现，立即就会飞马报来。”

“好。”斡斯冈转向活佛，“辛苦你了，活佛。”

“这是活佛分内的事，头人。”

“还有米嫫央玛，这些日子你也辛苦了。”

“还有您的女儿央吉，她现在还在查找有关医书呢。”

“噢，那都是你的功劳，米嫫央玛。”

“谢头人。”

“好了，现在我们想出了阻止瘟疫的办法，各路探讯人也派出去了，大家今晚就都休息一夜吧。”说完，斡斯冈站了起来，可是，见大家都没动，不由纳闷道，“怎么，还有事吗？”

管家日梅基笑了一下，说：“不是，头人，您看，现在太阳都升起来了。”

“是吗？”

下贡布嘎尔头人斡斯冈向窗外望去，一轮红日正从东方喷薄而出……

“头人，头人。”斡斯冈感到不过刚刚闭上眼，外面就传来了管家急促的叫声，“接到报讯……”

一听到“报讯”，斡斯冈一骨碌翻身跳了起来，一边问着“怎么样”，一边掀帘走了出来。

“刚刚东牧区讯人来报，上贡布嘎尔西北有大批人马走动，不知发生了什么事。”

“大批人马走动？”

“是，头人。”

“难道，”斡斯冈不禁有些懵了，“是片尔旺来犯？不会呀，如果是的话，奚古扎应该像上次一样，会来通报我们的呀。虽然他为上次我们没能及时赶去一直耿耿于怀，但总还不至于连通报都不通报一声呀。这……”

“会不会是，”管家试探地道，“活佛和米嫫央玛所说的瘟疫？”

斡斯冈顿住脚，半天没有回答。他在想：也不对呀，如果是瘟疫，那怎么会有大批人马走动呢？

日梅基猜测斡斯冈一定是在考虑那“人马走动”四个字，于是，进一步地说：“也许，那些人马，是为了躲避才走动的呢。”

“对呀，我怎么就没想到。可是——上贡布嘎尔为什么到现在都还没派人来通报我们呢？通知通事，快快探报。”

“是，头人。”

05

“管家还没有回来吗？”上贡布嘎尔头人血红着眼睛大声问道。

知事喇嘛马上额手躬身道：“还没有。”

“也就是说少爷没有回来？”

“是的，头人。”

“米嫫呢，也没有任何可以阻止病症的办法吗？”

“是，头人。”

奚古扎长长地吐了一口气，然后将手一挥，道：“知事喇嘛，传我命令：

一，东牧区和北牧区所有牧民和牲畜，不准再往西牧区或是南牧区迁移；牧区中传染上的人畜与没有传染上的人畜立即隔离。二，立即派出报讯人，向中贡布嘎尔、下贡布嘎尔通报，请他们派出米嫫前来共同找寻病因，加以疗治。三，任何人见到少爷，立即将他送回碉房，哪怕绑也要绑回来。”

“是，头人。”

乱马飞驰，铅云飞渡。

上贡布嘎尔草原上，经历着有史以来最严峻的一次生命考验。

“少爷，我们不能再往前了；再往前，就是病区了。”管家丁二烯萨纵身下马以身拦在森格昂沁马前。

森格昂沁只好勒住马缰，立在马上，眺望着前面绝望的牧人们仍在努力地圈着羊群，以免其跑散。

“不行，管家，你看，那些牧人多么爱惜他们的牲口，难道我这个少爷，连他们对待牲口的那份心都没有吗？我要过去看望他们，哪怕只是骑在马上向他们问声安也好。”

“不行。”丁二烯萨牢牢抓住森格昂沁的马嚼。

“管家。”

“说什么也不行。”

这时，那边一匹马突然不知怎么了，一下冲进了刚刚被牧人好不容易圈起来的羊群里，横冲直撞。

森格昂沁不由急了，对着管家怒道：“放开。”

管家拼死拉着。

“花嘎。”花嘎望着森格昂沁，不知小主人叫它到底做什么，“拉开管家。”

花嘎显然听懂了，但它在犹豫，毕竟丁二烯萨也是他的半个主人啊。

“啪。”森格昂沁在空中抖了一个鞭花。

花嘎再也不敢迟疑了，立即向管家扑去。

管家没想到花嘎真的会扑向他，本能地一愣，就在这一愣之间，森格昂沁一鞭抽在马上，马猛一下蹿了出去，花嘎立即紧随其后。

“少爷——”

被一下带倒在地上的管家趴在地上向冲进疫区的森格昂沁声嘶力竭地叫道。

这嘶惨凄厉的叫声，正好被催马赶来传达头人命令的报讯人听到了。“少爷？”当他勒住马，发现躺在地上的，原来竟是管家丁二烯萨，忙跳下扶起他，惊问道，“管家，您怎么在这？”

丁二烯萨来不及解释，只是用手指着前面：“少爷，快——”

报讯人立即明白，少爷正冲进疫区。

于是，立即跳上马追了过去。

“啾——啾——”森格昂沁一边将四处逃散的羊往一起赶着，一边对花嘎叫道：“花嘎，将那匹马撵出来。”

花嘎立即跳进羊群，向那匹马奔去。

“年轻人，不能去。”刚才那个圈着羊的牧民声音虚弱地叫了起来，“那是一匹染了病的马。”

“染病？”森格昂沁不由勒了下马，然后才突然对花嘎叫了起来，“回来，花嘎。”

可是，迟了，花嘎已经奔到马前，正试图将它往外轰。

马正因病的发作而乱撞着，忽见一条藏獒在自己面前威胁着，不由瞪着临死的绝望的眼，向它冲去，仿佛将这条藏獒咬死，自己就能减轻病痛折磨似的，发着狠地张着嘴。

花嘎吓得一下蹿出了老远，它只见过虎、豹、熊、狼等张着嘴咬它的对手，可从没见马也会张着嘴咬。

而就在花嘎迟疑的时候，那匹马许是刚才的一冲用尽了它生命中最后的一点力气，轰然倒了下去。

这时，赶到花嘎身边的森格昂沁不由得舒了一口气，然后掉转马头，对花嘎叫了一声：“走。”策马向羊群外跑去。

跑出羊群的森格昂沁正好与赶过来的报讯人迎头碰上。

“少爷，头人有令，命你立即回到碉房。”

“我知道了。”

“那少爷——请随管家一同回吧。”

这时，管家丁二烯萨也已骑在马上赶到了面前。

森格昂沁望了一眼管家，又回头望了一眼刚才的那家牧人以及更远一些的疫区，问道：“怎么没有见到米嫫？”

“也许他正在别的地方救治牧民呢。”

森格昂沁想想也是，整个东牧区都染病了，他才刚刚踏上这里，怎么就能遇上？于是，想想自己在这里除了让管家和报讯人担心，别的什么也帮不了，便说了声：“回吧。”然后打马先向碉房方向奔驰起来……

06

“头人，上贡布嘎尔报讯人来报，”下贡布嘎尔管家日梅基匆匆走进碉房报告，“上贡布嘎尔发生了从来没有发生过的古怪病症，请求我们派米嫫前去协助医治。”

“报讯人呢？”下贡布嘎尔头人斡斯冈不由问道。

日梅基额了一下手，说：“正在与活佛和米嫫央玛，还有央吉米嫫在一起。”

“哈。”斡斯冈应了一声，然后自言自语道：“从没发生过的古怪病症，怎么古怪，报讯人说了吗？”

“说了，说是人畜传染上后，先是身上出现红点，接着是红斑、红块，然后成红片，最后全身发红而死。”

“这是什么病？”

“不知道。”日梅基以为是问他，顺口回道。

斡斯冈不由笑了一下：“你当然不知道，如果连你都知道，上贡布嘎尔还会派人来向我们下贡布嘎尔求助吗？”

管家日梅基被斡斯冈说得不由也笑了起来。

“活佛他们有什么意见吗？”

“还不清楚。”

“好，请活佛与米嫫进来。”

"是，头人。"

"头人，您让我们进来？"下贡布嘎尔活佛走进碉房，不安地问道。

斡斯冈抬头看了一眼活佛，道："是的，活佛，米嫫，病症你们都听说了吧，请说说你们的意见——"

活佛望了一眼米嫫央玛，然后道："头人，在活佛看来，这是贡布嘎尔难逃的一劫，至于为什么会在上贡布嘎尔发生，从佛的角度来讲，那是因为上贡布嘎尔头人心里存有恶，是恶在作祟……"

"好了好了，活佛，我们还是听听米嫫怎么说吧。"斡斯冈此时不想听活佛布教，忍不住打断了活佛。

"是，头人。"活佛只好合手躬身，退后一步。

米嫫央玛额了一下手，道："头人，这是一种少见的传染病。"

"当然知道是传染病，我是问有什么疗治的办法吗？"

"目前还没有，况且我只是听说这种病症，要想疗治，还要到实地去看到病例才好做出相应的方案。"

"你呢？"斡斯冈将目光望向女儿央吉，"有什么看法？"

"暂时只能被动预防，还没有办法治；要想治，只有找到病因，才好对症下药。"

"那病因是什么呢？"

央吉望了一眼米嫫央玛，然后摇了摇头："不知道。"

"那好，你们就准备到上贡布嘎尔去寻找病因吧。"下贡布嘎尔头人命令道。

"不可以，头人。"活佛赶紧上前一步，"目前虽然我们下贡布嘎尔安然无恙，但从报讯人说的来看，这种病症传染速度非常迅速，前日在他们东牧区发病，昨天就传到了他们的南牧区，照这样传染下去，如果不能尽快控制，不要几日，也会传到我们下贡布嘎尔草原上来，那时，如果两个米嫫都不在，牧人们如何安心？"

斡斯冈愣住了，是啊，活佛说得很有道理，可是，这次如果再不派米嫫立即过去，那下贡布嘎尔与上贡布嘎尔，可能就此成了仇人了。

正在斡斯冈踌躇不定之时，央吉脆声道：“我去，米嫫阿姨留在下贡布嘎尔。”

“你去！？”斡斯冈不由问道。

“是的，父亲，我去。”

“也好，让米嫫央玛与活佛一起守在边界，阻止病症进入下贡布嘎尔。你在那边如果有什么新的发现或是有什么好的治疗方案，就及时让报讯人传送回来。”

“是，父亲，哦，不，头人。”

“头人，还是让我去吧，”米嫫央玛道，“让央吉留下来，我比她有经验。”

“经验是经过验过的，”斡斯冈轻轻地挥了一下手道，“就让她去经过一次验上一次吧。”

下贡布嘎尔与上贡布嘎尔边境上，狼烟，宛如一条火龙在那里游走。下贡布嘎尔所有的喇嘛，包括知事喇嘛，全都坐成一排，面对火龙，口中念念有词，诅咒不明的病症，祈求巴孕尕奶山神的灵助。

——这，便是活佛所说的火经。

但不管是缘于“火”还是“经”，那古怪病症竟真的一直没有越过这条火龙，替活佛从下贡布嘎尔头人手里为寺房每年多争取一百只羊的寺资提供了资本；此是后话。

07

中贡布嘎尔头人得莫西比下贡布嘎尔草原得到的消息还要早，因为他们在上贡布嘎尔的北面，最先发现上贡布嘎尔东牧区人畜的移动。只是，如下贡布嘎尔一样，起始不知道上贡布嘎尔究竟发生了什么。

等到通事得到消息来报，上贡布嘎尔报讯人也到了。

“头人，”管家满吉金躬身道，“上贡布嘎尔请求派米嫫前往，你看——”

“那就派吧。”

“可是，如果米嫫被派到了上贡布嘎尔，万一——”

“管家，你怎么说话老是说半截，让我往下接？”

满吉金赶紧将身子躬得更低，但没有说话。

“你是说万一那古怪病症传到我中贡布嘎尔怎么办，是吧。”

“头人英明。”

“少来。”得莫西咂了咂嘴，想了想道，“不让米嫫去，难道要让卓拉朵去吗？”

“您以为呢？”

“我以为？我不以为。”

“头人，请想想，让卓拉朵去，一，可以向上贡布嘎尔头人表明我们中贡布嘎尔与他的交好，连自己的女儿都派到他们病区去。二，可以让中贡布嘎尔牧人感到头人对他们比对自己女儿还看得重，争得民心。”

“那三呢？”

“三嘛，您不是常说希望与上贡布嘎尔世代友好下去吗？这次，您不觉得正是让卓拉朵与上贡布嘎尔少爷森格昂沁接触的最好机会么？”

“就是管家想得多。”得莫西挥了挥手，“那好吧，就按你说的办。”

“是，头人。”

“我不去。”卓拉朵听说派她去上贡布嘎尔，一肚子不高兴。

管家满吉金根本没想到卓拉朵会这么说，一时竟怔住了。

“为什么不派米嫫去？”

“米嫫不是被派到南牧区去做防预了吗？”满吉金轻声细气地劝说着，“再说，你也是一位了不起的米嫫呀。”

“我哪能跟仙鹤姐姐比？”

“能，怎么不能？米嫫也是从一个病例一个病例中累积经验而成为米嫫的，你如果这次去了上贡布嘎尔，掌握了治疗这种古怪病症的方案，那你不是比米嫫还要多掌握一个病例？”

“那我也要告诉仙鹤姐姐的。”

“那是你告诉她，而不是她告诉你啊。”

卓拉朵无话可说了，但仍噘着小嘴。

“什么，让卓拉朵去上贡布嘎尔？这怎么可以！”中贡布嘎尔米嫫一听卓拉朵被派去了上贡布嘎尔，立即叫了起来，“那太危险了，我去找头人，让我去。”

“可是，米嫫，”知事喇嘛合着手道，“卓拉朵早就起程了，现在，恐怕都快要到上贡布嘎尔了。”

米嫫急得只好恨恨地跺了一下脚，然后面朝巴孕尕奶山方向，双手像喇嘛那样合十，轻声地念道：“巴孕尕奶山神啊，请保佑卓拉朵平安吉祥！”

“米嫫，应该是保佑整个贡布嘎尔草原吉祥。”

米嫫狠狠地瞪了一眼知事喇嘛，转过身，又继续默默祈祷起来……

巴孕尕奶山神，能保佑贡布嘎尔草原吉祥吗？

第十章　火经炼魔

上贡布嘎尔少爷森格昂沁和上贡布嘎尔獒王花嘎，隔着喇嘛与火堆，静静地躺着，仿佛睡在云端中一般，缥缥缈缈，任喇嘛们的经声和那淡淡的轻烟，如春天草原上的牧草，轻拂着他们

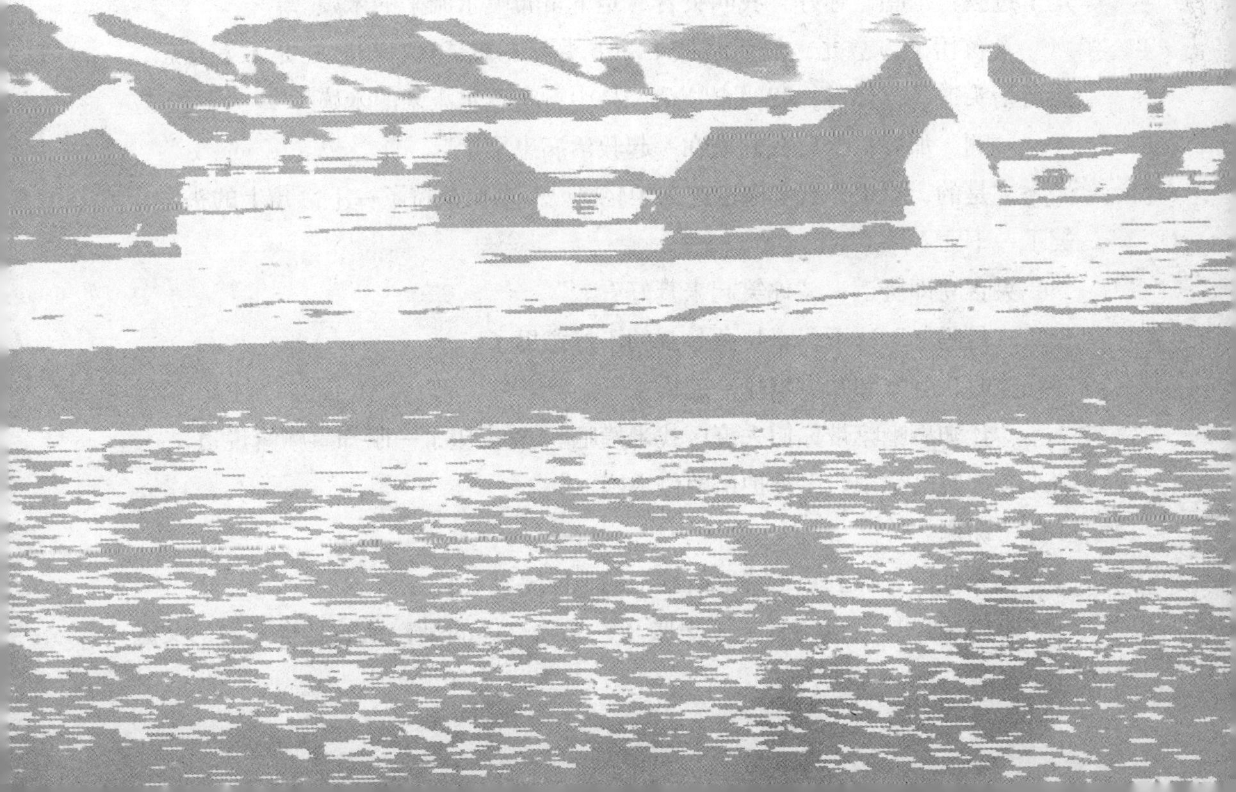

01

“头人，下贡布嘎尔米嫫到了。”

管家丁二烯萨的话音刚落，知事喇嘛也急急地跑了进来：“头人，中贡布嘎尔米嫫也到了。”

正在听取病情报告的上贡布嘎尔头人奚古扎头也没回地道：“让她们立即到疫区去找米嫫。”

“是，头人。”

碉房外，下贡布嘎尔米嫫央吉正在等待着管家的通报，突然，一骑黑骏马从远方直驰而来，接着，从上面跳下一个如她年龄差不多大的女孩，只不过，看上去要比她怯生得多，因为跳下马后，那个女孩不像她径直就往碉房里闯，而是站在那左顾右盼，幸好知事喇嘛及时小跑了过去。

原来她就是中贡布嘎尔派来的米嫫。央吉在知事喇嘛进去禀报时，马上走了过去：“嘿，你好，我叫央吉，是下贡布嘎尔派来的米嫫。”

女孩愣了一会儿，然后略低了一下头，不知是算打招呼还是不好意思，然后抬头道：“你好，我叫卓拉朵，是中贡布嘎尔派来的米嫫。”

“啊，那好，今后我们就在一起救治病患了。”

“是的，我想，原来你也这么年轻呀。”卓拉朵捋了一下额角上的头发，笑了一下。

央吉立即赞道：“你笑起来真好看。”

“是吗？”这下，卓拉朵是真的不好意思了。

这时，管家和知事喇嘛一起出来了。

“让知事喇嘛带你们去疫区找米嫫吧。”管家望了一眼知事喇嘛说道，“一路小心，愿巴孕尕奶山神护佑两位米嫫。”

“谢谢。”

说完，央吉跳上父亲特地给她配的那匹枣红马。

卓拉朵一见，也转身上了黑骏马，无独有偶的是，她的马也是她的父亲得莫西特地送给她的。

知事喇嘛见两位米嫫都上了马，也急急地牵过一匹黑马翻了上去：“两位米嫫，请吧——”

三匹马立即向南如飞而去。

只是一路上，常有知事喇嘛的“两位米嫫，等等我”，被马蹄带得如草屑般翻飞，惹得两位米嫫不时发出“咯咯”笑声……

02

在快要进入疫区时，三个人谁也笑不起来了，远远看去，偌大的一片草原，竟然似没有生灵一般地死寂，除了偶或几个惊惶的人影一闪而过之外，就连牲畜也很少发出声音。

“请问，米嫫在哪里？”

这时，知事喇嘛不得不下马，前去一个帐房打听。可到谁家，谁家也不开门，知事喇嘛只得站在外面高声叫喊。

“我们这还没有染病，米嫫应该不在这里。”终于有人答话了。

“你们为什么不开门呢？”央吉问道。

里面的人顿了一下，然后道：“头人有命令，不准我们外出。”

央吉听后点了点头，心想，这是控制传染的最有效方法之一。于是，转向知事喇嘛道：“我们离疫区还有多远？”

“前面应该就是，你看——”知事喇嘛指着前面。

央吉就和卓拉朵一起向那边望去，只见隐约中，有很多人马站成一排，大概是在阻止外面的人进去和里面的人出来。连一些帐房，看上去，显然也是新搭建的。

“走，我们过去。”央吉抖了一下马缰。

三匹马向前面再次奔跑起来。

果然，这里是疫区的控制点。

根据头人命令，所有染病的和没有染病的，都不得乱跑，一律自动隔离，因此，传染速度迅速得到了一定的控制；但病区仍在进一步扩大，他们这支米嫫帐房，只两天就已向后移了近三里。

“米嫫呢？”知事喇嘛向站在帐房前的一名牧人问道。

牧人显然没有见过知事喇嘛，对他的提问，只是望着而不作答。

“他是碉房里的知事喇嘛，请你回答他的问话。”央吉上前一步说道。

果然，牧人望了望知事喇嘛，说话了：“她正在医治病患，请你不要打搅她。”

“你错了，这两位也是米嫫，是来一起救治病患的。”知事喇嘛不得不抛出央吉和卓拉朵。

牧人看了看两位米嫫，也许是她们太年轻，有些不相信：“就她们俩？”

“是的，她们是下贡布嘎尔和中贡布嘎尔派来的米嫫。”

这下牧人不知是诧异得睁大了眼睛还是激动得睁大了眼睛，反正他兀地一下眼睛就睁圆了，然后突然额手躬身道：“感谢巴孕尕奶山神，这下我们牧区有救了。”

听到这个牧人的叫声，原蹲在一边的其他牧人只是有一眼没一眼地望一下这三个不速之客，或者说是三个不知死活的家伙，现在听说他们是米嫫，立即全都围了过来，其中有一个年轻人似乎不太相信，上前一步额了一下手道：“你们——真的是米嫫？”

知事喇嘛看了一眼大家，又一次地介绍道：“下贡布嘎尔和中贡布嘎尔头人听说我们上贡布嘎尔正在遭受病痛的侵袭，特地派来两位天使般的米嫫，请大家告诉我们，我们上贡布嘎尔米嫫现在在哪里，好让她们马上展开救治……”

知事喇嘛还在说着什么，可是，牧人们却全都“呼啦啦”跪倒了一大片：“感谢巴孕尕奶山神，感谢两位天使米嫫，快请救救我们吧！”

“什么事，这么大声？”

牧人的声音，引出了一位三十岁左右一眼看上去就是一个非常干练的女子，她就是上贡布嘎尔米嫫。

“啊，米嫫！”

“知事喇嘛？你到这来干什么？”

“米嫫，这是下贡布嘎尔和中贡布嘎尔派来的两位米嫫——”

“你好，我叫央吉，下贡布嘎尔米嫫。”央吉右手抚胸略弯了一下腰自我介绍道。

卓拉朵也抚胸弯腰介绍道：“我叫卓拉朵，中贡布嘎尔……”

“你们来得正好，”然后米嫫转向知事喇嘛，“请回吧，转告头人，我们正在全力阻击病疫。”

“米嫫辛苦了。”知事喇嘛冲米嫫额了下手。

可米嫫已转过身又走进了帐房。

央吉与卓拉朵相视一眼，对知事喇嘛额了一下手，然后转身也一起钻了进去。

知事喇嘛望着两个他自己给起的“天使藏使”，不由双手合十：“阿弥陀佛，愿巴孕尕奶山神保佑！”

牧人全都围坐在帐房前，眼睛一起盯着帐房门口，因为，那里将意味着他们的生命希望！

03

“央吉，你看着那边的病人，我刚给他服下药；卓拉朵，你帮我扶住她，注意，别用手直接去碰她的皮肤。”

米嫫一见两位女孩进来，立即头也不回地就吩咐起来。

可刚说完，米嫫又突然一下转过身，向门外跑去。

“知事喇嘛？”

知事喇嘛刚爬上马，正准备离开，忽听米嫫大声而急促地叫他，一下勒转马头，诧异地问道：“米嫫，有事吗？”

“我怕你走了呢。”

“正准备走，米嫫。”

“听说少爷来过这里——”

“是的，米嫫，不是听说，他是来过这里。”

“请你回去告诉头人，让少爷暂时隔离一些日子，其他人不要接近他。”

“管家和花嘎也要隔离吗？”

“他们也来过？”

“是的，米嫫，他们是一起来的。”

“要隔，一定要隔。”

“好的，米嫫，我一定转告。”

“那就多谢知事喇嘛了，请一定要转达到。”

“放心吧，米嫫。”说完，知事喇嘛勒过马头，两腿一夹，向前驰了出去。

见知事喇嘛走得远了，米嫫才轻轻地吐了一口气，转身回房。

可她一进来，却又突然叫了起来：“央吉，不可以。”

原来，央吉正弯腰弓背地在仔细认真地查看着那个病人的红斑。

央吉被米嫫一叫，吓得一个激灵，回过头站了起来，有些疑惑地问道：“米嫫，我怎么觉得这些红斑不像是病患体内发出来的，倒像是——”

“倒像是什么？”

“我也说不清，反正不太像是从体内由病症引起的。”

卓拉朵听央吉如此一说，看了看自己身边的病人，也说：“我看央吉说得没错。”

米嫫没再说话，而是转过身，又认真地查看病人起来。

“再说，如果这种病症传染真的是那么厉害，那米嫫你与病人接触这么多天了，怎么也没被传染上呢？”

“那是因为我本身服了预防的藏药，就像你们一样，你们不也都服了预防的药吗？况且，我尽量不让自己与患者皮肤接触。”

“可传染病症却是不仅仅通过皮肤传染呀。”卓拉朵小声地说。

米嫫一时立在那，有些发愣，良久，有些讷讷地道：“那为什么有那么多牧人和牲畜死掉？”

三名米嫫全都沉默了起来……

“米嫫，你是什么时候开始接触病人的？”

“一开始我也不知道，等我知道时，病源都传到这南牧区来了。”

“也就是说，你一直都是在这南牧区给病患治疗？”

“是的，怎么了？”

央吉只顾按照自己的思路问道：“经你救治的病患有直接死亡的吗？”

“也有，送进来时，全身都已红了的，一般送来不久，就死了。其他病状的，只要我施以汤药，基本上都幸存了下来。”

“这就怪了。”

“怪了？怎么怪？”米嫫与卓拉朵一起望着央吉。

“我也说不清道理，反正我感到有些古怪。”

卓拉朵不由轻笑了一下：“本来这病我们就叫它‘古怪病症’么。”

“好了，我们先让病患服药吧。”

“是，米嫫。”

三个米嫫转回身，又各自医治起各自的病人。

可是，刚刚转过身的三个米嫫，又都同时转了过来。

“立即隔离！”

“我这就报告头人，传令所有病人与病人，健康人与病人，尤其是牲畜，只要相互保持不接触，就不会被传染。”米嫫道。

“是的，应该这样做。”央吉点了下头说。

卓拉朵也说：“我想也是。”

于是，三个人全都来到帐房外，米嫫对一个报讯人叫道：“报讯人。”

“在，米嫫有什么吩咐？”

“请你立即禀报头人，传令下去，只要皮肤不接触到病人，病症就不会再传播。”

“是，我这就禀报。”

报讯人说完，翻身上马，急驰而去。

望着报讯人消逝在草原上，三个人眼睛刚要收回，突然，看到远处一队人马正向这边踏踏而来。

三个人不由互相对视了一眼。

近了，近了，终于可以看清楚了，来的居然是一队喇嘛。

怎么回事？

“这里是疫区，你们到这里来干什么？” 远远的，米嫫就叫了起来。

一个喇嘛闻声，打马跑了过来，然后翻身下马，额手道：“米嫫，我们是奉头人命令，前来布施火经的。”

原来，下贡布嘎尔头人将活佛用火经来阻击病症的方法，派人送给了上贡布嘎尔。

“火经？”

见米嫫不解地微蹙着眉，央吉想想上前径对喇嘛道：“你布施去吧。”

“是。”

喇嘛转身又上了马，与其他喇嘛一起，向前面走去。

见喇嘛走了，央吉才回过头，对米嫫和卓拉朵说起这“火经”是怎么一回事。

“哦——”

听过央吉的解释，其他两名米嫫都明白了似的点了点头。

可是，她们的“哦”字刚落音，又一骑快马仿佛是一下就飞到了她们面前，等到三个人回过头，一个报讯人已经从马上跳下来站到她们眼前了。

“米嫫，头人急令你们立即回碉房。”

“发生了什么事吗？”米嫫讶然地问道。

“少爷被传染上了病症。”

“啊！”

04

上贡布嘎尔碉房里，人心惶惶。少爷森格昂沁染上了病症。谁敢保证下一个染上的不是自己？连少爷都敢染，这病症还有什么不敢染！

发现少爷染上病症的，是知事喇嘛。

前一天晚上，少爷带着花嘎从外面回来，少爷进碉房了，知事喇嘛便拦住花嘎。但当知事喇嘛即将抱住它的一刹那，它竟头一低从他腋下蹿了过去。

知事喇嘛转过身来就扑，一把抱住了它的后半截身子。谁知，花嘎竟然回过头对他“呜”了一声。

呜声让知事喇嘛一惊，一边说着“你怎么了”一边望向花嘎。这一望，让知事喇嘛吓得一下就跳了开来："啊呀，不好了。"

刚走进碉房的少爷森格昂沁忽听知事喇嘛在外面叫什么"不好了"，忙又转了出来："发生了什么事吗，知事喇嘛？"

知事喇嘛仍那么半躺在地上，用手指着花嘎："它，它染病了。"

"什么！"

"花嘎染病了，你看它鼻子上……"

花嘎被知事喇嘛的叫声也弄得一惊，愣在那，一会儿望望紧张地坐在地上的知事喇嘛，一会儿又望望正快步赶过来的小主人。

森格昂沁走到花嘎面前，略俯下身，查看起来。

"啊，少爷！"

"没事，我这不是没碰上它么。"森格昂沁以为知事喇嘛是在为他担心，怕他接触花嘎。

知事喇嘛指着森格昂沁："不，少爷……"

森格昂沁不得不侧过头望向知事喇嘛。

只见知事喇嘛无比惊骇地指着他道："少爷，你也染病了！"

森格昂沁本能地眼睛往下一低，看向自己的手。

接着，森格昂沁一下就直了身，挽起袖子，似为了证实，看了左臂又看右臂，然后，站立在那呆住了——天啊，他身上，真的起了小红点。

"管家，少爷情绪怎么样？"

望着上贡布嘎尔头人焦裂的嘴唇，管家丁二烯萨躬身道："很稳定，只是花嘎——"

"花嘎怎么样？"

"在房子里有些焦躁。"

"嗯，要注意，千万不要让它出去，也不要让任何人或是牲畜接近它。"

"是，头人。"

"米嫫还没回来吗？"

"快了，估计就要到了。"

"哦，你也早点歇息吧。"

“是，头人。”

可是，丁二烯萨刚要退出，头人又叫住了他：“管家，活佛还没回吧？”

“没有，不过，估计也快了。”

“哦。”

见头人半天没再说话，丁二烯萨便又开始后退。

可刚退一步，头人道：“他们随时回来随时报告给我。”

“是，头人。”

“你下去吧。”

“是，头人。”

米嫫一行三人正匆匆打马赶往碉房，不想，前面也有一行人往回赶，等两行人马到近前，才互相认了出来，原来，那一行人马，是活佛带着几个喇嘛。

“活佛，你们回碉房吗？”

“阿弥陀佛，米嫫，是的。你们也是奉了头人的命令回去治疗少爷的病吧？”

“是的。”

“唉，这病怎么就染上了少爷呢，这可要了头人的命了。”活佛叹息着道，“但愿巴孕尕奶山神保佑，我这就回去用我师父的火经替他驱走这恶魔。”

米嫫没有接话，因为按照活佛的话来说，他用火经驱赶走病魔，那她米嫫还有什么用？

“你师父是谁？”央吉忍不住问了一声。

“这位是——”

“下贡布嘎尔米嫫央吉。”央吉自我介绍道。

“啊，下贡布嘎尔，我的师父就是你们下贡布嘎尔活佛啊。”活佛马上显出十分的兴奋。

“哦，这样呀。可我们下贡布嘎尔活佛也从没敢说过他的火经肯定能治疗这古怪病症呢，活佛你的火经能行吗？”

央吉如此一问不知是有意还是无意，然后，不再说话。

两行人马各自骑在马上，直到碉房，再也没有人出声。

“米嫫，请你一定想想办法诊治少爷。”

“我会的，头人。”米嫫望着心力交瘁的上贡布嘎尔头人，额手躬身道。

“管家，带米嫫去少爷那吧。”

“是，头人。”

走出头人的卧室，米嫫轻声问管家道：“少爷去过疫区，你也去过，是吗？”

丁二烯萨立即有些紧张，望着米嫫：“是，是的。”

“我不是请知事喇嘛回来禀报头人，让你们隔离，你们没接到吗？”

“接到了，我们也隔离了一些日子，可是，见都没事，就又没隔了。”

“可是，现在怎么你没事，少爷却又有事了呢？”

“这——”管家格外紧张。

“你不用害怕，管家，你现在不是好好的吗？我只是想了解一下少爷是怎么染上病症的。”米嫫边说边走向少爷的房间，“你仔细想想，当时你们都有过一些什么举动，譬如有没有见过病人或是病畜，有没有用手去与病人或病畜接触，等等。”

管家摇了摇头，说：“我们只是一直骑在马上，看了一下疫区，然后就接到头人的命令回来了。”

“你再想想……”

“哦，想起来了——”

“想起了什么，管家。”米嫫立住了脚，转身望着管家。

管家道：“记得当时有个牧人怎么也圈不住他的牲畜，少爷和花嘎跑过去帮他了。”

“你没去？”

“我当时拼死阻止他，可是，他……”

“花嘎呢，现在怎么样？”

“也染病了。”

米嫫便不再说话，快步向前走去。

“外面是什么声音？”少爷森格昂沁偏了一下头，向米嫫问道。

可回答的，却是管家：“少爷，那是活佛在门外草地上念火经，为你驱赶身体里的恶魔。”

森格昂沁就又转回了头，不再说话。

这时，门外有人叫米嬷：“米嬷。”

“进来吧。”

随着一声“是”，门帘掀起，下贡布嘎尔米嬷和中贡布嘎尔米嬷一起走了进来：“米嬷，我们已经为花嘎喂了汤药，它暂时睡下了。”

“哦，很好。”

“这位就是少爷吗？”卓拉朵小声地说着然后伸了伸脖子想看看森格昂沁的朝向里边的脸。

“米嬷，他的病怎么样？”央吉则看着森格昂沁露在外面的一截手臂，问道。

“我也给他喂了汤药，只是，好像没有什么起色。”

“但看上去也没有更加严重呀。”央吉继续看着道。

米嬷只好勉强笑了一下：“不过暂且控制住罢了。”

央吉还想说什么，米嬷对她嘘了一下，示意她们到外面去说。

于是，三个米嬷一起走了出去。

来到外面，米嬷望了一眼卓拉朵，问道：“还怕花嘎吗？”

卓拉朵羞涩地笑了一下：“有央吉陪着，不怕了。”

原来她们回到碉房后，分工时，原准备让卓拉朵专门护理花嘎，米嬷和央吉护理少爷森格昂沁。谁知，米嬷和央吉还没来得及去见少爷，那边卓拉朵却惊叫了起来——花嘎见她，竟要扑向她。虽然知事喇嘛在场，花嘎根本扑不上来，但卓拉朵说什么也不敢再靠近花嘎。没办法，米嬷只好让央吉也过去，这样，就变成了两个米嬷护理花嘎，只有一个米嬷护理少爷了。

好在，每天她们至少要碰上一两次，研究一下病情，给少爷和花嘎的汤药也是一样的。

刚才本来米嬷是想让她们俩过来一起会诊一下少爷的病症，可是，见少爷那样的心情，米嬷想想，只好作罢。

“等少爷心情好些的时候，我们再一起为他诊治吧。”

“病人心情怎么会好？”央吉道。

“但他——”米嫫说，“刚才你也看到了，你们进去，他连头都不转过来看你们一眼。”

这时，外面念火经的喇嘛也许是一个段落了吧，声音突然大了起来。

“少爷，这是喇嘛们在为你的病症念火经，不能停的。”

忽然，里面传出管家的声音，显然，是在劝阻森格昂沁，而森格昂沁一定是嫌这念火经的声音让他心烦了。

央吉看了一眼门外的喇嘛们，又回头望向少爷的房间，想想对米嫫道：“我们得进去劝诫少爷安静，要不然，会加重病症的。”

“我们进去吧。”

少爷森格昂沁正脸向外冲管家发着脾气，突然门帘一挑，走进来三个人，最前面的是米嫫，而米嫫身后，竟然是两位美丽的姑娘，他的眼睛一下定住了。

“少爷，这是下贡布嘎尔和中贡布嘎尔两位米嫫。”米嫫见森格昂沁愣愣地望着两位女孩，侧身介绍道。

“你们是米嫫？”

“是。”卓拉朵略一弯身低头答道。

央吉则笑了一下，说：“我们不是米嫫，你以为我们是什么？”

“我以为——”

“是来为你侍寝的姑娘，是吗？”央吉大大咧咧地说。

一句话，说得少爷森格昂沁脸上竟泛起了红晕，而红晕中，那红点反而显得有些肉白，看上去，仿佛是一点一点的颠风痣。

三个米嫫都看到了这个现象，不由互相望了一眼。

“怎么，我是不是快不行了？”森格昂沁对三个米嫫刚才的相互一视尽收眼底。

米嫫“扑哧”笑了一下，道：“少爷今年才多大呀，什么行不行的？”

“我的病……”

“有我们在，保准你的病没事。”央吉也插上道。

森格昂沁再次望了望这个快言快语的米嫫，然后眼睛又转向卓拉朵。卓拉朵立即冲他用劲地点了点头，那意思是："央吉说得对极了，只要有我们在，一定会治好你的。"

"花嘎呢？"

"你没事，花嘎当然也就没事了。"米嫫以为森格昂沁是问花嘎的病。

"我是说，"森格昂沁道，"花嘎现在能吃能动吧？"

"能，我们刚才还给它喂了汤药。"央吉说。

"多谢你们了。"

央吉这次没说话，而是眼底里有什么东西一直在往上漾：这个少爷，对于他的病症，他一直没说什么；现在说到花嘎，一条藏獒，他竟然说"多谢"——这不能不叫央吉感动！

"好了，少爷，你先休息一会儿。"

"你们忙吧，米嫫。"

"是，少爷。"

05

消息一个接着一个传到上贡布嘎尔的碉房里来，都是好消息，古怪病症在"火经"中，渐渐得到控制不再传染，新的病例也一日少似一日。

可是，上贡布嘎尔头人奚古扎的眉头却仍紧锁不开，为什么？因为少爷森格昂沁的病症丝毫未见好转，就连上贡布嘎尔獒王花嘎也是一样。

喇嘛们的火经日夜念着，碉房前的火堆灰烬都已积起几尺厚。

米嫫与央吉、卓拉朵三个将平生所学全都发挥到了极致，可是，森格昂沁身上的红点，还是不可遏止地开始演变成了红斑；花嘎则还好，仍保持着红点。

但米嫫是整个上贡布嘎尔的米嫫，因此，她还要时常外出，虽然古怪病症一日好似一日，但牧人们日常的生活中，免不了还是会出现其他一些病况的。

这样，央吉与卓拉朵就成了少爷森格昂沁的专职米嫫了。

而森格昂沁有这样两位天使米嫫陪同，虽然病情在恶化，心情却非常的愉悦。

“卓拉朵，你太忧郁了，为什么看上去总是心事重重的？”这一天，只剩卓拉朵一个人在护理森格昂沁时，森格昂沁直言不讳地道，“生活中应该开心一些才是。”

卓拉朵就笑了一下，说：“我也不知道怎么回事，反正我总是开心不起来。”

“你是不是从小就不受母亲或是父亲喜爱？”

“不是呀，父亲对我可好了。”

“那你母亲呢？”

“我母亲在我两岁那年就去世了。”卓拉朵忧伤地说。

“对不起，我不是有意的。”

“跟你没关系，少爷。”

“叫我森格昂沁。”

“是，少爷。”

说完，两个年轻人不由都一起笑了起来，只不过，森格昂沁是哈哈大笑，而卓拉朵却是抿着嘴低着头而已。

“嘿，你们说什么这么开心啊？”这时，央吉从花嘎那边过来，掀开帘子正好看到，“看将我们少爷乐的，就像是遇见了我们贡布嘎尔最美丽的姑娘似的。”

“我是遇到了呀。”森格昂沁笑着说。

“是吗！”

“不仅遇到一个，还是俩呢。”

“看把你给美的！”央吉立即会意，作羞状地用手轻刮了一下自己的脸颊。

“美的应该是你哟，我们下贡布嘎尔米嫫。”

“我？”

“是呀，既漂亮，又会医术，只是——”

“只是什么？”

森格昂沁未说脸自先红了起来：“只是……啊……”

“怎么了？”两位天使米嫫同时望定森格昂沁。

“没什么，只是感到有些难过。”

“难过什么？”

“难过我没有更多的时间与你们两位漂亮的天使米嫫女孩在一起。”

“说什么呢，少爷。”

“叫我森格昂沁。”森格昂沁闭了闭眼睛，“我这病症还有救吗？”

“有。”央吉道，“只要我们在，就肯定会有。”

卓拉朵咬着嘴唇，狠劲地点了点头。

森格昂沁勉强笑了一下，然后道：“你们出去吧，我想休息一会儿。”

“好的，你好好睡上一会儿，什么也不用想，啊。”央吉像哄小孩一样地叮咛道。

森格昂沁望了她一眼，点了下头。

随着古怪病症的消失，上贡布嘎尔东牧区和南牧区的牧民们，又开始活跃了，为了表示头人的恩泽，上贡布嘎尔头人奚古扎决定到这两个牧区去巡视，一是鼓励牧人们尽快恢复原来的牧场生活，二是鼓舞牧人们不要为刚刚过去的那场灾难而唉声叹气。

动身离开的前一天晚上，奚古扎望着如水的月亮，特地召集了下贡布嘎尔和中贡布嘎尔两位天使米嫫。

“真的是抱歉，在古怪病症消失了的时候，因为我的儿子，你们还不能回到你们的草原上去。”上贡布嘎尔这样开场白道，“但我想，作为米嫫，只要病人没有康复，就不会半途而废，是吧？”

这后一句话，充分表露了奚古扎的担心，他生怕她们真的就撂下森格昂沁一走了之。

“上贡布嘎尔头人，请您放心，只要少爷一天病症不除，我们决不会离开上贡布嘎尔半步。”央吉额了一下手道。

卓拉朵也额了一下手，说：“请头人放心，我们会为少爷还有花嘎尽力的。”

“这个我自然放心，”奚古扎道，“我到牧区去的这段日子，请你们继续将这里当成你们自己的家，想要什么，只管说出来。”

“是，头人，我们会的。”央吉额手道。

奚古扎将眼睛望向卓拉朵。

卓拉朵脸儿不禁一红，然后马上也额手说："我们会的，头人。"

"我相信，"奚古扎说，"但愿我从牧区回来时，能听到关于我儿子的好消息。"

两个天使米嫫不敢随意表态，因为这不是她们所能掌握和控制的病症，互相望了一眼，还是由央吉开了口："我们也希望，头人。"

"管家，请将我们上贡布嘎尔最珍贵的礼物送给两位米嫫吧，请她们看在巴孕尕奶山神的份上，用她们的智慧和巧手，成为我们上贡布嘎尔的儿子和婺王的恩人。"说着，奚古扎眼睛湿润了。

"头人，我们是米嫫，所做的，只是一个米嫫的本分，千万别那样说！"央吉忙额手道。

"好吧，愿巴孕尕奶山神保佑！"

望着上贡布嘎尔头人与他的马队和他的草原合为一体之后，央吉与卓拉朵才将眼睛收了回来。

而就在眼睛快要收回到碉房里时，却又不禁在前面的空地上停了下来——那里，喇嘛们为少爷森格昂沁和上贡布嘎尔婺王花嘎所念的火经，仍在继续，只是，那些喇嘛们的嗓子早已嘶哑，再也没有二十多天前那样的哄亮了。

卓拉朵转身先进了碉房，央吉一边转身一边在想："牧区的病症在火经念过之后，全部消失了，就连那些染了病症，浑身发了红的病人也都痊愈了，可少爷森格昂沁为什么这么长时间还一点起色没有呢？非但没有起色，反而还在加重，虽然加得很慢。"

突然，转过身了的央吉又转了回来，向前面正念着火经的喇嘛们快步走去。

可就在要到达喇嘛们的身后时，央吉又站住了，然后，又转了回来。

走进碉房，央吉见卓拉朵正坐在熟睡了的森格昂沁身边，深情地望着他。她顿了一下，没有过去，而是走进了自己的临时住处——她要写一封信，将这里的情况报告给她的下贡布嘎尔头人父亲，还有米嫫阿姨。另外，这封信最最重要的，是想请下贡布嘎尔活佛来一下上贡布嘎尔，因为，可能是上贡布嘎尔活佛的法力不够强大，所以，念了这么久的火经，仍没有使她的病人上贡布嘎尔少爷好转。

写好后，央吉又看了一遍，这才叫来报讯人，让他火速送往下贡布嘎尔，因为她不想在上贡布嘎尔头人巡视回来之后，再看到他那双为儿子而忧心的眼神。

随着报讯人马蹄声远去，坐在窗前的下贡布嘎尔女儿央吉的心，也似一匹马儿，越走越远，越走越远，最后，竟飘了起来，成了一朵远方的云……

06

下贡布嘎尔活佛是在第五天也许是第六天晚上到的。

到的时候，不知是上贡布嘎尔的藏狗们认出了他是活佛，还是因为这场古怪病症，上贡布嘎尔连这些不懂事的藏狗也变得懂事了起来，知道活佛是来救助它们的少爷森格昂沁的，竟然一声没吠。

知事喇嘛没有随着他的头人去牧区，有管家跟随着，他就不用了。此时，他刚刚与中贡布嘎尔米嫫卓拉朵给獒王花嘎喝过汤药，正往碉房边走来，忽然就看到几匹马站到了自己面前，就像是从天上云朵里突然掉落下来的一样，使他不由吃了一惊。

“啊，是巴孕尕奶山神让我们下贡布嘎尔活佛降临到我们上贡布嘎尔的草原上了吗。”知事喇嘛立即低头双手合十。

活佛很有活佛风度地合了手，然后什么也没说，拿眼睛扫视了一下碉房以及离碉房不远的那些仍在念着火经的喇嘛。

“您看到了什么吗，活佛？”知事喇嘛试探地问。

活佛双手又合了一下十，说：“能带我去见见你们上贡布嘎尔少爷森格昂沁么，知事喇嘛？”

“当然，活佛，这边请——”

“活佛！”

见活佛突然就站到了身后，央吉惊得一下跳了起来，连卓拉朵也像是突然被什么刺了一下似的，一跳，闪到了一边。

活佛没有说话，只是用合十的手对她们一一揖了下，表示问候。

少爷森格昂沁听说眼前这个喇嘛是下贡布嘎尔活佛，想支撑着起来行礼；活佛则赶紧上前一步，伸手相扶，道："少爷，你有疾在身，活佛不会介意，躺着吧。"

然后，活佛站在那，低着头，闭着眼，念了一番经。

念完，活佛睁开眼，道："知事喇嘛，请你通知你们上贡布嘎尔活佛，就说我请他过来一下。"

"是，活佛。"

知事喇嘛立即转身走了出去。

"这位是中贡布嘎尔米嫫卓拉朵吧？"

"是，活佛。"卓拉朵低眉顺眼地轻轻揖了一下。

央吉则看着活佛，道："活佛，你怎么不问我呢？"

"问你什么？"

是呀，问我什么呢？央吉一时不知该怎么回答。

看着被问住的央吉，森格昂沁不由笑了一下，没想到，这个做事想事说事泼辣爽快的米嫫，也有这种尴尬的时刻。

"你笑什么？"央吉见森格昂沁看着她直乐，不由恨恨地瞪了他了一眼。

活佛见状，则揖手道："他在笑是你让他成了他想笑的人，于是，就笑了。"

"活佛！"央吉一时竟忘了这是在上贡布嘎尔，以为是在下贡布嘎尔呢，便对活佛撒娇般地嗔了一下。

好在，这时外面响起了脚步声，是上贡布嘎尔活佛来了。

"请你们的喇嘛立即到这边来吧，火经是为病人念的，你们却离病人这么远，那魔怎么能被火经从病人体内炼出来？"

"是，师父教训的是。"上贡布嘎尔活佛低头合十一动不动地听着下贡布嘎尔活佛的教诲。

"还有那火，是否是用草原上的枯草点燃的，只有草原上的枯草，才是承受上天布施的精灵，烧起来，才能让魔无法忍受。"

"我们这就立即去草原上找来新鲜的干草。"

"好吧，你觉得该怎么办就怎么办去吧。"

“是，师父。”

“阿弥陀佛。”

于是，第二天在太阳升起来的时候，所有的上贡布嘎尔喇嘛在下贡布嘎尔活佛的带领下，全打坐在上贡布嘎尔碉房前，望着连夜从草原上新运来的枯草燃起淡淡如蓝天中云缕一样的轻烟，开始口中念念有词。

而作为被念之人的上贡布嘎尔少爷森格昂沁和上贡布嘎尔獒王花嘎，隔着喇嘛与火堆，静静地躺着，仿佛睡在云端中一般，缥缥缈缈，任喇嘛们的经声和那淡淡的轻烟，如春天草原上的牧草，轻拂着他们……

第十一章　草原情歌

月亮不知什么时候钻到云朵后面去了。上贡布嘎尔草原上南牧区，一顶帐房里的人，直到远方的羊儿咩咩着被赶往原野时才安静地进入梦乡

01

太阳似沾了露珠一般，草原的早晨，不仅天空蓝得让人陶醉，就是那牧草的青色，也足以让人仿佛吸进了一颗太阳。

上贡布嘎尔头人再次双手合十，对着越走越远的下贡布嘎尔活佛的身影默默祷告："愿巴孕尕奶山神护佑。"

望着活佛一步一步走到路的尽头，然后一直走进云中，上贡布嘎尔少爷森格昂沁这才转过身来，向与上贡布嘎尔头人奚古扎一样仍在低眉合十嘴中念念有词的下贡布嘎尔米嫫央吉、中贡布嘎尔米嫫卓拉朵也揖了一下："感谢两位天使米嫫。"

两位天使米嫫忙就势略一转身，双手仍然合着十，对森格昂沁轻轻揖了一下。

"哈哈哈……"突然，奚古扎发出了一阵笑声，"我们上贡布嘎尔这次能够避凶趋吉，两位天使米嫫功不可没啊，哈哈哈。"

两位天使米嫫又忙转向奚古扎，央吉道："头人，一切功劳都应该归于活佛。"

是的，应该归于活佛。

那日活佛来后，立即重新设置火经场所，而且亲自上阵，与众喇嘛一起合力念经。

第一天，隔着冒着轻烟的牧草堆，森格昂沁倒没什么感觉，但獒王花嘎却不停地昂起头，一边睁大眼睛望着火堆，一边伸出鼻子不停地朝空中嗅着，仿佛那里有被炼焦了的气味或是来了陌生人的气息。活佛后来说，人的眼睛看不见的东西，动物譬如藏狗可能看见。这样，到了第二天，当央吉和卓拉朵过去给森格昂沁送上羊肉和奶茶时，就发现那红色小斑，已经成了黯色，并且到了下午，森格昂沁便不再躺着，而是坐了起来。

第三天，森格昂沁隔着袅袅轻烟，看着喇嘛们连日来被太阳晒得乌黑的脸上流着晶莹的汗珠，不禁走了起来，对每一个喇嘛都施了一揖，而当走到来自下贡布嘎尔的活佛面前时，竟低下身子，双膝着地，深深跪拜……

古怪病症，就这样在活佛的经声中，最后一抹阴影也被驱散殆尽。

上贡布嘎尔头人奚古扎巡视归来，迎接他的不仅有碉房里的人，还有他的儿子森格昂沁和獒王花嘎，情不能已，见到下贡布嘎尔活佛，一揖到地。

于是，关于下贡布嘎尔活佛是如何神灵的消息不胫而走。

好在下贡布嘎尔活佛说，活佛不分地界，人们对本部落活佛的膜拜，也就是对他的礼赞了。

从此之后，上贡布嘎尔对佛的尊崇，经久不衰；寺房的香火，一直鼎盛。

少爷森格昂沁康复了，獒王花嘎又恢复了它的王者风范，下贡布嘎尔活佛，也就告辞了。本来，两位天使米嫫也要与活佛辞行时一道告辞，可是，上贡布嘎尔头人奚古扎坚持不让，因为少爷森格昂沁说，为了感谢两位天使米嫫，他要陪她们在上贡布嘎尔好好玩一玩。

“上贡布嘎尔的奶不好喝？”

“不是，头人。”

“上贡布嘎尔肉不好吃？”

“不是，头人。”

“那，就是上贡布嘎尔人不好客！”

“更不是，头人。”

“既然都不是，我亲爱的两位兄弟的女儿，少爷森格昂沁的救命恩人，整个贡布嘎尔草原上的天使米嫫，就应了上贡布嘎尔的挽留，留下来再多住些日子吧。”

还有什么理由不留下来多住些日子？

央吉与卓拉朵只能额手以谢……

“管家，请你立即通知下去，明天开始，少爷将领着两位天使米嫫，到各个牧区去巡视。”

“是，头人。”

上贡布嘎尔头人又转向央吉和卓拉朵：“你们如果有什么需要，就请直接吩咐管家。”

“谢头人。”

央吉与卓拉朵忙额手再谢。

“哈哈哈……”

望着奚古扎在笑声中转身向碉房走去，人们不禁在笑声中牵起手，跳起了欢快的舞蹈……

02

虽然央吉与卓拉朵都是头人的女儿，没少见过头人到牧区去是如何地受到礼仪，但这种跟随着别的部落少爷出行所受的礼遇，却是她们从来没有见过和感受过的。

每到一个牧区，牧首早早恭候；两排美丽的姑娘和小伙，手捧洁白的哈达，等待着他们从中间走过时，虔诚地为他们披上。然后，是专门挑选出来的姑娘给森格昂沁献酒；而央吉与卓拉朵，自然享受的是本区最帅气的小伙子的敬献。接下来，便是刚刚献酒的姑娘小伙与他们拉起手，和其他牧民一起，欢歌跳舞。

直到这个仪式结束，他们三个人始终是众星捧月般地被围在中心。

好在，仪式结束之后，人们各自散去，如果没有其他要求，牧首也将离开。接下来的过程中，如果他们有任何需要，可以就近向任何一个牧人提出，都会得到满足。

而这环境，正是央吉与卓拉朵在自己部落中所享受不到的轻松与自由。

所以，她们玩得最为开心，甚至比森格昂沁还要开心。

前面就是南牧区了。

“少爷，我们到当初你染病的地方去看看吧。”卓拉朵回过头，对与央吉正在说着什么的森格昂沁道。

森格昂沁催了一下马，紧走几步，与卓拉朵并排道：“说过多少次了，不要叫我少爷；还少爷少爷，我是上贡布嘎尔少爷，又不是你的少爷。”

“她想你成为她的少爷呀。”央吉也走了上来，笑着打趣。

“那她就加入我们上贡布嘎尔吧。”森格昂沁逗笑着。

卓拉朵一见，忙红了一下脸岔开话题，指着前面迎接他们的南牧区牧首道：“你们看，牧首这次给少爷，哦，不，给森格昂沁找的献酒姑娘多漂亮啊。”

“有我们中贡布嘎尔美丽的米嫫漂亮吗？”又是央吉。

卓拉朵回头嫣然一笑：“有啊，但比起下贡布嘎尔天使米嫫，可就要逊色多了。”

“是吗，我看看。”森格昂沁说完，就将眼睛紧紧地盯向央吉。

央吉这下可慌了，一打马，跑到了前面。

“嘿，央吉，人家迎接的可是少爷哎——”

“又说少爷。”森格昂沁在后面轻责了一声卓拉朵，然后一提缰，跟了上去。

卓拉朵轻声嘀咕了一声：“本来就是么。”也不知是说他本来就是少爷，还是本来迎接的就是他。

“少爷，还是您请吧——”央吉见森格昂沁跟了上来，勒了一下马，转过头道。

森格昂沁笑了一下，说：“你替上贡布嘎尔少爷接受他们的祝福也是一样的啊。”

“我可受不起，少爷。”

“啊，那少爷就将他们的祝福再转献给你们吧。”说完，森格昂沁轻轻带了一下马缰，走到了前面。

卓拉朵在后面噘了噘嘴，小声地说：“央吉叫你少爷你怎么不恼？”

“你说什么，卓拉朵？”央吉回头问道。

“我是说，”卓拉朵笑了起来，“那个给你献酒的上贡布嘎尔小伙子正在看你呢。”

“啊，好你个卓拉朵。”

两个女孩放开马儿，一起向森格昂沁跑去。

“啊，少爷。”没想到，当初森格昂沁和花嘎帮助圈羊的牧人一眼就认出了森格昂沁，“听说您为了帮助我，也染上了那该死的病症。您不知道，当时我真想去替您受那苦和难啊。”

“不用的，您看，我现在不是好好的么。您的羊还好吧？”

“多谢少爷关心，我只损失了十几只羊。”

“那就好。”森格昂沁望了一眼羊圈，然后问道，“你们这里的人都回来了吗？”

“都回来了，活佛将恶魔炼死了，草原上的人都回来了。”

这时，一匹马飞跑过来，接着从马上跳下一个姑娘，老远就叫道：“爸爸，那只母羊要生了。”

牧人对跑到面前的女儿责怪道：“你看，这是少爷和他的尊贵的客人，也不知道见过。”

“少爷？”女孩有些讶然地望向马上的森格昂沁，“你就是少爷森格昂沁？”

“怎么，我不像吗？”

姑娘甜甜地笑了一下，说：“我不知道，不过，牧区的女孩子们都说，上贡布嘎尔的少爷是上天派下来的白马王子。”

“可我一直骑的是匹黑骏马。”森格昂沁幽默道。

女孩没有接森格昂沁的话，而是将眼睛又转向了央吉和卓拉朵：“这两位一定就是传说中的天使米嫫了。”

“传说？”央吉与卓拉朵相互望了一眼。

“是呀，两位天使在我们牧区现在就像是那日河水一样被人们景仰着呢。”

“那你呢？”森格昂沁望着姑娘不由问了一声。

姑娘脸微微红了一下，但仍泼辣地回道：“天使是米嫫，她需要的是与我们牧人在一起，而不是被牧人用来像寺房里的喇嘛那样供奉起来。”

“说得好。”央吉跳下马来，“你叫什么名字，我很喜欢你。”

“牧人的女儿，有名字无名字无所谓；但我会记着您的名字：央吉。”

央吉愣了一下：“你怎么知道我的名字？”

“牧区里早就传着，那个说话大方，笑起来就像太阳一样的，是下贡布嘎尔米嫫央吉；而那个看上去腼腆，笑起来像月亮一样迷人的，她是中贡布嘎尔天使。”

森格昂沁望着两位天使米嫫，不由“哈哈”笑了起来：“看，两位天使在我们上贡布嘎尔的牧人心中，是多么的美轮美奂。”

央吉与卓拉朵相互望了一眼，接着，两人都不由少有地羞涩了起来。

“哈哈哈。”看着两个女孩如此女儿情态，牧人不由爽朗地笑了起来。

笑声中，央吉忽然想起来道：“呀，你不是说那只母羊要生了吗？”

“是呀。”

“那我们一起去看看吧。”央吉望着森格昂沁提议道。

“这——”牧人犹豫地望着森格昂沁。

卓拉朵道：“没关系，我们是米嫫呢。”

“那我们就赶紧过去吧。”

于是，几个人立即都翻身上马，伴着兴奋的心情，向牧场走去……

“感谢少爷，感谢天使米嫫。”

牧人望着一胎生下三只小羊的母羊，转过身来，连连向森格昂沁和央吉、卓拉朵感恩，仿佛是他们的到来，才使这只母羊一下产下这么多小羊。

少爷森格昂沁立即转向巴孕尕奶山：“感谢巴孕尕奶山神。”

央吉正准备也学着森格昂沁那样说一些回敬的话，可突然，牧人的女儿，那个泼辣的姑娘，用手一指远方：“看，新娘子来了。”

啊，果然，那边一片热闹喧天。

“我们要不要过去看看？”森格昂沁征询地望着央吉。

“当然要。”央吉立即答道。

“去吧，去吧，让喜气带给每一个上贡布嘎尔牧人。”

“驾——”

三骑马儿，撒一路笑声，向前面跑去……

03

月亮升起来了，篝火燃起来了，激情的舞跳起来了。

望着少爷森格昂沁和他的牧人们一起欢歌劲舞，央吉和卓拉朵与姑娘们拉着手，在草原上一边尽情地跳着一边尽情地唱着，一起为新郎和新娘祝福——

呀啦嗦，吉祥如意的哈达，
将祝福化成一朵月亮；
裁一块月亮，呀啦嗦，挂在帐房，
让美丽的新娘，
温柔在阿哥的臂弯。

呀啦嗦，美丽的巴孕尕奶山，
将祝福化作一朵彩云；
裁一块彩云，呀啦嗦，挂在帐房，
让英俊的阿哥，
甜蜜在新娘的心上。

歌舞一直持续到很晚才结束，央吉与卓拉朵被牧首特意安排在一家专门为她们空出来的帐房里，并且又专门将这家的女儿安排给她们差遣，如果有什么需要，可以通过她来得到。

也许是刚刚跳过舞，也许是因为婚礼的喜庆情绪一时还没有平静，反正，央吉与卓拉朵躺下后，一点睡意也没有。

透过帐房顶上一角没有被掖严密的缝隙，央吉正好可以看到已经西斜的月亮，圆圆的。如果不是知道此时它是西沉，她还以为它是东升。几片云彩，在它周围不时地飘过。看久了，她感觉月亮就像今晚那个美丽的新娘一样，被她看得不好意思起来，要藏到帐房的一边去。可是，她的眼睛总是盯着它，并且还一遍遍地在心里说着："我就想看你这种不好意思的样子。"她越盯着它看，它就越不好意思起来，老是想躲。央吉不禁就被它那羞赧的情态给逗乐了。

"你笑什么，做梦呢还是醒着？"卓拉朵轻轻地问道。

央吉立即止住乐，说："你呢，是醒着还是在说梦话？"

于是，两个女孩一下都坐了起来。

接着，两个人全都笑了起来。

牧人女儿见两个天使米嫫半夜了仍不睡坐在那傻笑，不由也笑了起来。

"嘿，你也没睡还是睡不着？"央吉问道。

“睡不着，与你们一样。”女孩也坐了起来。

卓拉朵就扭过头问道：“你叫什么名字啊？”

“我叫冉玛。”

“冉玛，很好听的名字。”央吉道，“冉玛，你怎么也睡不着，是不是看到今天新娘子，自己也想早点嫁人？”

“天使米嫫睡不着，也是在想这个问题吗？”

没想到冉玛一张嘴如此厉害，央吉一下被她给说闷了，乐得卓拉朵“咯咯”直笑。央吉就伸手打了一下卓拉朵，然后说：“我们又不是上贡布嘎尔的女儿，想又如何。”

“可以在我们上贡布嘎尔找一个呀，譬如——”

“譬如什么？”

“譬如我们上贡布嘎尔少爷。”冉玛在夜色中看不到任何表情地说。

央吉愣了一下，但马上就道：“你们少爷是不是很俊？”

“当然。”

“你想做他的新娘？”

“上贡布嘎尔所有的姑娘都想。”

“是吗？”卓拉朵故作惊讶地道。

“可是，人家是上贡布嘎尔少爷，是将来的头人，我们只是牧人的女儿，能够看他一眼，就已经知足了，不像两位天使米嫫，出身高贵，可以向他提亲。”

“向他提亲？你是说，我们可以向他提亲？”央吉觉得非常好笑，“凭什么我们向他提亲，就因为他是少爷？”

“难道不是吗？”冉玛反问道。

“那你知道我们是谁吗？”

“米嫫，我们牧人们都叫你们天使米嫫。”

卓拉朵伸手在暗中轻捏了一下央吉，意思是不要说出她们的另一个身份。央吉当然会意，回捏了一下卓拉朵。

可冉玛却仍在说着：“今晚我能陪两位米嫫一起度过，不知道有多少姑娘羡慕呢。”

“是吗，可是，我们又不是少爷，她们羡慕你什么呀？”央吉继续逗着冉玛。

“因为你们是天使米嫫呀。”

“那你不如随我回我们下贡布嘎尔去，我给你找一个像你们少爷一样俊的小伙嫁了，如何？”

冉玛半天没有吱声。

“要不，跟我到我们中贡布嘎尔也行。”卓拉朵也不禁加了进来。

“可是——”良久，冉玛才小声地道，“他怎么办？”

央吉与卓拉朵仅只是一愣，随即便明白了，但故意装傻地道：“哪个他呀？”

“就是——啊呀，两位天使米嫫，羞死了。”

“咯咯咯。”

看着冉玛那天真可爱的样子，两位米嫫再也忍俊不禁，笑得连天上的星星也跟着笑了起来。

月亮不知什么时候钻到云朵后面去了。

上贡布嘎尔草原上南牧区，一顶帐房里，直到远方的羊儿咩咩着被赶往原野时才安静地进入梦乡……

04

告别了南牧区牧首，上贡布嘎尔少爷带着两位天使米嫫，继续他们的巡视之旅。

走在少爷森格昂沁身后的央吉不时地偷偷笑上一回，卓拉朵起始没在意，后来，被央吉望着森格昂沁并用手指点着示意她看，她才想起昨夜冉玛说的一些话来，于是，两个女孩在后面你望我笑上一阵，我望你一阵嬉笑。

终于，前面的森格昂沁发现这两个女孩有些不对劲。

“怎么，两位是不是昨天看了新娘，想留在我们上贡布嘎尔了？”

呀，我们还没说他呢，他倒先说上我们了。两个女孩一对视，立即一“轰”而上——

“如果上贡布嘎尔所有的男孩子都如他们的少爷一样俊，俊得全上贡布嘎尔女孩都要嫁给他，那我们就留下来。”

“你这话我怎么听着费劲？”森格昂沁望着刚才说了一大通让他听着不知是什么意思的央吉道，“如果所有的男孩子都像他们的少爷一样俊，那全上贡布嘎尔女孩子还怎么叫‘都嫁给他’？”

“央吉的意思是——”卓拉朵抖了一下缰，让自己的马与森格昂沁并排走着，“如果上贡布嘎尔的男孩都像少爷你一样的话，我们可以考虑。”

“那就是说，你们，很想成为上贡布嘎尔少爷的新娘喽。”森格昂沁边说边勒住马，在原地转了一圈，望着赶上来的央吉道，“我可以这样理解吗？”

“那得看那个少爷是不是有这个想法了。”卓拉朵忽闪着一双大眼睛望着森格昂沁。

森格昂沁借着马的转身，很自然地避开了，然后一边往前走，一边说：“如果两位天使米嫫真的想成为上贡布嘎尔的新娘，那可真是上贡布嘎尔少爷三生有幸！”

“嘿，我说上贡布嘎尔少爷，别美了吧你，左一个想成为少爷新娘，右一个想成为少爷新娘，你以为天下只有少爷一个美男啊，喊？”央吉一夹马肚，向前跑去。

森格昂沁望向卓拉朵。

卓拉朵将鼻子一翘，“哼”，然后一抖缰，也跑了出去。

“喂，我说两位天使米嫫——驾……”

三匹马在草原上，如一幅油画般，写意着碧蓝的天空。

“看，那是什么？”突然，卓拉朵手指着远方的草原叫道。

大家顺着卓拉朵手指的方向看去，只见一个黑点正向这边移来。

“是一匹快马。”森格昂沁说了一声，然后，双腿一磕，纵缰向那马迎去。

央吉与卓拉朵一见，也一抖缰绳，跟了上去。

不一会儿，两边人马就到了近前，一见是少爷森格昂沁，那匹马被勒得一声长嘶，停了下来，然后小跑着向他们走来。

“什么事如此急切？”不待来人下马行礼，森格昂沁便问道。

来人是个年轻的小伙子，脸色有些黑。黑脸见少爷如此不拘礼节，也就只好在马上额了一下手，道：“回少爷，我的女人要生了，我急着去请米嫫。”

“去请米嬷？”森格昂沁立即将眼睛望向央吉与卓拉朵。

央吉马上接道：“我们就是米嬷，请你赶紧带路吧。”

“你们——啊，一定是天使米嬷，是吧！”

“正是，带路吧。”森格昂沁命令道。

“是，少爷，请随我来——”黑脸说完，勒转马头，“驾”一声，打马向来路又跑了起来。

“驾——”

上贡布嘎尔少爷和两个天使米嬷紧随而去……

多亏路上遇到了两位天使米嬷，要不然，可真的危险了。

产妇是头胎，一点经验也没有，不知她老妈是怎么教她的，临到羊水都破了，这才告诉丈夫说她要生了，赶紧请米嬷。

一跳下马，央吉与卓拉朵听到产妇的呻吟，就吃了一惊，因为那种声音，绝对是一种生命垂危的信号。

卓拉朵还有些犹豫，可央吉却一掀帐帘，闯了进去。

闯进去的央吉一看，产妇已无力做任何表示，只是努力地睁着眼睛看着两个从天而降的米嬷。

由于两人都是米嬷，谁也不用说话，一个眼神，一个手势，就知道对方此时需要什么，或是下一个动作将会怎么做。

央吉伸手打开产妇的两腿，见婴儿是脚先落地，此时，正卡在产道中。

来不及将水放进盆里，央吉袖子一卷，将手直接伸进盛水的桶中洗了洗，就开始接生。卓拉朵则在央吉洗过之后，也迅速地洗了一下手，帮助产妇调匀呼吸，告诉她如何动作更便于生产……

一分钟过去了，两分钟过去了，三分钟过去了，帐房外面的两个男人——少爷和黑脸急得脚下的草都被他们踏平了一大片。

终于，孩子产下了。

可是，由于在产道中时间过长，婴儿已经停止了呼吸。

央吉望了一眼卓拉朵，示意她注意产妇，然后不顾婴儿浑身的血腥，竟然俯下身，口对口实施起了人工呼吸。

一下。

两下。

三下……

“哇！”

婴儿终于发出了他来到世上的第一声呐喊……

“进来吧。”央吉不顾自己还满嘴的血污，冲外面叫了一声。

外面黑脸一听让进去，立即就跳了进来。

“恭喜你，是个儿子。”央吉一边为婴儿打着襁褓，一边冲黑脸笑道。

“他爹，快，快给米嬷磕个头。”产妇虚弱地说道，“没有她们，我们母子都没了。”

黑脸一听，“咕咚”一下趴在地上就给央吉磕上了，然后一转身，又给卓拉朵磕了一个。

跟在后面进来的少爷，不好意思地看了一眼央吉，又看了看卓拉朵，最后，眼睛停留在了婴儿身上，皱了下眉，什么也没说，转身又出去了；因为，这是他第一次见到新出生的婴儿……

“抱抱吧。”央吉将婴儿递给黑脸，然后示意他抱过去给他的女人，“去给你女人多喂些奶吧，她太辛苦了。”

黑脸接过婴儿，冲央吉深深躬了下身子，然后看着手中的婴儿，咧着嘴笑了一下，这才将婴儿递给自己女人，接着从另一边灶筒上，端过一只皮碗，给自己女人喂起了羊奶……

森格昂沁站在马前，一直望着草原远方，也不知在想着什么，这时，见央吉和卓拉朵一前一后掀帘走了出来，这才收回目光，问道：“好了吗？”

“好了。”央吉答了一声，走向自己的马。

卓拉朵则笑了一下，翻身上马。

可正当森格昂沁也要上马时，这时，黑脸追了出来：“少爷，天使米嬷，我女人说，请你们为我们的孩子赐一个名字。”

森格昂沁望望卓拉朵，又望望央吉，想了下，道：“就叫吉朵吧，因为是央吉和卓拉朵两位天使米嬷迎接他来到我们上贡布嘎尔草原上的。”

“谢少爷。”

“应该谢两位天使米嫫。”边说，森格昂沁边跃上了马。

“是，少爷。谢两位天使米嫫。”

“好好培育他吧。”央吉说完，勒了一下马，开始离去。

“是，我一定好好培育他。”望着先后离开的少爷和天使米嫫，黑脸躬身额手，“愿巴孕尕奶山神保佑你们！”

05

“少爷，刚才你为什么看了一眼那婴儿转身就出去了？”卓拉朵有些坏笑地问道。

森格昂沁笑了一下：“你是想听真话还是假话？”

“先听假话。”

“那是因为我如果在那里，那一家人会紧张。”

“那真话呢？”央吉问道。

“那个婴儿真丑，简直就像一个小老头。”

“咯咯咯。”两个天使米嫫同时笑了起来。

森格昂沁见她们俩笑，跟着也傻笑起来。

“你笑什么笑，没经过我们允许，就将我们名字中的一个字送给了你们上贡布嘎尔！”央吉佯作不高兴地道。

“你知道吧，人家这一生，都会把你们当作活佛一样在心中想着呢。”

“我们不稀罕。”卓拉朵立即回道。

“那怎么办，我已经给人家起过了。”森格昂沁假装着急道，“这样好不好，等哪天你们有了这样的婴儿，我将我的名字全给了他。”

卓拉朵脸颊上立即升起两朵红云。

央吉则不由大笑了起来，然后“驾”一声，打马跑了起来。

“咯咯咯……”卓拉朵不禁也笑了起来，催马跟上了央吉。

森格昂沁愣了半天才明白过来，不由尴尬地笑了一下，叫了声：“好呀，你们——”脚下一使劲，黑骏马立即撒开四蹄，也向前跑去。

前面就是西牧区了，这里离下贡布嘎尔最近，跑着跑着，央吉便慢了下来，她想家了，望着那茫茫草原，思念像那蜿蜒的小路一样，伸向了无尽的尽头……米嫫阿姨、父亲，还有母亲、管家、知事喇嘛，还有半耳、灰姐、灰妹，此时，他们全都排着队般从她眼前一一走过。每个人走过后，总要回头望她一眼，那眼神仿佛在说："现在古怪病症消失了，我们下贡布嘎尔米嫫，该回来了。"

"是呀，该回去了。"央吉望着远方不由喃喃道，"这里，是上贡布嘎尔，我在这里，是客人。"

"央吉，快点呀。"卓拉朵回头招呼。

"哎，来了。"

央吉只好催马向前跑去，因为，迎接他们的牧首，已经恭候在前面了。

06

"愿巴孕尕奶山神保佑你们，我的亲爱的两位天使米嫫。"上贡布嘎尔头人奚古扎对坐在马上即将离去的央吉和卓拉朵致谢道，"我会想念你们的。"

"亲爱的上贡布嘎尔头人，我们同样也会想您的。"卓拉朵额手道。

"回去告诉你的父亲，就说上贡布嘎尔头人感谢他，生了如此漂亮有本事的女儿。"奚古扎望着卓拉朵道。

卓拉朵立即红了脸，借额手掩饰道："我会的，头人。"

"央吉，也请你转告你父亲我亲爱的兄弟，就说上贡布嘎尔头人准备了好酒，请他随时来喝。"

"是，头人，我会转告的。"央吉额手。

但在她抬手时，不经意地，将胸前佩戴的一块珊瑚带动了，挂在颈上晃着。

奚古扎不由怔了怔，因为那珊瑚，晃得他的眼睛仿佛看到了那通向汉原的大道，大道上一队马队正驮着盐巴、绸缎和珠宝，还有那波光粼粼的那日河、一望无际的草原……奚古扎努力地闭了闭眼，使自己清醒过来。

"父亲，你怎么了？"森格昂沁望着有些发愣的父亲，不由关切地问了声。

奚古扎举了举手，然后转过身："你替父亲送送两位米嫫吧。"

"是，父亲。"

望着奚古扎一直走进碉房，央吉和卓拉朵才将躬着的身子直起来。

"头人好像突然不高兴了起来。"卓拉朵有些担心地说，"是否是我们说错了什么？"

"没有，怎么会呢，人老了，变得多愁善感了。"森格昂沁道。

央吉没有出声，但她的眉头告诉森格昂沁，她也在纳闷。

"两位天使米嫫，我会想念你们的。"森格昂沁望着前面旷远的草原，依依不舍地道，"你们也会想念我吗？"

"会的，少爷。"卓拉朵笑了一下。

"我才不想呢。"央吉却狡黠地道。

"为什么？"森格昂沁不解地望着央吉。

"全上贡布嘎尔的姑娘都在想念着她们的少爷呢。"

"咯咯咯。"卓拉朵不由笑了起来。

"可是，"森格昂沁道，"都抵不上下贡布嘎尔天使米嫫的想念。"

"别说得那么甜蜜。如果真的让我思念，那么现在，你敢当着卓拉朵的面，过来吻我一下吗？"说完，央吉便挑衅地望着森格昂沁。

森格昂沁站在那僵了一下，接着，脸上才"腾"地似着了火，但他还是向前迈开了脚步。

一步，两步，三步……

"驾！"央吉一勒马，转身跑了出去，然后回头说道："我会想念你的，上贡布嘎尔少爷——"

望着央吉催马离去，卓拉朵满眼复杂地看了一下正无限深情地望着远去的央吉的森格昂沁，什么也没说，一纵缰，打马而去……

"前面我们就要分手了。"央吉不无有些伤感地道。

"央吉，"卓拉朵看了一眼央吉，"真的舍不得离开你。"

“我也是，卓拉朵。”

“你，央吉——”卓拉朵突然有些犹豫地道，“真的喜欢少爷吗？”

央吉望了一眼卓拉朵，忽然笑了起来：“卓拉朵，你别真的是爱上了森格昂沁了吧。”

“他不是一个值得爱的少爷吗？”

央吉没有回答，而是将眼睛望向前方。

突然，央吉用手指着前面：“卓拉朵，你看——”

卓拉朵忙看去，只见前面，一条藏獒正深情地候着她们。

“啊，花嘎！”

两位天使米嫫对视一眼，不约而同地跳下马来，向花嘎奔去。

“花嘎，你怎么知道我们会从这里经过？”央吉热泪盈眶。

卓拉朵抚摸着花嘎的脖子，轻轻说着：“花嘎，花嘎。”

花嘎轻轻地呜着，望望这个，又望望那个，无限缱绻。

这时，下贡布嘎尔迎接央吉的人们来了，远远的，一队人马，打着下贡布嘎尔旗帜。

央吉站了起来，望了一眼卓拉朵。然后慢慢地伸手从自己颈项上摘下那串汉扎西送给她的珊瑚项链，轻轻地戴在了卓拉朵项上：“巴孕尕奶山神保佑你！记住央吉。”

卓拉朵眼泪就流了下来。

两位天使米嫫无声地拥抱在了一起。

花嘎站在一边，默默地看着。

拥过卓拉朵，央吉再次弯下身，抱了抱花嘎，然后才一脚踏上马蹬——

“花嘎，替我送送卓拉朵。”坐在马上，央吉对花嘎叮咛道。

“央吉，再见——”

“再见，卓拉朵。”

“呜——”

花嘎望着渐渐离去的央吉，不由向前跑了两步，停了下来，昂着头，叫了一声……

第十二章　渔翁之计

“我也曾有过这个疑惑。但据我的通事情报，说片尔旺认为占领了下贡布嘎尔，就占领了那日河，占领了通向里孜国的通道，即使失去了现在的片尔旺，他也完全可以独立地拥有源源不断的财富。”

01

下贡布嘎尔草原上一片欢腾，因为，他们的央吉米嫫回来了。

央吉一踏上碉房前的草地，首先迎接她的是半耳列拉桑塔和灰姐乌幄楚。半耳毕竟是獒王且是雄性，要含蓄一些，只是在她三步开外站下来，望着央吉，耳朵向后倒叠，以示它的兴奋；灰姐则将它的高兴一览无遗地尽情表达，远远地便跳了几跳，最后一跳竟扑到了央吉的身上，一边伸着舌头“哈哈”着，一边发出轻声的呜叫。还好，央吉早有准备，立即从口袋中掏出几块干肉塞进了灰姐的嘴里，接着，又向半耳抛出一块。半耳立即跳起来，在半空中便接了。

两条藏獒迎接仪式好不容易告一个段落，管家和知事喇嘛才到。

“啊，我们的天使米嫫回来了。”远远地，管家叫了起来。

央吉不好意思地上前额了一下手，道：“叫我央吉好了。”

“现在整个贡布嘎尔不分上中下，都在叫你们天使米嫫呢。”知事喇嘛赶紧插话。

央吉一听，不好意思地再一次道：“但这是我们下贡布嘎尔，还是叫我央吉吧。”

“还是叫央吉的好。”

随着声音，央吉一下叫了起来：“米嫫阿姨。”说着，就要向央玛扑去，可是，在她扑出的同时，一条藏獒却向她扑来。

“灰妹！”

怪不得刚才没有见到它，原来，它是跟央玛在一起呀。

灰妹立着身子，像人一样与央吉抱在一起，引得众人全都笑了起来。

“灰妹，让开哟，要不我们米嫫会吃醋的。”

管家一句话，说得大家刚刚静下来的笑声，再一次地响起。

天上的一缕云也禁不住这笑声，飘了过来，望着这欢腾的场面，不禁手舞足蹈起来……

“央吉，这段日子累吧。”

“不累，父亲，只是——”央吉望着下贡布嘎尔头人斡斯冈那双慈爱的眼睛。

“只是什么？”

“只是时常想念父亲。”

“呵呵呵，有女儿这句话，父亲这些天来的担心就足够了。”斡斯冈笑着说，“我还以为我的女儿乐不思蜀，忘了她的下贡布嘎尔了呢。”

“怎么会呢，再忘，我也不能忘了父亲，还有米嫫阿姨，还有灰姐灰妹……”

“是吗。听说上贡布嘎尔少爷一直陪着你们游玩，那小子长得如何，是不是跟他父亲年轻时候一样？”

“父亲，看你说的，我又没见过他父亲年轻时候长得什么样。”

“呵呵呵，你看，你看，你父亲老了，竟说出这样的话来了。”

“说出怎么样的话来了？”不想，门帘一掀，米嫫央玛走了进来，“老远就听到头人的琅琅笑声，好久啦，下贡布嘎尔都没有听到过这种声音了。”

“米嫫阿姨，父亲说——”

“央吉，呵呵呵，可不许丢父亲的人啊。”

望望央吉，又望望一向严肃而此时眼角则掩饰不住兴奋的下贡布嘎尔头人，央玛搂了一下央吉，道：“说，咱俩轻声一点，别让头人听到。”

“咯咯咯，我父亲问我上贡布嘎尔少爷是否与他父亲年轻时候一样漂亮。”

央玛一时没反应过来：“长得一样吗？”

“呵呵呵，米嫫，米嫫……”斡斯冈为遇到一个与自己一样“没长脑子”的人而不由放声大笑起来。

央吉也笑。

“啊——咯咯咯……”

米嫫央玛这才回过神来，不禁一边红了脸一边笑了起来。

笑声如一只火烛般，映亮着整个下贡布嘎尔碉房……

篝火在这没有月亮的晚上，显得格外地红，与满天的星星交相辉映，构成一幅如诗如画的图景。

为了庆祝央吉归来，碉房里的人特地聚集了起来，跳起了舞，唱起了歌。

大家将央吉围在中间，正一边歌着，一边舞着，突然，另一边传来一阵不一样的歌声。短暂的怔愣之后，人们全都朝那个歌声发出的地方望去——

呵呵，原来，在篝火晚会的另一边，知事喇嘛与几条藏獒也在翩翩起舞。

藏獒围成一圈，中间，不用说，便是知事喇嘛，他一边跳着，一边指挥着藏獒像那些围着央吉的人们一样，绕着他旋转，然后高举着双手，拍着节拍，嘴里随着节拍唱着；而那些藏獒仿佛也为这喜庆的夜晚所感染，一边围着知事喇嘛跳着，一边随着他拍的节奏，发出“呜”的叫声，听上去，别有一番风味。

于是，这边有人跑了过去，参加到了它们当中。

原本只是坐在远处向这边观望的一些藏狗，见人们加入了藏獒的舞蹈之中，这时，也跑了过来，加了进去，舞了起来。

这边一见那边舞了起来，大家便越发地舞得起劲。

两个舞圈，如两朵盛开在下贡布嘎尔碉房前的两朵雪莲花，在这夜晚，将欢乐与温情传布向草原远方，一直传向与之毗邻的中贡布嘎尔——

02

中贡布嘎尔草原的欢乐，一点也不比下贡布嘎尔逊色。

卓拉朵一回到碉房，管家满吉金恨不能再长一张嘴地一边跑向前面迎接，一边叫道：“我们的天使米嫫回来啦——”

“管家！”叫得卓拉朵一边将缰绳递给管家，一边娇嗔道，“别那样叫卓拉朵了啦，那是在上贡布嘎尔。”

“但现在中贡布嘎尔也都这么叫喽。”管家一边牵过马，一边笑着。

“仙鹤姐姐呢？”

“我在这。”听到卓拉朵问讯，刚刚得到消息跑过来的米嫫立即答道，然后挤了过来。

卓拉朵原以为米嫫会与她拥抱一下的，谁知，米嫫挤上前，却是朝她额起了手："卓拉朵，你可为我们中贡布嘎尔米嫫争了光了！"

"仙鹤姐姐！"卓拉朵上前抱了米嫫。

"你知道吗，卓拉朵，当我听说你被上贡布嘎尔称为'天使米嫫'时，我是多么高兴。"

"知道，我完全可以想象得到。"卓拉朵被米嫫的真诚感动得热泪盈眶。

"走，酒我已经让知事喇嘛斟好了，肉也让知事喇嘛布上了，为我们的天使米嫫归来，大家尽情地喝，尽情地吃——"

"还有，尽情地唱吧！"

听到管家说的话，知事喇嘛捧起一坛酒，一边跳着，一边唱了起来。

于是，人们立即围着卓拉朵，与知事喇嘛一起组成一圈，跳起了欢庆的舞蹈……

看着几个月没见的女儿变得越发漂亮，中贡布嘎尔头人得莫西非常高兴，站在碉房里，望着她那长高、长大了的身影，不由独自"呀呀呀"地笑了起来。

听到头人的笑声，迎接过卓拉朵后又回到碉房里的管家满吉金立即掀开帘子走了进去。

"头人，卓拉朵真的长大了。"

"是啊，没想到去上贡布嘎尔几个月，我们的卓拉朵已经成了天使米嫫了。"

"这都是头人的福。"

"感谢巴孕尕奶山神。"得莫西冲巴孕尕奶山方向轻轻躬了一下身。

下面欢乐的人群告了一个段落，大家许是乐得饿了，许是跳得累了，这时，开始喝酒吃肉了。

卓拉朵见她终于可以离开一直围着她的人了，于是，转身跑进了碉房。

"父亲。"

"呀呀呀，我们的天使米嫫，父亲在这里。"

"父亲，女儿好想你！"

得莫西一边笑着，一边将卓拉朵从怀里拉开："让父亲看看，唔，长高了，长大了，变成草原上会飞的鹰了。"

"可再会飞的鹰，也飞不出父亲您的眼睛。"

“呀呀呀，那是当然；父亲永远都会看着你。”

“谢谢父亲！”

“卓拉朵，我听说那个上贡布嘎尔少爷对天使米嫫非常关爱，是吗？”

“是呀，他用了半个多月时间专门陪我们巡视他们的牧区呢。”

“我们？怎么会是我们，应该我们卓拉朵一个人才是！”管家趁这融洽的氛围，也不失时机地开一下卓拉朵的玩笑。

“不是的啦，是我与下贡布嘎尔米嫫一起。”

“呀呀呀，下贡布嘎尔米嫫怎么能与我的女儿卓拉朵相比？”得莫西望着卓拉朵那娇羞的模样，不由再次放声大笑。

可是，得莫西的笑声还没落，米嫫掀帘走了进来：“头人。”见过得莫西之后，米嫫这才转向卓拉朵：“卓拉朵，有兴趣跟我一起去替我们中贡布嘎尔的小獒接生吗？”

“是吗，米嫫，母獒要生了？”得莫西兴奋无比地问道。

“是的，头人。”

“今天真是我们中贡布嘎尔大喜的日子啊，卓拉朵回来了，母獒又要添小獒——感谢巴孕尕奶山神。”

“感谢巴孕尕奶山神。”

管家，还有米嫫、卓拉朵见得莫西那样虔诚地向巴孕尕奶山额手谢恩，也都情不自禁地额起手来。

一直守在母獒身边的日嘎见到米嫫后面跟着的卓拉朵，立即兴奋地摇起了尾巴，并且发出轻轻的呜声，以示欢迎并致歉——为它没能前去迎接她而表示歉意。

卓拉朵走近去，伸手摸了摸它的头，意思是：“没关系，我知道你一直在守着母獒。”

摸过日嘎，一回头，卓拉朵看到蹲在不远处的图嘎也正在拿眼望她，于是，她想走过去，也抚摸它一下。

可是，看到卓拉朵转向它，图嘎却站了起来，转身走了。

图嘎很自卑，自从那根让它叱咤风云、威风八面的雄性之根被那只熊给一口咬去之后，它就一直萎靡不振。原先还要好一点，因为不管怎么说，它还担负着中贡布嘎尔獒王之职，还要为中贡布嘎尔碉房的安全以及整个中贡布嘎尔的防卫操心，因此，它不能不打起十二分的精神。但自从日嘎由下贡布嘎尔来到中贡布嘎尔，它立即拱手让出了獒王之位，而且让得非常彻底，连一点过渡都没有，这令原先还担心它们之间为了这个“王”字会有一场“战争”的管家，大大舒了一口气。

卸了任的图嘎，几乎很少看到它高兴，也很少看到它与獒群在一起，总是独自在那或蹲或卧，看见有人走向它，它立即避开；看到有獒走向它，它也同样避开。

今天卓拉朵一踏上中贡布嘎尔，它从远远的藏狗亲昵的叫声中，就分辨出来了，它想过去迎接，但母獒就要生产了，日嘎是第一次做父亲，显得异常紧张，于是，它留了下来，一直在不远处望着这边。而日嘎见到图嘎一直在注视着它，本来躁动不安的那颗心，渐渐被图嘎的冷静感染得也踏实了下来。

现在卓拉朵来了，米嫫来了，日嘎有它没它也就无所谓了，况且，卓拉朵它也见到了，于是，它立起身，离开了。

但它没有走出多远，又停下了——它要看着小獒来到这世上。

“要生了。”米嫫一进来就直奔到母獒身边检查了起来。

听到米嫫说话，卓拉朵才将目光从图嘎身上收了回来，然后望向米嫫。

米嫫一边卷着袖子，一边冲卓拉朵道：“怎么样，是你来还是我来？”

卓拉朵一时没有从刚才看着图嘎那忧郁的情绪中跳出来，愣了一下。

“还是你来吧，天使米嫫。”米嫫开着玩笑地笑望着卓拉朵。

“仙鹤姐姐！”

卓拉朵不好意思地忸怩了一下，然后一边卷着袍袖，一边走了过去。

米嫫让出位置，对着母獒轻声道：“你真坏啊，非要等到天使米嫫回来才肯生。”

“仙鹤姐姐！”卓拉朵再一次羞涩地叫了一声。

“好了，好了，我不说了。”米嫫一边笑着，一边将日嘎往边上撵着，“这里现在没你事了，到一边去。”

“咯咯咯。”

米嫫那撵日嘎的表情，将卓拉朵逗得不由放声笑了起来……

“啊，三条小獒。”管家满吉金望着三个在母獒怀中还没有睁开眼睛的小獒，不知是对谁说过之后，一边转身向外走一边道，“我这就向头人禀报去。”

望着管家兴冲冲离去的背影，卓拉朵与米嫫相视一笑，然后弯下腰，从母獒怀中抓出一条小白獒来，道：“这条小獒多漂亮啊，我们叫它白嘎吧。”

“那就叫它白嘎吧。”米嫫望了一眼正在卓拉朵手上挣着不知是想找母獒还是想找着吃的白嘎说。

“唔唔，小白嘎，乖。”

但白嘎却并不乖，在卓拉朵手上一边乱爬着，一边“呦呦”地叫着，叫得它的父亲日嘎心疼地望着卓拉朵，一脸的不高兴。

“哟，你的儿女心倒是挺重的。好了，别望了，我还给它妈妈。”卓拉朵边对日嘎说着，边将白嘎送往母獒身下。

可就在卓拉朵弯身的一刹那，她看到图嘎蹲在不远处，正眼巴巴地望着她。“它也想看看小白嘎吗？”卓拉朵这样想着，就又直起腰来，顺手将白嘎抱进怀里，向图嘎走去。

图嘎眼睛一直盯着卓拉朵怀中的白嘎，第一次没有见人向它走来而躲避离开。

“图嘎，你看，白嘎好漂亮。”卓拉朵在离图嘎几步远时，将白嘎递给图嘎看。

图嘎轻轻呜了一声，然后兴奋地用两条前腿刨着地面。

“你想抱一抱吗？”

卓拉朵一边说着一边将白嘎轻轻放到了图嘎的面前。

谁知，图嘎忽一下叼起了白嘎，转身就走。

这下不仅卓拉朵急了，一直注视着她与图嘎的日嘎立即“呼”一下蹿了过来，一个仄身，拦在了图嘎的前面。

图嘎嘴里叼着白嘎，停了停，一转身，想换个方向走。

可日嘎却比它还要快地又出现在了它面前，并且龇了龇牙，警告图嘎。

图嘎顿住了。

就在两条獒“对峙”时，卓拉朵赶上来了，一把抱住图嘎，道：“图嘎，我知道你喜欢白嘎，可是，它现在连眼睛都还没睁呢，你怎么能将它带到外面去？快，给我。”

图嘎望望日嘎，又望望有些紧张地伸着手的卓拉朵，犹豫着。

“给我呀，图嘎。”

图嘎在卓拉朵的又一次叫声中，想想轻轻地放下了白嘎，但它放下后却并不是走开，而是一下卧了下来，将白嘎搂进了自己怀中。

白嘎立即在他怀中钻了起来，它还以为是在母獒的怀中呢，一边“呦呦”叫着，一边找起奶来。

卓拉朵愣在那，半天没有出声，图嘎的父性，在这一刻，让她感到震惊！

但日嘎却动了，它轻轻走到图嘎身边，伸头将白嘎从图嘎怀中叼了出来。

望着日嘎叼着白嘎一步一步走向母獒，图嘎慢慢地站了起来，然后，难过地掉过头，一步一步向草原走去，接着越走越快，以致最后奔跑了起来……

望着消失在草原深处的图嘎，卓拉朵站在那，不知什么时候，眼泪流了下来。

“卓拉朵，”米嫫这时走了过来，“你怎么啦？”

“没，没怎么。”

“是不是想起了在上贡布嘎尔的日子？”

不提则已，一提，卓拉朵还真的有些想念起森格昂沁来，不知他此时在干什么。

上贡布嘎尔少爷，森格昂沁，此时在干什么呢？

03

森格昂沁在干一件非常有意义的事，那就是，他要找出上次那个古怪病症的原因。

送走了两位天使米嫫，上贡布嘎尔少爷除了对两位天使米嫫有着无穷的思念之外，想得最多的就是为什么会发生那个古怪病症。虽然活佛说那是恶魔，可是，少爷森格昂沁不信，因为如果是恶魔的话，绝对不会就这么被轻易地赶走；即使赶走了，它也会在别的地方继续作恶。

于是，他请求父亲，也就是上贡布嘎尔头人奚古扎，允许他带着米嫫，去当初最初发病的东牧区去寻找病根。

奚古扎虽然对活佛的话深信不疑，但对森格昂沁的话，也不能完全否认，因此，就同意了他的请求，心想，如果真的是如活佛所言，那是恶魔作的孽，森格昂沁自然找不到答案；而如果万一不是，那岂不是上贡布嘎尔的福音？病根找到了，今后也就再也不用担心这种古怪的病症了。

望着少爷与米嫫乘坐的马一直走进草原之中，奚古扎想：儿子真的长大了。

可奚古扎又一次地站在碉房前看着儿子的身影消失之后，正要收回眼睛，突然，另一匹马却急速地驰进了他的眼睛：通事！

“通事如此急切打马而来，难道又有什么大事要发生吗？”奚古扎一边想着，一边回到房间。

不一会儿，就听到下面“踏踏踏”走进碉房的脚步声。

“头人，通事请求晋见。”管家在外面通报道。

奚古扎镇定了一下自己的情绪，道：“请进。”

“通事见过头人。”通事额手行礼。

奚古扎望着有些焦虑的通事，说：“通事辛苦了，有什么事情要发生吗？”

“是的，头人。”

“那好，请这边来。”奚古扎示意通事靠他更近一些。

“头人，有事请叫我。”管家自觉地退了出去。

望着管家退出去了，通事这才上前一步，低声对奚古扎道：“头人，得到消息，片尔旺又要来人侵贡布嘎尔。”

“消息确切？”

“确切，不过……”

“不过什么？”

“勃索嘉措这次不是攻打我们上贡布嘎尔，而是准备偷袭下贡布嘎尔。”

“偷袭下贡布嘎尔？”

“是的，头人。他们认为，我们上贡布嘎尔太过强大，不易占领，因此，这次他们改攻下贡布嘎尔，况且——”

“况且什么，通事，怎么说话总是说半截？”

“况且，占领了下贡布嘎尔，也就占领了那日河，还有通往里孜国的通道。”

“唔。”奚古扎不由点了点头，“知道他们进攻的时间了吗？”

“暂时还不知道，但估计就在最近。”

“好，我知道了。”

“是，头人，如果没有其他吩咐，我就回去了。”

“没有了。记住，这个消息不要告诉任何人，除了我。还有，一旦掌握了他们出动的时间，请火速前来禀报。”

“是，头人。”

“头人，什么事？”管家丁二烯萨望着奚古扎一脸严峻的神色，吓了一跳。

奚古扎又顿了半天，才轻轻吐出几个字：“片尔旺又要来了。”

“片尔旺，你是说勃索嘉措又要入侵我们上贡布嘎尔？他还敢！”

“这次不是入侵我们上贡布嘎尔，而是要入侵下贡布嘎尔。”

“入侵下贡布嘎尔？这——他为什么这样？下贡布嘎尔明明要比我们上贡布嘎尔远得多，入侵他们，至少得要多走二半个月的路程。”

“是的，我也在纳闷。难道真的是通事说的那个理由？”

“什么理由？”管家急不可待地问道。

奚古扎抬眼望了一眼丁二烯萨。

丁二烯萨这才知道自己太急了，该说的头人自会说，头人不想说的，千万不要问，这是做管家的基本常识；今天怎么这一急，竟给忘了。

好在，奚古扎这时说话了：“他说，片尔旺认为我们上贡布嘎尔太强大，要想占领我们，要花很大的代价，因此，只好改了先占下贡布嘎尔，况且……”

管家望着也许正在措词的奚古扎，这次没有急着催问。

“况且，”奚古扎继续道，“占领了下贡布嘎尔，也就占领了那日河，占领了汉原通往里孜国的通道。”

“说得不是没有道理。”丁二烯萨微微颔首。

“正是因为有道理，我才纳闷，他勃索嘉措应该很清楚，他在我们上贡布嘎尔东边，下贡布嘎尔在我们西边，也就是说，如果他真的占领了下贡布嘎尔，就不怕隔在中间的我们拦腰给他一下，让他首尾不顾？”

“头人的意思是——”

“我没想好。”

“会不会是勃索嘉措故意放出的消息，以麻痹我们，然后好突然袭击？”丁二烯萨猜测道。

“我也这样想过，但从通事得到的消息来看，似乎又不太像。”

丁二烯萨便不好再说什么了，但他还是提醒奚古扎道：“头人，不管片尔旺入侵的是不是我们上贡布嘎尔，我看，我们都还是做好相应的准备才是。”

“你说的对，管家，立即通知下去……还是等等吧，”奚古扎举了一下手，“等通事再次来报，情况清楚一些后再说。”

“是，头人。”

“不要走漏消息，以免引起不必要的惊慌。刚刚经过一场古怪病症，牧人们需要一个稳定的上贡布嘎尔。”

“是，头人。”

04

“头人，通事求见。”

听到管家的通报，上贡布嘎尔头人奚古扎立即答道：“快进来。”

“见过头人。”通事额手。

“快说，有确切的消息了吗？”

“是的，头人。”

“勃索嘉措真的准备入侵下贡布嘎尔？”

“是的，头人。”

“什么时候？”

“可能在半个月之后。”

“可能？”

“是的，头人。因为他们在没有出动之前，是无法说出准确时间的。”

“那好，请密切注视，一旦他们动身，立即禀报。”

“是，头人。”

“管家，请立即用快马向中贡布嘎尔报讯，请他们的头人得莫西前来上贡布嘎尔。”

“是，头人。”

中贡布嘎尔头人得莫西今天起了一个大早，女儿卓拉朵说想去南牧区看看，因为那里离上贡布嘎尔发生古怪病症的东牧区最近，得莫西原准备就要去一趟南牧区，看看那里过冬的草场什么时候封，正好借机好好地陪陪女儿。

“头人，还需要再带些人手吗？”管家满吉金望着全身穿戴整齐的得莫西问道。

得莫西挥了一下手，道：“够了，我只是去看一看，很快就回来，不需要那么兴师动众的。”

“是，头人。”

这时，下人将得莫西那匹黑骏马牵了过来，管家接过，亲自将缰绳交到得莫西手里。

得莫西翻身骑上马，然后回头问道：“卓拉朵，可以出发了吗？”

“走吧，父亲。”

卓拉朵一抖缰绳，胯下的马立即迈开了四蹄。

可是，就在得莫西两腿一夹，黑骏马扬身之时，远处飞起一溜烟尘，直向碉房而来。

管家看见了，得莫西看见了，卓拉朵也看见了。

烟尘到了近处，是一骑，马上插着一杆红幡——快马。

得莫西看了一眼已经走出十几米的卓拉朵，又看看到了近前的报讯人，心想：卓拉朵，父亲可能不能陪你了；看来，又有事情要发生。

报讯人到了近前，下马跑向管家，然后与管家如此这般地说了起来。

一会儿，管家转身向得莫西走来。

“头人，上贡布嘎尔报讯人来报，上贡布嘎尔头人奚古扎请您立即到上贡布嘎尔去一趟，有重要事情商量。”

“立即？”

“是的，头人。”

“重要事情？”

“是的，头人。”

“那会是什么事情呢？”得莫西皱了一下眉头，自言自语。

卓拉朵这时圈回了马，见父亲正在沉思，便道：“父亲，如果你有事，女儿就先走了。”

“卓拉朵，你去吧，父亲马上要去上贡布嘎尔一趟。”

“去上贡布嘎尔？有事吗？”问过之后，卓拉朵自己笑了起来——当然有事，没事父亲去干什么？再说，没事，会用红幡报讯人来报讯吗？

“我也不甚清楚。”

“那父亲去吧，我去牧区了。”

“好的，你去吧，带上日嘎，一路小心。”

“是，父亲。”

望着卓拉朵与獒王日嘎不一会儿只剩下两个黑影，得莫西这才回过头，对管家说：“中贡布嘎尔的一切事情，就劳请管家了。”

“是，头人，您放心去吧。”

“那好，我去了。”

“是，头人，一路顺风。”

05

听到藏狗们一声高过一声地叫着，上贡布嘎尔獒王花嘎向前跑了几步，抬头向远处望了望，然后又折回身，站到照壁前。

管家丁二烯萨这时也走出了碉房，朝藏狗叫的地方张望。

远处，几匹马正向这边踏踏而来。

“哈哈哈，我亲爱的兄弟得莫西。”奚古扎一边说着，一边迎上前去。

得莫西甩蹬下马，也张开双臂迎向奚古扎：“呀呀呀，亲爱的上贡布嘎尔头人，接到你的报讯，兄弟我日夜兼程，连忙赶了过来。”

“哈哈哈，那是我奚古扎想念我的兄弟了。”

“呀呀呀……”

两个头人边说边笑边走进了碉房。

“片尔旺要攻打下贡布嘎尔？”得莫西吃惊地望着上贡布嘎尔头人奚古扎。

奚古扎严肃地点了点头：“不错。”

“那——”

“所以，我请你来，就是想听听你的意见。”

“只是，奚古扎，有一件事情我不懂，为什么片尔旺头人勃索嘉措要绕那么远去攻打下贡布嘎尔，他就不怕你我从中间给他拦腰一切，切成两半，让他首尾不顾？”

“我也曾有过这个疑惑。但据我的通事情报，说片尔旺认为占领了下贡布嘎尔，就占领了那日河，占领了通向里孜国的通道．即使失去了现在的片尔旺，他也完全可以独立地拥有源源不断的财富。”

“拥有那日河？拥有通道？”得莫西喃喃着。

奚古扎望了一眼得莫西：“当年，我们只想着草原草要多，原要广，地要大，所以，我选择了这块上贡布嘎尔，你选择了中贡布嘎尔。谁知道，斡斯冈的下贡布嘎尔虽然是我们选择剩下的草原，可他却拥有那日河和汉原通向境外的道路——这都是我们没有眼光啊，得莫西老弟。”

得莫西想起当年，奚古扎说完“一间房住不下三个家，一个坑栽不下三棵树，这块草原大如天上的云朵，得莫西，斡斯冈，放开你们的马，走到哪里，哪里就是你们的领地，从今往后，贡布嘎尔，就一分为三，我叫上贡布嘎尔，你们谁第一个停下来，就叫中贡布嘎尔，最后一个，就叫下贡布嘎尔吧”之后，他便“驾”的一声，跃马冲了出去，一直走到马再也跑不动了，才停下来，对随后的斡斯冈道：“我就到这里吧，这里往东，就叫中贡布嘎尔。”斡斯冈回首望了一眼浩阔无边的草原，想想说了声：“中贡布嘎尔，欢迎常来下贡布嘎尔做客。”然后打马便跑进了下贡布嘎尔。

望着斡斯冈的身影消失在草原之中，得莫西不由“呀呀呀”大笑起来，望着自己的领地，又望望斡斯冈的，感到自己无比欣慰，因为，依他的估算，这片草原，远远大过斡斯冈的下贡布嘎尔。

孰料，虽然下贡布嘎尔草原不大，却拥有如此的潜在资源，这是无论他得莫西还是上贡布嘎尔头人奚古扎当初所始料不及的。

“但是，”奚古扎的声音，将得莫西一下又拉回到现实中来，“我们是三兄弟，现在知道下贡布嘎尔有难，如果我们坐视不理，岂是我们贡布嘎尔草原头人所为！”

得莫西没有立即附和表态，他要看一看奚古扎这句话后面真正的意思是什么。

“得莫西，我们要立即备起马，带上獒，前去下贡布嘎尔，就像上次你们前来与我一起打退片尔旺一样。”

“可是，奚古扎，上次，下贡布嘎尔并没有来。”得莫西斟酌着道。

果然，奚古扎脸阴了下来：“那依你看，得莫西，我们应该如何是好？”

“我看，”得莫西试探地道，“不如我们先等等看。”

“先等等，你说？”

“是的，我们先等等，你想，上次我们上、中贡布嘎尔联手，几乎没战，就将片尔旺吓得落荒而逃了。”

“唔，你说得也有些道理。”

得莫西这下完全清楚奚古扎的心思了，想想目前上贡布嘎尔力量在三个贡布嘎尔当中应该属于最强，如果中贡布嘎尔能与他永远交好，那应该是一个不错的选择。于是，放开来道：“奚古扎，我们不如这样，既然片尔旺要打，那就让他打一仗好了，要不然，也太对不起他这么多年的惨淡经营了。”

“打下了下贡布嘎尔之后呢？”奚古扎盯着得莫西。

得莫西干咳了一声，说："然后，我们再出击，将片尔旺赶走。"

"那样，贡布嘎尔就只剩下两个了。好，得莫西，我答应你，如果真的是这样，那日河归你。"

得莫西眼前便流淌起那条清亮亮的河来。

而奚古扎的眼前，则是一队马队，马队的马背上，驮着的是那闪着莹光的盐巴和闪着阳光的绸缎……

"古语说，鹬蚌相争，渔翁得利。"

"你这招渔翁之计，一个字，妙，得莫西老弟，哈哈哈。"

"呀呀呀……"

鹬蚌相争，渔翁得利，真的吗？

第十三章　喋血那日

雪獒怒吼一声，飞身扑上，迎向那正划一道死亡之弧的弯刀；而在弯刀嵌进它脖子的那一刻，它向正咬向勃索嘉措拿刀的腕的花嘎投去了深深的一瞥

01

片尔旺头人勃索嘉措一身精悍装束，一边往外走，一边传令道："除了刀，什么也不许带。"

"是。"

"记住，不动则已，一动便快速直插他们碉房。"

"是。"

"出发。"

"是！"

各牧首应声而去。

因为牧首平时掌管牧人们放牧，战时则指挥牧人们战斗。也就是说，牧人们平时为民，战时为兵。

下贡布嘎尔草原仍然沉静在一片安宁与祥和之中，藏狗们在领地上悠闲地巡逻着，藏獒静静地卧在各自主人的帐房前，就连天上的星星也变得惺惺忪忪慵慵懒懒。

一切，都沉睡着。

但下贡布嘎尔头人却没有，斡斯冈在床上翻来覆去，怎么也不能入眠。

"这是怎么了，难道会有什么事情要发生？"

斡斯冈坐了起来，让下人将灯点亮，望了望那台上次用十匹马从汉扎西那换来的座钟，才凌晨两点多几分。

这时，仿佛远处有狗吠。

斡斯冈侧耳听了听，又似乎没了。

片尔旺人经过两天一夜的急行，在这凌晨时分，终于靠近了下贡布嘎尔。可是，他们刚要驻扎，不想，下贡布嘎尔巡逻的领地狗发现了他们，冲着这帮境外的不速之客狂吠起来。

"去几个人，让这群混蛋闭上它们的嘴。"

勃索嘉措不耐烦地挥了一下手。

于是，立即有几匹马向正在吠着的藏狗驰去。

马上之人拿出早就备好了的这些藏狗最爱吃的肉食，丢了过去。

果然，藏狗向那食物扑上。

只一小会儿，那些蠢笨的藏狗们，全倒在了地上，原来，那些肉食里面都放了片尔旺米嫫特为这次远途征战配制的麻醉药。

斡斯冈听了听又没有动静，想再睡一会儿；可倒在床上，却一点睡意也没有，总是感到不安，仿佛要发生什么。

“会发生什么呢？”斡斯冈想，“难道上次发生在上贡布嘎尔的古怪病症要在下贡布嘎尔发生？”

想到这里，斡斯冈再也睡不着了，他要去请活佛，让他来占上一觇才好——他是头人，如此心神不定，肯定会有什么事要发生。

“去叫管家过来。”

“可是，头人，现在天还没亮呢。”

“我知道天还没亮，快去。”

“是，头人。”

不一会儿，便听到管家日梅基的脚步声以及守在碉房前的獒王半耳的喷鼻声，那是表示它半耳知道是管家来了，它并没有睡着，仍在恪守着它的职责呢。

日梅基径直掀帘而入：“头人，这个时候叫管家过来，有什么事吗？”

“管家，我怎么也睡不着，老是心慌，感到我们下贡布嘎尔要发生一些什么，所以，想请你来……”

见是这么回事，管家这才松了一口气，道：“我还以为发生了什么，吓得我到现在心口还怦怦跳呢。”

“管家，你也算是久经考验的，怎么会心跳？”

“我也不知道，半梦半醒中，一听到下人叫，我的心立马就狂跳了起来。”

“管家，我看还是请活佛来觇算一下才好。”

“这个时候吗？”

“当然，要不，我怎么请你来？”

“那好吧，头人，我这就去寺房。”

“头人，听说您心绪不宁，想让活佛觇算一下，是吗？”

“是的，活佛，这个时候请你来，没有打扰吧。”

“头人，活佛愿意随时听从差遣。”

“那好，你就开始觇算吧。”斡斯冈道，“我总感到我们下贡布嘎尔会有大事发生，活佛，请你觇算一下可能会有什么大事。”

“是，头人，但觇算不能在碉房，我得回到寺房去。”

斡斯冈望了一眼活佛，想想挥了一下手道：“那就请活佛快去吧。”

“是，头人。”

“管家，你就别去了。”斡斯冈见管家日梅基也要随着活佛退出去，叫道，“留下来陪我说说话。”

“是，头人。”

听着活佛脚步声渐渐远去了，斡斯冈想想道：“会不会是上次上贡布嘎尔的那个古怪病症要在下贡布嘎尔发生？”

“古怪病症不是被活佛的火经给治住了么，怎么还会在下贡布嘎尔出现，头人？”

“那会是什么呢？难道是——”

“片尔旺！”斡斯冈与日梅基同时叫了起来。

但管家随即又否定说：“可片尔旺离上贡布嘎尔最近，要侵，也会侵上贡布嘎尔啊，上次他们不就是准备偷袭上贡布嘎尔，结果被上、中两个贡布嘎尔人马吓得不战而退吗。”

“你说得也有些道理，勃索嘉措如果要到我们下贡布嘎尔来，至少多绕两三天的路程，前前后后要达半个月之久，这期间，不说我们会发现，就是上贡布嘎尔也早就发现了。”

“那——会不会是上贡布嘎尔被他们占了？”日梅基猜测。

斡斯冈立即摇了摇头：“如果真的是那样，上贡布嘎尔报讯人早就应该到了。”

“那会是什么呢？”

“不过，不管怎么样，管家，请你立即通知下去，让各牧区做好防范，以防片尔旺的入侵，尤其是与上贡布嘎尔交界的地方，要密切注意上贡布嘎尔那边的动静。”

“是，头人。”

“立即。”斡斯冈用力地挥了一下手。

“是，头人，立即。”

几匹快马，从下贡布嘎尔碉房前，飞奔向各个牧区……

02

片尔旺营地，勃索嘉措正在酣睡，连续的奔波，确实辛苦了，他要利用天亮前的这几个小时，好好地睡上一觉。

可是，突然传来报告：“头人，好像下贡布嘎尔发现了我们。”

勃索嘉措忽地一下坐了起来，握刀在手：“怎么，他们打过来了吗？”

“请头人不要惊愕，我们只是发现他们在紧急备马。”

勃索嘉措这才吐了一口气：“什么时候发现的？”

“刚才，发现有一匹马过来之后，前面牧区的人马都动了起来。”

“你是说有一匹马过来了？”

“是的，头人。”

勃索嘉措再一次地跳了起来：“我们被他们发现了。快，通知各队，准备出击，杀向下贡布嘎尔。”

“是，头人，准备出击。”

下贡布嘎尔碉房里，头人斡斯冈焦躁地踱着。“管家。”习惯地，他叫了一声，可是，应声的却是知事喇嘛。

“管家去寺房了，头人。”

哦，斡斯冈才想起，刚才让管家日梅基去寺房看看活佛的觇算有没有什么结果了。

“看看他有没有回来。”

“是，头人。”

看着知事喇嘛退了出去，斡斯冈想想一掀帐帘，也走了出去。

可他还没走出三步，便听到两个人沉重的脚步声向碉房走来，斡斯冈只好又回到房中。

进来的，是管家与活佛。

“头人。”活佛额了一下手。

斡斯冈摆了一下手，意思是不要讲究什么礼节不礼节了，问道：“怎么样？”

“从觇算来看，下贡布嘎尔……”

活佛刚说出这几个字，突然，碉房外由远及近，随着一匹快马的马蹄声，传进来一声异常紧急的“报——”

活佛不由打了一个寒战，斡斯冈呼一下站了起来，管家则转身奔出了门外。

“什么人，何事惊慌？”管家喝道。

“报——”马上之人翻身下马，一边向碉房里跑来，一边仍叫着，“快报头人。”

“我是管家，问你何事惊慌？”

“片尔旺打过来了。”

斡斯冈一步冲了出去：“什么，再说一遍。”

报讯人立即冲斡斯冈额了一下手，道：“片尔旺人从南牧区打了进来。”

“什么时候？”

“一个时辰之前。”

“管家，”斡斯冈略一思忖，“通知西牧区、北牧区立即带上藏獒前去南牧区增援，通知东牧区迅速前来碉房，做好护卫，其他人，随我来——”

碉房前一片马嘶，接着，一队人马，向南牧区急速驰去。

南牧区牧首根本没想到片尔旺会从他们这里发动攻击，接到碉房传来要求做好防范的命令，他对报讯人还说：“片尔旺即使要打，也不会打到我们南牧区来吧。”

“牧首，头人要求所有牧区都要提高警惕。”

“好了，报讯人，南牧区牧首知道了。”

话虽说“知道”了，可他还是打了一个大大的哈欠，想回去再睡一个回笼觉。巧的是，正在他转身时，一个牧人突然叫了起来：“有狼偷了我的羊了。”

于是，牧首这才拉过马，一边骑上一边叫道：“大家堵起来，不要让它跑了。”

那只偷羊的狼一见被人发现了，从羊群中一下蹿了出来，拼了命地向西边跑去。

牧人们岂肯放过，立即放马追了起来。

可是，追着追着，突然前面迎来了一队人马。

牧首愣住了：“这个时候会是谁来拜访下贡布嘎尔呢？”

而就在牧首一愣之间，那队人马已到了近前，并且透过晨光，发现他们一边叫着一边手里举着刀。

“不好，真的是片尔旺来了。”牧首心里“咯噔”一下，立即转身对身后一个牧人叫道：“快，向碉房报讯。”然后举起手中刚才追狼的刀，大声叫道：“弟兄们，片尔旺人来了，杀呀——”

勃索嘉措一见前面一队人马，还以为是他们的行动被下贡布嘎尔发现了，因此，原准备等天亮后再作战，现下只好提前行动了。于是，当即用刀一指下贡布嘎尔人马：“杀。”

可两兵相接之后，他才知道，这队人马纯属意外发现了他们，因为，他们根本就没有做好战斗准备，人马也不多，没打两下，就被打得连连后撤。

“杀呀，占了那日河。”

勃索嘉措鼓舞着他的牧人乘胜前进……

03

中贡布嘎尔碉房里，得莫西也一夜未眠。外面不时传来一两声藏狗的吠声，而每听到一次，他的心不由就凛一下。

虽然在上贡布嘎尔他说出了“渔翁之计”，但他深知，奚古扎摆明了就是想这样做，只不过等着那话从他嘴里说出来。而当时他之所以那样说，也是权衡再三做出的选择。上贡布嘎尔实力强盛，人口最多，草原最广，下贡布嘎尔与之相较，显然力量悬殊太大，甚至不可同日而语，既然现在奚古扎有心要收拾下贡布嘎尔，自己何苦不来个顺水推舟，这样，将来真的下贡布嘎尔被上贡布嘎尔占据，他也好落个人情。

但回来后的得莫西，眼前总是一会儿出现当年他们弟兄三人一同赶走片尔旺以及少时一起骑马斗箭的场景，一会儿又出现片尔旺人杀得下贡布嘎尔血流成河，斡斯冈被刀砍下头颅的画面。

所以，只要外面有任何响动，他的心都要提一下。

因为，他非常清楚，此时，片尔旺对下贡布嘎尔的偷袭，肯定已经开始了。

“管家。”

可是，现在还太早，太阳不过刚刚升起，管家还没有回到碉房。

下人在外面应了一声，说立即去传。

得莫西“哼”了一声，无置可否。

但就在这时，一阵“得得得”的马蹄声由远而近，直向碉房驰来，得莫西一下就跳了起来：“管家。”本能地，他又叫了一声。

叫过之后他才忽然想起，管家不在。

可意外的是，这次管家居然应了一声，并且急急地跑了进来：“头人，大事不好。”

“何事惊慌？”

“报讯人来报，片尔旺正在攻打下贡布嘎尔。”

“情况怎么样？”得莫西急切地问。

“说是一开始下贡布嘎尔被打得节节败退，但现在几个牧区的人马已经集中了起来，正在顽强抵抗。头人——”

“说。”

“我们是不是马上派人过去增援？”

“让我想想。”

管家满吉金有些意外地望着得莫西，因为上次得知片尔旺要袭击上贡布嘎尔，他立即亲自点兵，赶赴上贡布嘎尔，这次他以为头人仍会立即行动，怎么他还要想想？

“管家，你说片尔旺能够灭了下贡布嘎尔吗？”

“我看不能，下贡布嘎尔虽然人不多，但精神很旺，上下一心；地不广，但有草有水，民强马壮。片尔旺远道而来，他们以逸对劳，虽然是出其不意，占了先机，但如果这场战斗只要持续到中午，片尔旺肯定会败。”

“你这么肯定？”

管家满吉金再次诧异地望着得莫西，头人这是怎么了，这个连他都一清二楚的道理，难道他能不懂？

见管家愣愣地望着自己，得莫西避开他的眼睛，有些讷讷地道：“我是说，下贡布嘎尔真的会顶住片尔旺的袭击？”

“我想会的，头人。”

“好了，你先出去，告诉报讯人继续探报。我想一想。”

满吉金好像一时没有回过神地站在那。

“先出去吧，管家。”

“是，头人。”

望着管家满吉金退了出去，中贡布嘎尔头人得莫西脑中一团乱麻。

怎么办？

万一下贡布嘎尔这次顶住了片尔旺的袭击，那么日后当得知我与上贡布嘎尔事先知道消息却坐视不理，他岂不视我中贡布嘎尔为仇敌？况且，下贡布嘎尔占有那日河，还有……

可要是出兵，那对上贡布嘎尔又如何解释？

唉，真是左难右难。

得莫西眼前一会跳出奚古扎对他不满的神情，一会又跳出斡斯冈对他失望的神情。两种神情像走马灯一样地在他眼前你来我往闪来闪去……最后，是斡斯冈一张带血的面孔正定定地望着他。

“啊，好了，不要望，我这就去。”

中贡布嘎尔头人得莫西最后抱着头的手猛地一挥：“上贡布嘎尔，对不起了，你与下贡布嘎尔有怨有仇，可我跟斡斯冈还是好兄弟呀。”

“管家。”

“在，头人。”

“立即备马，挑选一队精干牧人，随我前去下贡布嘎尔。”

“头人，只一队吗？”

“是，只一队。其他人马如果上贡布嘎尔前来报讯，由你见机行事指挥。”

“可是——”

“别啰唆了，”得莫西一边说着，一边抓过他的那把好久没有动过的马刀向外走去，“就这样。”

“是，头人。”

望着得莫西骑上那匹黑骏马，带领一队人马以及藏獒，不是直接向下贡布嘎尔方向驰去，而是向西沿着中贡布嘎尔与下贡布嘎尔边界，管家满吉金紧皱的眉头不由又皱了一皱。

可他哪里知道得莫西的心事，他是怕直接率兵前往下贡布嘎尔被上贡布嘎尔知道后，说他不守约定，迁怒于他。所以，不仅不带大队人马，而且是沿着西边边界前往，他想，这样远离上贡布嘎尔，悄悄地前去支援，应该不会引起上贡布嘎尔的注意。

孰知，尽管中贡布嘎尔如此小心盘算，可他的行踪还是被人发现了。

04

上贡布嘎尔草原，经历过一场空前的古怪病症之后，人们为这种安宁的生活而不禁载歌载舞，膜礼额庆。

少爷森格昂沁和米嫫来到当时最初发病的东牧区，对这种感受感触最深。

见到米嫫，几乎每个牧人都要向她额手以拜，感谢在那场灾难中，她为他们所做的一切。而当得知这次米嫫与少爷一起来，正是寻找发病的原因时，他们立即给以无微不至的关怀和支持，只要他们需要，任何要求，牧人们都会想尽一切办法满足。

通过几天的走访，森格昂沁大致查清了最初发病的地点，那是一块靠近中贡布嘎尔与片尔旺边界的地方。当时，因为一些羊身上出现了病症，牧人便将帐房进行迁移，往草原里面挪了挪，想换片牧场。

谁知，换到新的牧场，很快，新的牧场不仅羊染上了病症，就连牛、马也染上了，而正在人们不明所以以至手足无措时，人也被染上了。

就这样，一场浩大的灾难降临到了上贡布嘎尔。

来到发病的牧场，当然，现在这片牧场再也没有人居住，甚至连头狼也看不到，但东牧区牧首还是派人给米嫫和少爷搭起了帐房，好让他们安心寻找病源。

他们先从这片草地的水开始试验，证明水无关系，接着又从土入手，结果，还是没有找到任何根据。最后，他们只得从草原上的草来寻找，很有可能是羊吃了某种草而染病的。这个假设，让米嫫很是兴奋，当然，也让少爷森格昂沁感到高兴，一旦这个假设被自己证明，那——高兴之余的森格昂沁不敢想下去，因为一旦证明，最先对他们不满的，将是活佛。但为了上贡布嘎尔草原甚至是整个贡布嘎尔草原的苍生，森格昂沁可顾忌不了那么多了。

经过近半个月的排查，他们发现，有一种红梗尖叶草，很有可能就是导致这次古怪病症的罪魁祸首。

为了进一步证实，森格昂沁从牧首那里向牧人借了几十只羊，他要亲自做试验。

但现在是秋天，那种红梗尖叶草梗已变得粗硬，叶也已枯萎，羊竟然不肯吃。于是，他们只好采取硬逼的手段，逼羊吃——就是饿，让羊饿得什么也没有吃，只能吃这种草。

可羊再饿，也不肯大口地嚼吃，只是在饿得实在不行时，才啃一点梗上的皮而已。

因此，虽然试验已进行了好几天，可一直没有任何结果，使得森格昂沁不免有些丧气。

“少爷，不用那样没精打采的。”米嫫望着锁眉的森格昂沁道，“再等两天，应该就会有结果。”

“可你看，这么多天了，羊还是好好的呢。”

“羊吃得少，也许发病的时间要长一些。”

“唉，如果这次还不是，下一步我不知该再找什么，难道真的是像活佛说的那样，是魔跑了出来？”

米嫫不自觉地蹙起了眉。

“你在想什么？”森格昂沁望着米嫫轻声问道。

“我在想，当初活佛用火经治好了你还有花嘎，又是怎么一回事。”

“怎么一回事？”

“我也不清楚。原先我以为可能是火的原因，将病毒给杀死了。”

“那现在就不以为了？”

米嫫没有接他的话，而是突然想起来似的道：“少爷，你不是说很想念两个天使米嫫吗，这里离中贡布嘎尔很近，要不要去他们那休息几天，顺便看看你的天使米嫫？”

别说，自从央吉和卓拉朵离开之后，森格昂沁还真的很是想念她们，她们那一颦一笑，常常让他在梦中乐醒。现在被米嫫一点，两位天使米嫫的音容笑貌，又历历在目，仿佛就站在他的面前。

“嗯，这个主意不错——也去请她帮助想想。”

“那今天就去？”

“不用，还是明天吧，今天我们再观察一天这些羊。”

“明天呀，也好，那我让人通知一下牧首，一方面派个报讯人去报个讯，另一方面也给你准备一些礼物送给中贡布嘎尔天使米嫫。”米嫫边说着，边意味深长地笑着。

“其实，我更想央吉。”森格昂沁望着米嫫的笑容，脸上不由红了，但心里却是这么轻轻地说了一声。

见森格昂沁有些发愣，在那红着脸，米嫫不禁又笑了一下，道：“放心，我准备得不会错。草原姑娘们喜欢什么，我很清楚。”

“那就拜托了。”森格昂沁不得不客气一声。

“其实，我也非常喜欢她们。”

森格昂沁没有再说话，而是轻叹了一声，抬起头看了看天。

天上，几朵云，如吃饱了草的羊一样，懒洋洋地在那悠闲着……

可是，未及第二天，报讯人却神色慌张地半途就返了回来。

“何事如此惊惶？”

一见报讯人那紧张得话都说不出来的样儿，森格昂沁不由心猛地往上一提：难道中贡布嘎尔天使米嫫卓拉朵出事了？

“少爷，大事不好，片尔旺正在攻打下贡布嘎尔。”

“攻打下贡布嘎尔？”森格昂沁一时没有反应过来。

报讯人这才额了一下手道：“是的，少爷，我正要前往中贡布嘎尔碉房，忽见一匹快马奔向牧区，很快，牧首便召集起人马向西边急速驰去。我忙上前拦住那匹快马，被告知，片尔旺打进了下贡布嘎尔，中贡布嘎尔头人正带人前去增援。”

森格昂沁望向米嫫，米嫫也是一脸的茫然。

“消息可确切？”

“应该非常准确，因为我们同为报讯人，是不会误传信息的。”

“头人我父亲知道此事吗？”

“不知道。”报讯人再次额手。

森格昂沁一时没明白报讯人说的意思，厉声问道：“是你不知道还是头人不知道？”

“是我不知道。”

“立即报知头人。”

“是，少爷。”

报讯人勒马而去。

森格昂沁一转身，对米嫫道：“对不起，这里就交给你了；我去找牧首，带领人马立即赶去下贡布嘎尔。”

“是，少爷。”

“可是，少爷，没有头人的命令，我不能私自出击的。”当森格昂沁说出要带领人马立即前去下贡布嘎尔后，没想到东牧区牧首为难地这样说道。

“那就是说你不能听从我的命令了？”

“是，少爷。”

“啪。”森格昂沁没等牧首一声“是”落音，恨恨地给了他一马鞭。

牧首立即额手："少爷，你打死牧首，牧首也要头人的命令。"

森格昂沁没办法，看来在东牧区，他无法调兵了。

怎么办？回到碉房再去请示父亲，显然，这一折腾，至少要耽误一天。而战场上，这一天往往就意味着全军覆没或是一溃千里。

"不行，去西牧区。"

森格昂沁想到这里，一勒马头，向西牧区跑去。

望着森格昂沁单骑而去，东牧区牧首一边额手，一边自语道："对不起，少爷。"

西牧区似乎早就发现了下贡布嘎尔的战况，全牧区人马整装待发，只要头人命令一到，他们就立即驰马扬鞭，前去厮杀。

但迟迟没有头人的命令。

牧首正在暗自纳闷：不可能呀，三个贡布嘎尔，只要有任何一个发生战争，另两个很快就会前来助战，而片尔旺打入下贡布嘎尔都快一上午了，头人怎么还没有发出前去增援的命令？难道他不知道？那也不会呀，我派出的报讯人一清早就去碉房了啊。

就在西牧区牧首左思右想之际，远远看见一骑直奔而来，他以为是报讯人传达命令来了，可等那马到了近前，才发现，原来是少爷森格昂沁。

"少爷！"

森格昂沁吸取在东牧区的经验，这次他没有任何犹豫，用手一指下贡布嘎尔方向，道："都看到了吧？"

"是，少爷，我们已做好了一切准备。"

"那好，随我来。"

"可是，少爷，头人……"

但牧首后面的话没有任何意义了，因为森格昂沁说完"随我来"早已打马蹿了出去，众人一见少爷一马领先，看了一眼牧首，没等牧首下令，便呐一声喊，全都催马扬鞭，跟了上去。

一片烟尘，席卷向下贡布嘎尔。

05

下贡布嘎尔草原，一片嘶声。

斡斯冈没想到片尔旺会弃近求远，绕道西边，向他发起了攻击。虽然措手不及，但好在平时各个牧区草肥马壮，简短的一阵慌乱之后，各个牧区人马迅速向南牧区集中过来。

但片尔旺是有备而来，再加上各个牧区人马不是同时到达，所以，虽然力尽抵抗，但还是连连败退。

战斗已经持续五个多时辰了，斡斯冈想，上贡布嘎尔和中贡布嘎尔应该早就得到报讯了，可是，怎么到现在还没有任何动静呢？

再往后退，就是那日河了，无论如何，绝对不能退过那日河——那日河一旦被占，即使片尔旺不再追击，那下贡布嘎尔也败了。因为，拥有那日河这边的草原，也就控制了整个下贡布嘎尔以及通往里孜国的通道。这样，退守河那边，虽然也有一片草原，但对一个头人来说，已毫无意义。

斡斯冈一边指挥着人马组成阵势，不要乱冲，一边想着如何反败为胜。

正在这时，那日河那边突然出现一队人马，一边嘶叫，一边高举着手中的刀助威呐喊。

谁？

原来是得莫西带着他的人、马、獒到了那日河边。

虽然隔着河，但那呐喊之声，却还是犹如千军万马，直传到片尔旺头人勃索嘉措的耳里。

勃索嘉措正指挥着他的人马，避开下贡布嘎尔主力，专拣被他们一直追击而后退的人马拼杀，因为双方经过这么长时间的战斗，都有些力不能支了，如果与赶来增援的下贡布嘎尔牧区人马相对抗，显然不是明智之举。

正当他追得兴起，眼看就要将下贡布嘎尔头人逼到那日河边，而只要将他们逼过河，他们就取得了这场战争的胜利。可就在这时，突然，下贡布嘎尔人马却陡地一下传来一片嘶声，而且随着这嘶声，他们开始反攻了。

“头人，”有人从前面回来向勃索嘉措报告，“中贡布嘎尔援军到了。”

勃索嘉措略一迟疑，接着，将手中的刀一举，大声道：“弟兄们，杀呀，将下贡布嘎尔赶过那日河啊。”边说，边带头向前冲去。

正在犹豫的片尔旺人一见头人冲了上去，立即嚣叫一声，再一次地向前冲去。

“杀啊。”

“冲啊。”

两军很快短兵相接，人、马、獒，一片厮声，战成一团；那日河边，血水横流……

而在那日河那边只是摇刀呐喊的得莫西，这时再也看不下去了，命令人马：渡河。

看到中贡布嘎尔援军涉水而至，下贡布嘎尔人、马、獒立即精神一振，人人奋勇当先，直杀得片尔旺不得不连连后撤。

岂止后撤了事！

“头人，上贡布嘎尔从东面杀过来了。”

勃索嘉措忙转头东望，只见一队人马，在一少年带领下，正挥刀急驰而来。

“快，传我命令，前面的人马立即撤下。所有人马以我为中心，不要分开。”因为在这种情形之下，勃索嘉措明白，一旦人马被分开，那就会被前后夹击，各个击破，分别剿灭。

“是，头人。”

片尔旺人马很快集中了起来，这一集中，由原来的攻势，便变成了守势，但不是退。勃索嘉措不想就此放弃眼看就要胜利的战争。那日河就在眼前，就此回撤，岂能甘心！

上贡布嘎尔碉房里，奚古扎虽然手里端着酒碗，但好久没有喝。他的耳边，仿佛听到了片尔旺人的厮杀之声。

“哈哈哈，斡斯冈，别怪兄弟我不厚道，怪只怪你那片草原太丰美。”

可是，笑着笑着，奚古扎突然牙关一咬，将手中的酒碗莫名地砸向了地面。

“头人。”听到声响的管家丁二烯萨不知发生了什么事，一掀帐帘走了进来。

奚古扎挥了挥手："没事，管家。"

"是，头人。"丁二烯萨一脸狐疑地退了出去。

可刚退到外面，远处又一匹马急驰而来。丁二烯萨想，但愿这次头人再也不要大发雷霆了，因为前几次，每有报讯人来，他都说"知道了"，然后便莫明其妙地摔酒碗，并且责问他为什么这些人只报下贡布嘎尔被片尔旺人入侵，而不报现在战争打到什么程度，片尔旺人是否已占领了下贡布嘎尔碉房？丁二烯萨本想问我们上贡布嘎尔为什么得到这样的消息一点不吃惊，不仅不立即出动人马前去援助，反而却关心起他们是否战败？可是，看到头人那副喜怒无常的脸色，丁二烯萨几次张嘴又忍了。

"报——"

丁二烯萨伸手拦住报讯人："何事如此紧急？"

"少爷森格昂沁一个时辰之前带领西牧区人马前去下贡布嘎尔了。"

"啊？"丁二烯萨没想到头人没去少爷却去下贡布嘎尔了，"好，我这就禀报头人。"

"什么，少爷去了下贡布嘎尔？"

望着奚古扎那瞪得怕人的眼睛，丁二烯萨赶紧低下头："是，头人。"

奚古扎站了起来，来回踱了两步，想想一挥手道："通知中贡布嘎尔，我们去下贡布嘎尔。"

"可是，头人，中贡布嘎尔——"

"中贡布嘎尔怎么了？"

"他们已经出动人马去了下贡布嘎尔了。"

"你再说一遍！"

"报讯人早来报过，中贡布嘎尔头人得莫西亲自率领一小队人马由西沿那日河去下贡布嘎尔了。"

"来报过？"

"是，头人。"

奚古扎怔愣了一下，他想起来，当时好像是有一次报讯人来报过什么中贡布嘎尔，他以为是说中贡布嘎尔来报片尔旺已经对下贡布嘎尔发动袭击了，询问上贡布嘎尔和他们什么时候联合出动呢。

既然如此，奚古扎道：“管家，通知下去，我们立即出兵，将勃索嘉措消灭在下贡嘎尔。”

“是，头人。”

06

“头人，东边又有一队人马过来了。”

勃索嘉措虚晃一刀，抽身跳出混战，向东边一望，果然，只见一大队人马正如风般向这边卷来。

回头望一眼前方，前方斡斯冈与得莫西两股力量已经汇合到了一起，越杀越勇；看向侧面，森格昂沁带着一队人马，正拦腰砍来；现在，如果后面这股人马再一到，那他就有被包围的危险。

但那日河就在眼前，功亏一篑，勃索嘉措怎么肯就此罢手啊。

可如果此时不罢，恐怕再过个把时辰，想罢，就怕也罢不了手了啊。想到这，勃索嘉措果断地喊了一声：“弟兄们，撤。”

说完，片尔旺人立即如决堤的洪水一般，向南退去。

想逃？没那么容易。

“杀啊，弟兄们，片尔旺人想逃啦。”斡斯冈挥刀大叫一声，催动胯下枣红马，向片尔旺杀去。

“杀啊。”

“追啊。”

整个下贡布嘎尔草原，呐喊声冲天；这呐喊声，将滚滚的那日河，也震得异常兴奋，跟着呼应起来……

“弟兄们，杀。”

森格昂沁大叫一声，挥刀直追。

“弟兄们，别让片尔旺一个人逃掉。杀——”

刚刚赶过来的奚古扎大刀一指，立即纵马追杀过来。

于是，三路人马，全都叫着“弟兄”，像三条蛟龙一般，直向片尔旺人扑去——这就是贡布嘎尔草原上一直流传的最好的传统，平时在草原上，既有尊卑，也有贵贱，但在战场上，则一律称为弟兄，呼为弟兄，因为唯有如此，大家才能奋勇当先，所向披靡。直到今天，在贡布嘎尔草原上，只要是涉及大家的共同利益，则仍还是以弟兄相称，哪怕在家里是父子叔侄。

“快，顺原路返回。”

勃索嘉措见大势已去，知道再也见不到那日河了，于是，立在马上，对着那日河方向额了一下手，默念一声：“我还会回来的，那日河。”然后转身下达了撤退命令。

可是，正在向着原路狂逃的片尔旺人根本没想到，突然蹿出一群藏獒，迎头截来。

原来一见勃索嘉措想逃，斡斯冈立即将正在与人马一起混战的半耳叫了出来，用手示意它直接斜插过去，切断片尔旺的退路。

半耳立即会意。

而随着奚古扎赶来的花嘎和雪獒，还没来得及参加到混战中，见半耳突然离开，直向前跑去，立即心领神会，转身也一起向前跑了起来。

果然，没多一会儿，它们就迎上了正仓皇出逃的勃索嘉措。

还没有逃出贡布嘎尔三路人马的追击，现在，片尔旺人又陷入了群獒之中。勃索嘉措恼羞成怒，挥着手中的刀，对着獒群就是一顿猛打猛冲。可是，左冲右突，冲了半天，却一点也没有突出去，因为他杀向一边，那些藏獒能咬就咬上一口，不能咬就跳向一边，而只要他一松懈，它们立刻又扑上。几次三番下来，尽管勃索嘉措累得气喘吁吁，可藏獒们却越战越兴奋，越战越勇武，以至没被三队贡布嘎尔人马打伤杀死的片尔旺人，却一下被这群藏獒撕碎了一大片。

这时，一直边杀边冷眼观望的花嘎，终于判断出了那个挥着一把弯刀的人是这群人的头人，于是，它不动声色地慢慢靠了过去——擒贼先擒王，这个道理对任何一个善于战斗的獒王，都很清楚；而且不出则已，一旦出击，务必一招制胜。

近了近了，可以跃起了——花嘎一边估算着，一边立即后挫，准备对着勃索嘉措纵身扑去——它甚至看到了那个挥着刀的人的脖子上一股股鲜血正从它的牙齿缝隙中汩汩而出。

但就在这时，一件令它意想不到的事发生了。原来正冲向另一边的勃索嘉措突然发现了花嘎的企图，猛地回身，将刀横空砍向花嘎。而此时的花嘎已然跃在了空中，要么从空中直接跃过去，要么半空中回转落地。而从空中跃过去，有可能被挥来的刀划破肚肠；如半空落地，则正好被劈中头颈。

进，不能；退，不能。

花嘎浑身凛得毛发都乍直了。

就在这千钧一发之际，一边也准备扑向勃索嘉措的雪獒怒吼一声，飞身扑上，迎向那正划一道死亡之弧的弯刀；而在弯刀嵌进它脖子的那一刻，它向正咬向勃索嘉措拿刀的腕的花嘎投去了深深的一瞥。

“啊——”

随着勃索嘉措的一声呼叫，两条藏獒同时落在了地上；而没有落在地上的勃索嘉措却只剩了一条胳膊。

落在地上的花嘎一口吐掉嘴中的半条胳膊，随即再次向勃索嘉措扑去，可是，早有两匹马飞奔而至，一左一右护住了他们的头人……

“雪獒！”

追击过来的少爷森格昂沁看着倒在地上只有颈上一块皮还连着身体的雪獒，不禁大叫一声跳下马来。

雪獒眼睛对着它的小主人最后眨了一下，就永远闭上了。

它死得很安心，因为，这样的死，为它的一生，划了一个圆满的句号；也为它从王者位置上败下之后，又一次地树起了王者风范！

望着曾经威风八面的獒王，森格昂沁咬着牙翻身上马，向正落荒而逃的勃索嘉措奋勇追去。

“杀——”

獒群、马群、人群，如夏天的雷声一般，向片尔旺人碾去……

第十四章　联姻解怨

卓拉朵忍着那颗强烈地跳动的心，一口气跑出了碉房，来到后面草地上，这才停了下来；而一停下来，那一直燃烧着的血，腾一下就烧上了脸颊，将满脸烧得如初升的草原上的太阳一样

01

望着勃索嘉措带着他的半条胳膊和十几骑人马狼狈地逃回到自己的领地，所有追击的贡布嘎尔人站在边界上，都欢呼了起来；斡斯冈、奚古扎、得莫西三个头人，并马而立，举起手中的刀，在人们的欢呼声中，仰天大笑——

“哈哈哈。”

“呀呀呀。”

“呵呵呵……”

“请所有的人马回到我们下贡布嘎尔，喝一碗我们那日河水酿的酒，吃一块我们下贡布嘎尔草原上的草喂养的羊肉吧——”下贡布嘎尔头人斡斯冈发出邀请。

得莫西望了一眼奚古扎，然后转向斡斯冈：“尊贵的下贡布嘎尔，由于来时匆忙，碉房里还有许多事情等着我去办；下贡布嘎尔的酒，就请尊敬的上贡布嘎尔代中贡布嘎尔喝，下贡布嘎尔的肉，就请上贡布嘎尔代中贡布嘎尔吃吧。”

不待奚古扎说什么，得莫西又转向奚古扎道：“愿巴孕尕奶山神佑护，我将改日前去拜访上贡布嘎尔。”

“中贡布嘎尔，你这就走吗？”

“是的，上贡布嘎尔、下贡布嘎尔头人，再见——”

说完，得莫西分别向奚古扎和斡斯冈额了一下手，然后勒转马头，向北驰去。所有中贡布嘎尔人马立即随着他们的头人，呐一声，全都走了。

望着渐行渐远的中贡布嘎尔人马，奚古扎回过头，对斡斯冈道：“这里离我们上贡布嘎尔只有几里之遥，下贡布嘎尔能否赏光前去做客？”

斡斯冈忙额手道：“谢谢上贡布嘎尔，但刚刚经过战争，我的牧人们需要我回去给他们安抚。下次一定前去上贡布嘎尔拜谢。”

“那就不勉强了，我们兄弟就此别过。”

奚古扎也额了一下手，然后回头对上贡布嘎尔人马说了一声：“走——”

可是，人群中有人突然叫了一声：“少爷呢？”

奚古扎忙回头在人群中找了找，果然，没有森格昂沁的身影。

森格昂沁呢？

当片尔旺人惶惶逃回到他们的领地的时候，森格昂沁知道这场战争结束了，于是，他立即掉转马头，向刚才追击而来的路上返去——他在记挂着他昔日的獒王雪獒。

花嘎本来也一直夹在追击的獒群当中，可一转眼，看见少爷正打马往回走，马上便明白了他要去哪里，于是也忙一折身，紧随着他向雪獒躺倒的草地奔去。

到了，快到了，雪獒就在前面。

可是，却有人正蹲着在雪獒身边，哦，不　不仅有一个，还有一条藏獒。

是谁？

森格昂沁不由紧催了一鞭。

啊，是——天使米嫫央吉！

还有，下贡布嘎尔藏獒灰姐。

央吉正一脸无奈地蹲在雪獒面前，看着它渐渐变得僵硬的肢体，束手无策；灰姐则站在一边，一直望着雪獒，发出一阵阵令人听着不由不为之落泪的悲鸣——它怎么能忘记曾经与它共有过的那些幸福日子！

“天使米嫫！”

森格昂沁慢慢从马上下来，轻轻走到央吉身边。

央吉抬起那张梨花带雨的脸，望着森格昂沁，啜泣道：“少爷，我真的无能为力！”

森格昂沁看着仅有一小块皮肉将雪獒头与身子连在一起的雪獒，不由自主地上前一步，轻声道：“谁也没有回天之力。”

“森格昂沁……”央吉不自禁地扑进了森格昂沁怀里。

森格昂沁一边拍着央吉的后背安慰着她，一边从她的肩膀上望向正趴伏到刚才央吉蹲着的地方的灰姐，眼泪不由也流了出来。

良久，央吉才止住哭泣，一抬头，见森格昂沁正满眼含泪地望着她——

如此切近地与一个男孩子面对面，央吉这还是第一次，脸不由腾一下红了起来，边退后一步，边道：“对不起。”

森格昂沁笑了一下，望了一眼雪獒，说：“让我们将它抬上马，送进那日河吧。”

边说着，森格昂沁边弯下身要去拖动雪獒，可不想，灰姐却一下站了起来，全身灰毛一下乍了起来，狠狠地瞪着森格昂沁，吓得森格昂沁不由一下直起身，后退一步。

“灰姐！”

央吉赶紧过去一把抱了灰姐的脖子。

灰姐在央吉怀中，再次呜咽，发出哀声……

“你真的要回去么？”

“是的，”森格昂沁望着央吉，十分不舍地点了下头，“再不回去，父亲会着急的。”

“什么时候我们再见？”

“我想，应该很快，因为我正在查找上次古怪病症的原因——”

“查找病因？”央吉显然很兴奋。

森格昂沁看着因激动而脸上出现红晕的央吉，不由心神一摇，愣愣地望着她，竟忘了回答央吉的问话。

“看什么呢，嘿，”央吉下意识地抬手捋了一下额角上的头发，“你可是上贡布嘎尔少爷呢，整个上贡布嘎尔姑娘心中的白马王子，这样看人家，可是要——”

“要怎么样？”森格昂沁看着央吉那皱了一下鼻子的表情，笑着追问道。

可央吉一扭身，上了马：“不告诉你。”

“可是，我知道了。”

“你知道了？知道什么”央吉在马上拿一双大眼睛盯着森格昂沁。

森格昂沁一边上马，一边说：“我也不告诉你。”

“咯咯咯……”

“你笑什么？”

“不告诉你——”说完，央吉一催马，跑了出去，“再见，愿巴孕尕奶山神保佑您，上贡布嘎尔少爷！”

“喂，有你这样送人的吗？我还没走呢。”

可是，留给森格昂沁的，是马上的回眸一笑。

仅此一笑，森格昂沁的魂魄，从此便留在了下贡布嘎尔草原……

02

如果说草原的白天是给牛羊的，那么草原的夜晚，则是给牧人的——一堆堆篝火，如天上的星星一般散布在草原各个牧区，随着那跳动的火焰，一首首高亢抑扬的藏族所特有的歌声，仿佛吹过草原的夏日夜风，抚过人们的心头，将那白天的烦忧尽数抹去。

可是，今夜的牧歌，却怎么也抹不去中贡布嘎尔头人得莫西的心头忧烦。

虽然这次大家再一次合力将片尔旺又赶了出去，而且，这一次勃索嘉措要想重新与贡布嘎尔任一个部落争雄，没有十五二十年的恢复，元气根本上不来，但他这次“得罪”了上贡布嘎尔，因为他在没有向上贡布嘎尔报讯的情况下，就自己带一队人马去了下贡布嘎尔，尽管奚古扎一直没有说什么，但他能感到奚古扎对他很不满。

虽然外面牧人们的歌声顺着晚风吹进碉房，要是在往日，他一定会饶有兴致地仰靠在床上，翘上二郎腿，微闭双眼，随着那婉转的节奏轻轻点着，就像那羊儿啃着晨曦中的嫩草一样，但此时，他的眼睛只要一闭就仿佛看到奚古扎指着他怒道：“好你个得莫西，说定了做‘渔翁’，你却独个带领人马前去讨好他斡斯冈。行啊你，既然如此，那今后，你就不要再管我叫兄弟！”

“兄弟！”

得莫西一下站了起来，但随即又颓唐地坐了下去。

怎么办？如何才能化解掉上贡布嘎尔对他这次行为的怨怼？这一夜，得莫西就一直这样迷迷糊糊地在半惊半梦中度过。

第二天太阳升起一竿儿高了，中贡布嘎尔头人得莫西却仍没有起来，说是头疼得厉害。

“父亲头疼得厉害？”卓拉朵望着管家问道。

管家满吉金额了一下手，道：“是的，头人说他头疼得厉害，不想吃，也不想动。”

“你去看看吧，卓拉朵。”正在与卓拉朵一起配制着药丸的米嫫望了一眼卓拉朵说，因为近来米嫫不知是年纪大了还是怎么回事，一般出诊，都由卓拉朵替代了，她很少走出药房，只管一心配制着她的各种药丸，“要不，我也去？”

“我想应该没什么问题，我去吧。”卓拉朵边说边拍了拍手上的药粉。

米嫫道：“可能是征战中受了风寒，带上昨天我们做的丸药。”

“是，仙鹤姐姐。”

米嫫便笑了一下，摇摇头，又专心搓起她的药来；但搓了两下，想想还是停下手，道：“我还是也去吧。”

“是，仙鹤姐姐。”

“有劳米嫫了。”满吉金额了一下手。

米嫫一边起身一边说:“为头人服务,是米嫫的本分,没有什么有劳无劳。”

“是，米嫫。”

管家退后一步，躬身请米嫫和卓拉朵走在前面。

“父亲,听说你病了,我和仙鹤姐姐来看你。”一进碉房,卓拉朵轻声叫道。

听到卓拉朵的声音，得莫西只好坐了起来，清了一下嗓子，说：“卓拉朵，父亲没有什么大碍，不必麻烦米嫫的。”

“可是，头人，我已经来了。”米嫫一掀帐帘，笑着走了进来，“头人昨天还精神抖擞跃马横刀，今天怎么了，是不是累着了？”

“我想是吧。”得莫西只好掩饰地应道。

“我看看。”说着，米嫫拉过得莫西的手，开始给他诊脉。

得莫西想抽回手，可是米嫫的手已经搭上了他的脉搏，像哄一个小孩子般地道：“不要动啊，头人。”

搭过脉，米嫫又望了望得莫西的脸色，然后在卓拉朵和管家的目光下站了起来，说：“卓拉朵，给头人服下带来的丸药吧。”

“是，仙鹤姐姐。”

“头人，”米嫫又转向得莫西，“你的身体很强壮，只不过受了一点风寒。这点小风寒对中贡布嘎尔头人来说，什么也不算，您说是吧？”

得莫西不知米嫫说的是他的病症还是别的什么，在她的“是吧”问候下，只好点了点了头，说：“是的，米嫫。中贡布嘎尔什么雪雨没见过，还怕这点小风寒！”

“那我就放心了。”米嫫说完，站了起来，转身向外走去。

得莫西望着米嫫的后背，道：“管家，替我送送米嫫。”

“是，头人。”

走到门口的米嫫，不知是对自己还是对管家喃喃道：“米嫫米嫫，其实，头人，你自己就是最好的米嫫哦。”说完，还摇了摇头。

满吉金在后面只好笑了一下，心想：“看来，米嫫是真的老了。”

“卓拉朵，你觉得米嫫老了吗？”得莫西望着女儿，笑着问道。

卓拉朵不知得莫西是什么意思，只是望着父亲。

得莫西顾自地又笑了一下，然后道：“卓拉朵，你觉得上贡布嘎尔与下贡布嘎尔两位头人，哪一位更好一些？”

“父亲怎么想起来问女儿这个问题呢？”

“只是突然想起来。”

“其实，这要看从哪个角度去理解。”

“从你父亲我这个角度呢？”

“上贡布嘎尔实力强大，父亲不能不与之交好；下贡布嘎尔地理位置重要，父亲也不能恶以待之，再说，下贡布嘎尔头人为人真诚、忠厚、重情，是个很好的头人。”

“那你是说上贡布嘎尔头人不够真诚、忠厚、重情喽？”

“不是的啦，父亲。”卓拉朵忙说，“其实，上贡布嘎尔头人也是个很好的头人，他们少爷，更是一个很好的少爷。”

“少爷，很好？”

“是呀，”卓拉朵不禁眉飞色舞了起来，“他心肠特好，我们在一起的时候……”

看着卓拉朵说到少爷与她们在一起的趣事时，是那样的滔滔不绝，而且神采飞扬，得莫西突然心中一动：有了，呀呀呀，整整苦恼地思考了一夜的问题，现在，终于有了解决的钥匙了。

“我说，卓拉朵，一提到上贡布嘎尔少爷，你怎么如此兴奋不已，是不是我女儿……”

卓拉朵一下打住了，接着，两朵红云飘上了脸颊：“不是的啦，父亲，不是你让我说的么。”

“呀呀呀，”得莫西不由大笑了起来，“看来，我该为我的女儿去一趟上贡布嘎尔。”

“什么呀，父亲。”卓拉朵撒娇地拉过得莫西的手，“再瞎说，女儿不理你了。”

“父亲瞎说了吗，啊？父亲瞎说了什么了？”

“不理你了。”卓拉朵一甩得莫西的手，站了起来，“见了上贡布嘎尔头人，不许父亲瞎说啊。”

“呀呀呀，父亲不瞎说，睁着眼睛说，总行了吧。”

“不理你了，我去药房了。”

“好，去吧。”

望着卓拉朵娇羞地跑出房去，得莫西刚才还笑着的脸色一下又暗了下来，然后，长长地叹息了一声：“唉，但愿能够柳暗花明，化解掉奚古扎心中的那股怨愤吧。”

03

“头人，少爷回来了。”

“叫他立即来见我！”上贡布嘎尔头人奚古扎挥了一下手，对站在门口的管家丁二烯萨怒道。

“是，头人。”

丁二烯萨应诺着退了出去。可是，奚古扎刚一转过身，管家却又进来了：

“头人。”

奚古扎望着管家，没有做声。

“少爷来了。”

“父亲。”森格昂沁掀帘走了进来。

“好，你下去吧。”奚古扎见管家下去后，才转向森格昂沁，“为什么？”

森格昂沁一时没有明白父亲这“为什么”是指什么，只拿眼睛诧异地望着他。

“为什么要这么做？”

“做什么了，父亲？”森格昂沁额了一下手，不得不问。

奚古扎没好气地哼了一声，道：“为什么不向我禀报，就私自调动西牧区人马前去下贡布嘎尔？”

“下贡布嘎尔与我们上贡布嘎尔唇齿相依，休戚与共，他们遭遇到外族侵入，理应我们立即出兵，前去援助才对，可是，父亲，你为什么要按兵不动呢？”

“有你这样跟父亲说话的吗？”奚古扎瞪着森格昂沁道，“再说，我出不出兵，什么时候出兵，用得着你来教么？”

“可是，父亲，事实是，你最后一个到的下贡布嘎尔。”

“那又怎么样，我没到之前，你们也没有将片尔旺赶走啊。”

“父亲！”

“别说了，”奚古扎打断森格昂沁，“你在东牧区关于古怪病症的事查得怎么样了？”

“米嫫正在等待试验的结果。”

“我是问你。”

“是，父亲。我们正在等待试验的结果。”

“下次关于碉房里的事，你还是少插手的好，专心做你自己的事吧。”

“是，父亲。”

“唔，我累了，也休息一下。”

“是，父亲，孩儿告退。”

“去吧。”

“是，父亲。”

一匹马，一条獒，在上贡布嘎尔草原上，如两只鹰一般，向东牧区飞去——那马，是森格昂沁；那獒，是獒王花嘎。

可是，当两只鹰刚刚在碉房前消失，那些藏狗们却又吠了起来。

“管家，看看是谁来了。”

“是，头人。”

丁二烯萨额手退出来，转身走出碉房。

碉房外，知事喇嘛正在迎接一位尊贵的客人。

谁？

中贡布嘎尔头人得莫西。

丁二烯萨一见，赶紧上前额手：“尊贵的中贡布嘎尔头人，什么风将您吹来了，也不事先差遣报讯人前来报知一声，好让管家替您斟好酒，备好肉。”

“呀呀呀，得莫西想念我的兄弟奚古扎了，所以就来了。”

“啊，我替头人多谢您。请——”

“呀呀呀。”得莫西一边往里走，一边笑着。

丁二烯萨让过得莫西，然后赶紧通报：“头人，中贡布嘎尔头人看望您来了。”

“是中贡布嘎尔吗？”里面传出奚古扎懒洋洋的声音。

“是，头人。”

“哦，知道了。”

“是，头人。”丁二烯萨额手退后一步。

得莫西知道这是奚古扎在给他脸色看，他顿了一下，但马上又笑容满面起来，一边继续往里走，一边叫道：“啊，亲爱的奚古扎，上贡布嘎尔头人，兄弟我可想你了。”

“啊，是得莫西兄弟吗，哈哈哈，我也一样想念你哦。”奚古扎待得莫西走进了帘内，这才站起来，“管家，备酒。”

“是，头人。”

“上贡布嘎尔，上次小女卓拉朵在上贡布嘎尔，承蒙关照，回去后，她一直念念不忘上贡布嘎尔对她的好呢。”

“是吗？”奚古扎仍然不咸不淡地应付着。

得莫西笑了一下，继续说：“尤其是说到少爷森格昂沁——”

“怎么说？”奚古扎抬起眼睛望着得莫西。

得莫西恰到好处地轻咳了一声，然后道：‘卓拉朵对少爷却是打心眼里喜欢，回去以后，一天至少‘少爷’‘少爷’地要说上三遍。”

“她们与森格昂沁在一起巡视过牧区。”

“就是啊，她说少爷在巡视路上对她这样如何，那样如何，哎呀，听得我耳朵都要起老茧。”

奚古扎不得不客气地说上一声：“我们少爷也经常说起她们呢。”

“是吗？”得莫西故作惊讶地道，“少爷对卓拉朵印象怎么样？”

“什么印象？”

“我是说——”得莫西斟酌了一下，“他有没有对你提起过，要与我们卓拉朵……”

奚古扎至此，总算明白得莫西的意思了，笑了一下，道：“没有。”

“没有？”

“不过，他嘴上倒是常念叨‘天使米嫫’‘天使米嫫’的。”

“所以呢，我这次来，就是专程为他们的事——”

“为他们的事？”

“是的，上贡布嘎尔，我想少爷也已十八了……”

“还有几个月呢。”

“但也差不多了，是到了谈婚的时候了，所以，我想我们卓拉朵既然对少爷那样挂念，刚才你也说了少爷也经常念叨她，不如，我们就此结成亲家如何？”

“这个——”

“你想，我就这一个女儿，嫁到了你们上贡布嘎尔，那不也是等于我们中贡布嘎尔也都是上贡布嘎尔了！”

奚古扎没有做声。

“再说，我们兄弟几十年来一直相濡以沫，患难与共，上、中贡布嘎尔休戚相关，荣辱同当，现在再要是加上这儿女姻亲，这关系，岂不是比鱼水还要深！”

“哈哈哈，这个主意倒是不错。”奚古扎终于露出了笑脸。

“而且如此一来，原来的三块贡布嘎尔，其实，就成了两块——只有一个下贡布嘎尔了。”

“真有你的，得莫西兄弟，哈哈哈。”奚古扎大笑起来。

得莫西也跟着笑了笑，说：“上贡布嘎尔，你看，这事——”

“好，就这么定。”

“就这么定？”

“就这么定。”

“呀呀呀，亲家，来，干一杯。”

“干一杯，哈哈哈。”

04

“我不愿意。”

“什么，你不愿意？”得莫西睁大了眼睛望着女儿卓拉朵。

卓拉朵一甩头，转身跑出了门：“就不愿意。”

“你给我回来。”

“头人，什么事？”听到得莫西的叫声，管家满吉金赶紧跑了进来。

“这，这，你看——”

满吉金望了一眼卓拉朵的背影，似乎有些明白了，转过身，道：“头人，卓拉朵怎么说？”

“怎么说？她竟然说她不愿意。”

“不愿意？”满吉金轻声重复了一下，似问自己又似问得莫西，然后抬起头笑了一下，道，“头人，她只说不愿意么？”

“那还说什么？”得莫西气得用手直抹嘴唇上那并不浓密的胡须。

管家这次是真的乐了：“恭喜头人，那是卓拉朵答应了啊。”

“答应了？”

“是啊，你看，如果她真的不愿意，会就这样只说三个字，扭身出去？”

得莫西抹动的手停住了，想了想，自言自语道：“也是，如果她真的不同意，一定会对我大吵大闹才是，这孩子……”

嘴上如此说着，同时，得莫西在心里还在想着：呀呀呀，但愿以这段姻亲，化解掉我与上贡布嘎尔为下贡布嘎尔那件事的不快，呀呀呀……

卓拉朵忍着那颗强烈的跳动的心，一口气跑出了碉房，来到后面草地上，这才停了下来；而一停下来，那一直燃烧着的血，腾一下就烧上了脸颊，将满脸烧得如初升的草原上的太阳一样。

“少爷，森格昂沁，少爷……”

卓拉朵一边念着，一边用手捂了脸地想起与森格昂沁相处的那些日子中，每一个让她心跳的场景来。

“卓拉朵。”

可正当卓拉朵沉浸在幸福之中回忆着时，突然，一个喊声将她一下惊醒了过来。

“卓拉朵，你怎么一个人在这？咦——”原来，是米嫫，米嫫从卓拉朵那慌张的一扭脸中，一下就捕捉到了她的不正常，“卓拉朵，遇上什么高兴的事儿了？”

“没，没呢，仙鹤姐姐。”

“没？”米嫫笑了起来，“没你会一个人躲在这儿乐？告诉米嫫，是不是喜欢上了哪个男孩子？可别想瞒得过仙鹤姐姐。”

“啊呀，仙鹤姐姐。”这下，卓拉朵真的是忸怩了起来。

米嫫轻轻走过去，拥了下卓拉朵：“告诉米嫫，他是谁，让米嫫看看是哪个臭小子让我们天使米嫫如此神颠情倒？”

“没有的啦。”说完，卓拉朵一拧身，向药房跑去。

米嫫望着她那婀娜的身姿，一缕笑意直从眉梢绽向额角。

远处，一群羊如天上的白云一样，悠闲地正在草原上牧着草……

第十五章　花烛空摇

央吉跑过去，拉住米嫫的胳膊，撒着娇地道："那你说说，我的心结是什么？说嘛——"　"真要说？"米嫫望着央吉，似笑非笑。"真要说。"　"那我就说了啊。"

01

当第一场雪降临到贡布嘎尔草原上时，中贡布嘎尔沉浸在了一片喜庆之中，因为，上贡布嘎尔为少爷森格昂沁与中贡布嘎尔天使米嫫订婚的聘礼送来了。

三百只羊，三百头牛，三百匹马，每只头羊，每头头牛，每匹头马，头上都扎着一朵如巴孕尕奶山上盛开的雪莲一样的花，在管家丁二烯萨亲自驱赶下，来到了中贡布嘎尔。

早接到报讯人消息的中贡布嘎尔头人得莫西特地穿上了那件只有在节日才穿上的服装，骑上他那匹黑骏马，走出碉房，站在牧区的边界上翘首迎接。

当那九百件聘礼如天空中飘过来的一团彩云时，得莫西立即催动胯下骏马，如一只鹰般向那彩云飞去。

“尊敬的上贡布嘎尔管家，一路辛苦了。”

管家丁二烯萨看到迎面而来的是中贡布嘎尔头人，立即翻身下马，躬身额手：“啊，尊贵的中贡布嘎尔头人，恭喜恭喜。”

得莫西坐在马上，右手抚胸，略略躬了一下身，笑着道：“同喜同喜。”然后伸出左手，“请——”

“请。”

于是，这团彩云继续向中贡布嘎尔碉房前飘去。

碉房里，人们簇拥着卓拉朵，一边说笑着，一边等待着上贡布嘎尔聘礼的到来。

“卓拉朵，上贡布嘎尔少爷会来吗？”一个露着一脸稚气的女孩侧过脸问正一脸阳光的卓拉朵。

卓拉朵笑了一下：“你应该去问上贡布嘎尔少爷。”

“你就要做少爷的新娘了，问他问你不都一样。”

“看我不撕碎你的嘴。”卓拉朵举起手作势要去揪那女孩的脸。

那女孩一闪身，躲到米嫫的身后，伸过头来，道：“撕碎了由米嫫替我再缝上。”

“嘻嘻嘻……”大家全都笑了起来。

笑声中，突然一人指着远处的草原，叫了起来：“看，来了。”

果然，一片彩云正向中贡布嘎尔碉房前飘来。

“呀，这么多聘礼呀，”又一个女孩叫了起来，“要是我……”

“要是你怎么样？”立即有人问道。

“要是我，会幸福晕了的。”

“嘁，这么没出息，为这点聘礼就晕。”米嫫笑着伸手拍了一下那个女孩的头。

那女孩夸张地将头一缩，道：“我是为卓拉朵晕。”

卓拉朵便“恨恨”地瞪了她一眼，羞涩地红了脸。

大家一见卓拉朵那娇羞的样儿，一起又一次笑开了。

“喂，你们还不过来啊，聘礼马上就要到了，姑娘们，跳起来吧——”管家满吉金在碉房前仰着脸冲着上面喊道。

有几个女孩立即异口同声答：“来了，管家。”

大家嘻嘻哈哈一起走出了碉房。

中贡布嘎尔碉房前，歌声立即如一只只春天的燕子般，在草原上飞翔，尽管现在地面上积了一层银色的雪……

轻快的歌声伴着轻快的舞步，轻快的舞步伴着中贡布嘎尔对远道而来的客人的祝福，在中贡布嘎尔草原上化作阳光，辐射向天空、草原，还有每一个牧人的帐房。

于是，牧人的帐房前，很快也传来了歌声。

在这高亢的歌声中，九百件聘礼在敬过天敬过地敬过巴孕尕奶山之后，被分别送给了各个牧区牧首，让祝福，遍布整个中贡布嘎尔。

按照仪式，接下来，应该是少爷森格昂沁出来，接受中贡布嘎尔姑娘们的“种种刁难”；只有经受住了刁难，才能获得与准新娘卓拉朵见面的资格。

可是，人们左顾右盼，却没有寻着森格昂沁的身影。

怎么回事？

人们尤其是做了精心准备的姑娘们，一齐围上了上贡布嘎尔管家丁二烯萨。

“姑娘们，听我说——”丁二烯萨举了举手，“我们少爷本来是要来的，可是，半路上突然遇到了特殊情况，只好请我对中贡布嘎尔的姑娘们说一声‘抱歉’。”

“不行，哪有订婚少爷不来的。”姑娘们立即七嘴八舌起来，“中贡布嘎尔从来没有发生过这样的事情。”

丁二烯萨急得汗都从额上渗了出来，虽然现在是冰雪莹莹的天气。

好在，这时中贡布嘎尔头人得莫西出面了：“我早接到报讯，说少爷有事不能前来。我同意了的，就请各位原谅上贡布嘎尔管家吧。”

卓拉朵原本心中喜不自禁，因为很快就要见到自己日思夜想的心头人了，谁知，现在竟然是这样。“有事，有什么事会比这终身大事更算事？”眼泪不由就挂上了她的脸颊。

一边的米嫫轻轻地拉了拉卓拉朵的衣角。

卓拉朵这才一个激灵，忙伸手擦了眼泪，又露出一副笑脸来……

但在心中，她却一个劲地问着：森格昂沁，你在哪里，又在干什么？

森格昂沁，上贡布嘎尔少爷，他在哪里，又在干什么呢？

02

东牧区，上贡布嘎尔东牧区如整个草原一样，被这入冬以来的第一场雪所覆盖着，显得格外的娴静与温厚。

米嫫掀开帐帘，眼睛竟一下没能睁开，那积雪在阳光的照耀下，晃得她眼前光芒四射，而远处随着轻烟，仿佛整个草原都在蒸蒸日上。

突然，米嫫好像想起来什么，一下钻了出去，向另一个帐房跑去。

“少爷，少爷——”

“米嫫，有情况了吗？”森格昂沁听到米嫫的叫声，一把掀开帐帘，诧异地望着跑过来的米嫫，“是不是那些羊有了反应？”

“你看什么时候啦。”

“哦，睡过了。”森格昂沁以为米嫫说他起得太迟，“昨天睡得太晚了一点。”

“不是，我说的不是我们试验的事，而是——啊呀，你忘啦，今天是上贡布嘎尔到中贡布嘎尔为你定亲的日子呢。”

“啊，我真的给忘了。”森格昂沁拍了一下脑门，“现在怎么办？”

“赶紧骑上你的马，直接去中贡布嘎尔吧。”

可森格昂沁站在那，半天既没动也没说话。

“哎，少爷，你怎么了？”

“我不想去。”

“怎么，你不喜欢卓拉朵？”

“不是。”

“不是？不是那还不赶紧去！”

“可是……”

“什么‘可是’‘但是’，这里一切有我呢。再说，我是米嫫，寻找这古怪病症的病因，应该是我职责所在，你就放心地去见你的准新娘吧。”

“但我确实不想去。”

米嫫望着森格昂沁那一张毫无表情的脸，突然愣住了，过了半天，才小心翼翼地试探着问道：“你是不是更喜欢下贡布嘎尔那个天使米嫫？”

森格昂沁长长地叹了一口气，然后转过头，对米嫫道：“米嫫，如果没有其他事，我还想睡一会儿，好吗？”

“如果你觉得你应该睡，少爷，那你就睡吧。不过，睡着了，并不等于一切就不发生了啊……”

米嫫轻轻地叹了一声，放下帐帘，退了出来。

“巴孕尕奶山神啊，这如何是好？”

米嫫的询问，如风刮起的一片雪花，在空中飘摇着，轻轻地落向了不远处的草地……

下贡布嘎尔草原上，那些牛群、羊群、马群，就像这雪花覆盖着的草原上的一个个脚印。天使米嫫央吉站在药房前，望着远方灰暗的天空，心里不知在想着什么。灰姐蹲坐在她的旁边，一会儿望望央吉，一会儿又顺着她的目光望向远处。

似乎终于做出了决定，央吉转过身，对仍在做着丸药的米嫫说了声：“米嫫，我去碉房那边。”

“去吧。”米嫫头也没抬地道，“但愿碉房里能化掉你心中那个结 。”

央吉笑了一下：“米嫫，我心中有什么结呀？”

“央吉，你可是我接生来到这个世上的呢，那点小心思，能瞒得过我？”

央吉跑过去，拉住米嫫的胳膊，撒着娇地道：“那你说说，我的心结是什么？说嘛——”

“真要说？”米嫫望着央吉，似笑非笑。

“真要说。”

“那我就说了啊。”

央吉摇了一下米嫫的胳膊：“你说。”

“是不是在想上贡布嘎尔那个少爷？”

央吉一下放了米嫫手臂，娇嗔道：“不跟你说了——我去碉房。”

“说中了不是。”

“我去了。”

望着央吉跑出去的背影，米嫫不自禁笑了笑，又摇了摇头……

“少爷，少爷，”上贡布嘎尔少爷森格昂沁迷迷糊糊地闭着眼，似乎在想着什么，可一究竟，却又什么也没想，正这么恍恍惚惚，不知身在何处时，突然帐房外传来了东牧区牧首的叫声，“下贡布嘎尔报讯人来报——”

森格昂沁一个激灵，回到了现实，忙坐了起来，稍稍定了定神，然后才道：“请进来说吧。”

牧首掀帘而入，对着森格昂沁额了一下手，道：“下贡布嘎尔报讯人来报，天使米嫫央吉准备前来看看少爷关于‘古怪病症’一事现在的进展。”

“央吉要来！”森格昂沁轻轻地念了一声。

牧首忙额手，以为森格昂沁是在问他，道：“是的，少爷。”

“你先出去吧，让我想想。”

“是，少爷。”牧首说，“可是，报讯人还在等着回讯呢。”

“让他再等等。”

“是，少爷。”

牧首退了出去。

可牧首刚退出，森格昂沁又道：“请你让米嫫来一下好吗？”

“是，少爷，”牧首在帐房外应答，“我这就去请。”

帐房里一下又恢复了静寂。

森格昂沁睁着一双眼睛望着帐房顶，眼里却是一片空空如也。

“少爷。”

“米嫫，请进来。”森格昂沁眼睛仍望着帐顶。

随着帘动袭进来一丝草原冷风。而经这风一吹，森格昂沁似乎脑袋清醒得多了，坐了坐身子，望着走进来的米嫫，示意她坐下来说话。

米嫫有些莫名地坐了下来，望着森格昂沁：“少爷，有什么——心事要跟米嫫说吗？”

“真不愧是米嫫，连我的心思也能看得出来。”森格昂沁故作轻松地笑了一下。

米嫫额了一下手，道：“看少爷的眼睛，就知道少爷心事重重……”

“我是为古怪病症还没有得到验证而忧虑么。”森格昂沁笑着谎道。

米嫫摇了一下头：“少爷，这不是少爷这个时候想要跟米嫫说的。”

“那你认为我想要跟你说的是什么？”

“我想，”米嫫望着森格昂沁，“少爷是不是在为两个贡布嘎尔天使米嫫而烦恼？”

森格昂沁这次没有否定，笑了一下：“算是吧。”

但米嫫却没有接他的话，而是等待着他继续说。

森格昂沁眼睛又望向了帐顶，然后才轻轻地问了四个字：“我怎么办？”

“少爷，”米嫫额了一下手，“其实，我知道少爷并不是问米嫫，而是在问少爷自己。”

森格昂沁望着帐顶的眼睛定住了。

米嫫望着森格昂沁的眼睛，也定住了。

良久，森格昂沁长长地叹了一口气。

“少爷找到答案了？”米嫫试探地问道。

森格昂沁摇了摇头，然后道:“请你告诉牧首，让报讯人回讯，就说我——”

“就说目前毫无进展，少爷现在正在研究，等一有了结果，便立即请天使米嫫前来。”望着说了一半的森格昂沁顿住了，米嫫想想接着替他继续道。

“就这样说吧，我总不能一边在忙着与中贡布嘎尔天使米嫫订婚，一边却又与下贡布嘎尔天使米嫫约会——那样，对两个天使米嫫都不尊重。”

米嫫点了点头，想笑一笑，可是，那笑却怎么也漾不上来……

自从差遣报讯人去了上贡布嘎尔之后，央吉就一直感到心神不宁，仿佛有什么事情要发生。

“会发生什么事呢？”

央吉站在药房前，望着虽然早已停止了再下的雪但依然灰蒙蒙的天空，心里也一片灰蒙蒙地想着。

正在这时，一个身影从她眼前匆匆向碉房走去。

“管家。”央吉叫住了他。

下贡布嘎尔管家日梅基应声停了下来，转身朝央吉额了一下手：“天使米嫫。”

“走得这么急，发生了什么事吗？”央吉不安地问道。

“没有。”日梅基说，“只是，刚才得到报讯，说上贡布嘎尔今天正式向中贡布嘎尔求亲，头人不知道是不是应该前去恭贺一下，差我去商量商量。”

“求亲？”

“是的，天使米嫫，上贡布嘎尔少爷向中贡布嘎尔天使米嫫求亲。”

“是少爷吗？”央吉似有些不相信地问道。

“是的。”

“少爷亲自去了？”

日梅基望了一眼央吉：“我不清楚，也许吧。”

“哦——”央吉眼睛无神地望向远方。

日梅基再次望着央吉：“还有事吗，米嫫天使？”

“没有了，你去吧。”

可日梅基刚一转身，就见雪原中，一匹马飞快地跑了过来，央吉一看，原来是报讯人回来了。

日梅基疑惑地望着报讯人径直走向央吉。

央吉迫切地向前走了两步，想想又停住了，对一脸不解的日梅基道：“是我差遣的，管家。”

“是，天使米嫫。”日梅基额了一下手，这才向碉房走去。

报讯人顺着央吉的视线望了一眼管家的背影，然后额手道：“上贡布嘎尔……”

“见到上贡布嘎尔少爷了吗？”央吉却打断了报讯人的报讯。

报讯人望了一眼央吉，然后再次额手道：“见到了。”

“在哪里？”央吉紧张地瞪大了眼睛盯着报讯人。

“在上贡布嘎尔东牧区。”

“东牧区？”

“是的，天使米嫫。”

“他没去中贡布嘎尔？”

“应该没去，天使米嫫。”

“他没去——”央吉喃喃道。

报讯人不明所以，不知道下面还要不要继续再报地望着央吉。

“哦，你辛苦了，去吧。”

“是，天使米嫫。”

“等等，你知道上贡布嘎尔少爷向中贡布嘎尔天使米嫫求婚了吗？”

“知道。”报讯人转过身满脸疑惑。

“好，你去吧。”

“是，天使米嫫。”

报讯人转过身来，又回头望了一眼央吉，这才离去。

望着远处空空却又满满的草原，央吉心里刮起了风雪……

03

这个冬天，上贡布嘎尔少爷森格昂沁和下贡布嘎尔天使米嫫央吉，感到格外的寒冷。

04

开春了，但乍暖还寒。

上贡布嘎尔东牧区，在这里整整守了一个冬季的少爷森格昂沁早上醒来，头有些晕，他伸手抚了一下额，轻轻地摇了摇头，又什么感觉也没了。

这时，他听到帐房外花嘎在雪地上走动的声音。

不，森格昂沁想，这不是花嘎的声音，而是春天的声音。

于是，森格昂沁一骨碌坐了起来，透过帐帘的缝隙，看到一线阳光像一只眼睛一样地正望向他。

他站了起来，走了出去。

而一走出来的森格昂沁，却被眼前的景象吓了一跳。

怎么了?

只见米嫫正在那边一会儿跑过来，又一会儿跑过去，花嘎则跟着她也一会儿左一会儿右地跑来跑去，只不过，米嫫在那边，而花嘎却在他的帐前。

森格昂沁立即往米嫫那走去。

“少爷。”米嫫见森格昂沁走了过来，冲他招了招手，“我们的试验可能很快就会有效果了。”

“是吗，那太好了。“森格昂沁三步两步跑了过去。

走进帐房，隔着米嫫特地围起来的一道栅栏，森格昂沁看到那几只被他们在入冬时喂食过那种红梗尖叶草的羊，正不安地在那里躁动着。

“发病了吗? ”

“还没有，但今天早上起来，我过来例行检查时，发现它们与以前不一样。以前它们总是卧在那懒洋洋地咀嚼着，可今天，它们却在那不停地走动，而且你看——”

森格昂沁便顺着米嫫手指的方向去看。

“它们望人的眼神，泛着一种不同寻常的亮光。”

果然，这些羊的眼睛与平常不一样。平常它们的眼神总是透着一种亲和，而现在，却是泛着一种光，像什么呢，就像那种寻仇终于见到了仇人时的那种光，叫人看了，不由不浑身一凛继而不由不哆嗦一下。

“可上次那个古怪病症并不是这样啊，而是起红点。”森格昂沁说出了他的疑问。

米嫫笑了一下：“那是病发起来之后的症状，而我在疫区时见到的那些发病前的牲畜，好像就是这种样子。”

“好像？”

“当时那种病状谁也没见过，再加上那时候人心惶惶，没太在意，只是今天早上看到这些羊出现了这种迹象才一下想了起来。”

“嗯，如果是真的，那就太好了。”

米嫫也很兴奋地说：“是啊，那样我们不仅找到了病因，而且可以彻底根治这种古怪病症了。”

“你估计还要有多久会得到证实？”森格昂沁问道。

“快了，应该不会超过半个月。”

“半个月——啊，还太早了点……”

米嫫一时不明白森格昂沁在说什么，什么早了点，难道病症出现得越早越不好吗？

见米嫫愣愣地望着自己，森格昂沁笑了一下：“我不是那个意思，我是说，半个月，这些积雪不能够化掉，寻找起那些红梗尖叶草来还不方便。”

“哦。”米嫫笑了起来，“没关系，不化掉正好呀，要不，那些不知道的牧人又要让牲畜食了这些草了。”

“唉，米嫫，”森格昂沁又想到了一个问题，“你说，这些草不可能只是去年春天才长出来的吧。”

“应该不是。”

“那为什么之前没有发生过这种病症呢？”

米嫫想了想，当然也没想到也不可能想到什么原因，不过，她想到了另一件事，一边望着仍在躁动地来回走着的羊一边说：“下贡布嘎尔天使米嫫不是说他们查到的秘籍上说，每隔五十年原来的贡布嘎尔草原上就会发生一次灾难吗，这灾难会不会就是这种病症？”

可没有听到森格昂沁的应声，米嫫转身去看森格昂沁。谁知，森格昂沁却侧身望着帐房外面远处那一片在阳光下正刺目的雪地或者是天空，正痴痴地发着怔。

“少爷——”

森格昂沁回过头看了一眼米嫫，勉强笑了一下：“没什么。”

“你——是不是我不小心提到了下贡布嘎尔天使……”

“没事，与你没关系。”森格昂沁道，“你刚才说什么？”

米嫫笑了一下：“没说什么。少爷，有些事……”

可米嫫还没说出“有些事”应该怎么样，突然，远处腾起一片轻烟。米嫫知道，那是有人骑马过来了。

森格昂沁显然也发现了，回头与米嫫对视了一眼，转身走了出去。

天空中有几缕看不真切抑或太真切的云在那浮着，极深极远，仿佛是在跟天比着高低。远处腾起的那片轻烟，则似一朵朵盛开在草原上的花。而这花却又似隔着一层薄冰，看上去柔和而朦胧。

米嫫与上贡布嘎尔少爷森格昂沁站在帐房前，谁也没说话，只是拿眼睛看着那缕轻烟径向他们飘来。

“我感觉是件不坏的事。”终于，米嫫还是打破了两个人的沉寂，“昨晚我做了一个梦，梦中好大一朵花慢慢开放，所以，早上起来，我就想，今天一定会有什么好事发生。果然，早上我就看到这些羊……”

望了一眼仍没有从发现试验羊群不正常的兴奋中回过神来的米嫫，森格昂沁笑了一下，道：“但愿巴孕尕奶山神保佑，是件不坏的事。”

“一定。”米嫫点了点头，肯定地说。

这时，花嘎望了一眼小主人，然后起步向那片轻烟迎了过去，越走越快，最后飞跑了起来，不一会儿，它也成了一片轻烟。

“报——”

轻烟到了面前，原来是报讯人。

“什么事？”森格昂沁望着正对他额手的报讯人问道。

报讯人额手后抬起头来："少爷，头人让你立即回碉房。"

"什么事？"还是那三个字。

报讯人再次额手："头人与中贡布嘎尔订好了少爷与中贡布嘎尔天使米嫫结婚的日子，请少爷回去准备迎亲。"

"迎亲！"森格昂沁不由睁大了眼睛。

"是的，少爷。"

"咯咯咯，怪不得昨天晚上我做了一个好梦呢，原来，少爷大喜了啊！"

森格昂沁望着米嫫苦笑了一下，道："唉，大喜！"

"少爷，既然头人已经决定了，米嫫这里还是先恭喜你。"米嫫愣了一下，旋即又笑了起来。

"好，我知道了。"森格昂沁对报讯人道。

报讯人又额手，说："头人说，务必请少爷随报讯人一道回碉房。"

"别忘了，你只是报讯人。"森格昂沁没来由地突然发起了火。

报讯人一下怔了，但接着又低头额手道："是，少爷。请不要为难报讯人，头人是这么交代报讯人的。"

米嫫一看森格昂沁又要说什么，便抢先道："少爷，他只是奉命，有什么话，你回到碉房再跟头人好好商量吧。"

报讯人感激地望了一眼米嫫。

森格昂沁这才冷静下来，然后轻叹一声："好吧，我这就随你回去。"

"花嘎也回去吗？"米嫫望了一眼蹲坐在一边正望着他们对话的花嘎问道。

森格昂沁看了一眼花嘎，然后对米嫫说："花嘎就留在这陪你吧。"

米嫫冲森格昂沁额了一下手，道："多谢少爷，有什么事，我会让花嘎去找你的。"

"好吧。"

森格昂沁又回头望了一眼栅栏里的那些羊。在收回目光的时候，森格昂沁有意又望了一眼米嫫。

"请少爷放心，我会一直守候在这儿的。"

森格昂沁就退后一步，要对米嫫额手："拜托了。"

“少爷，使不得。”米嫫赶紧阻住他。

这时，一片云正好飘来，云影如一只鹰般从森格昂沁身边掠过……

05

下贡布嘎尔草原今年春天如天使米嫫央吉的心情一样，来得迟，都已经三月末了，积雪却仍是那么深厚，并且天空还经常飘着雪花。

虽然今天没有下雪，甚至还有阳光，但央吉站在药房前，心中仍感觉一阵阵发寒。

望着那些前去上贡布嘎尔和中贡布嘎尔庆贺的礼队如两个黑点一般消失在草原上，央吉怅然若失。

米嫫在里屋一边做着她的丸药，一边似对央吉又似自语道：“顺其自然吧，要不，就主动出击，譬如——”

“譬如什么？”央吉睁大眼睛回身望着米嫫。

可米嫫仍神态安详地在精心做着她的药，继续喃喃着：“现在就去，去抢！”

央吉咬了咬嘴唇，轻轻摇了摇头。

06

一派喜气洋洋，上贡布嘎尔碉房前，歌声、笑声伴着动听的各种乐器奏出的天籁之音，在人们的脚下、掌中回旋……

和着人们脚下掌中音乐回旋的，还有那阵阵肉香与酒香。

中贡布嘎尔草原上，同样一派歌舞升平。管家满吉金一边小跑着，一边忙前忙后地指挥着送亲的队伍以及如何迎接前来接亲的上贡布嘎尔。

碉房前，一群姑娘和小伙正在那拉着手跳着圈舞。

这时，头上戴着一朵鲜艳的用彩绸扎成的大红花的藏獒白嘎，被知事喇嘛拉着很不好意思地从后面寺房经过活佛的“点化”而走过来——它将作为嫁妆，随同卓拉朵而嫁入上贡布嘎尔。

獒王日嘎站在不远处，一会儿望望跳舞的人们，一会儿望望碉房，不时地吼叫上一两声，以表示着它的兴奋。而前獒王图嘎则在离日嘎更远一点的地方趴着，眼睛却望着草原深处，不知在想些什么。

这时，远方出现了一个黑点，黑点很快又成了一个黑片，再接下来，碉房前的人们都看见了，原来，是一个马队，马队后面，是一群载歌载舞的年轻男女。

“迎亲的上贡布嘎尔来啦。”

不知是谁最先这么叫了一嗓子。

管家满吉金忙从碉房里跑出来，一边叫着“姑娘小伙子们，喝起来跳起来啊”，一边与一帮族人向设在照壁前的香案前走去——按照习惯，结婚双方都要设一香案，只不过，女方一方的香案可以设得离家近一些。接亲的队伍走到香案前便要停下来，不得越过，也就是说，这香案其实是一条界线。男方香案一般设在路途的中间，新郎官不准越过香案，得在那里等候，直待新娘过来，然后两人同乘一马，回到自己家中。而送亲的人，却到这个香案前就算将女儿送出娘家了，不得再往前走。

随着迎新队伍越来越近，鼓乐喧得整个中贡布嘎尔草原都要跳起欢快的舞蹈来了。

这时，陪嫁的六百只羊，六百头牛，六百匹马，也由族人赶了过来。

于是，一时之间，欢声，歌声，牛羊马的叫声，组成了一首草原原生态的交响乐，听得天空中的云朵也如痴如醉站在那，忘了飘动，薄薄的，白白的，仿佛一条纱巾般，专等着新娘出来好给她盖在头上。有几只鹤飞过，看到这欢乐的场面，也禁不住发出一阵阵欣悦的鸣声。

随着一排震天的铳响，中贡布嘎尔天使米嫫身着美丽的嫁衣，在姑娘们的簇拥下，款款走出了碉房。

载歌载舞的人群，立即边舞边围了上去，将卓拉朵置在了中心，随着她的移步，形成一幅动态的图画。

前面就是香案了，卓拉朵不由放慢了脚步，她知道，她这一脚迈出去，就意味着她永远迈出了中贡布嘎尔，而从此则成了上贡布嘎尔的族人。她有些犹疑，抬了几次脚，却又每次都放了回来——说不清，她感到心中好凄惶，好迷乱，好无主。

迎亲的歌声更嘹亮，笑声更热烈，催促出嫁的乐声更激越。

卓拉朵不能再不迈步，因为，两个贡布嘎尔人的目光，全都集中到了她的身上。现在，她已身不由己。

随着卓拉朵轻轻迈过香案，两边的人群同时发出了一片欢呼之声。

只是，在这欢呼声中，卓拉朵心里却涌起了一种从来没有过的恐慌。

是的，是恐慌！

卓拉朵眼眶里，不知什么时候，溢满了泪水……

近了，近了，前面就是香案了，卓拉朵禁不住地一再地向香案那边偷眼瞭望，想象着少爷森格昂沁会以怎样的一副笑貌来迎接他的新娘。

可是，随着越走越近，卓拉朵的心却像一根丝线一样，越抽越紧——因为，她偷眼望到现在，却一直没有看到她心目中想过无数遍的他。

果然，没有他！

上贡布嘎尔少爷森格昂沁不在。

卓拉朵的心越来越沉，仿佛要将胯下的马也压垮。

送亲的队伍停下了，再往前几米，就是香案，迈过这几米，中贡布嘎尔的天使米嫫，就将成为上贡布嘎尔的媳妇。

可卓拉朵坐在马上，脸上毫无表情，迟迟不动。

歌舞的人群一边歌着舞着，一边不知以一种什么异样的眼光觑着卓拉朵。

再不动，就会留下笑柄了，卓拉朵咬了咬嘴唇，轻轻抖了一下缰。胯下的那匹马，似乎也明白卓拉朵的心思，慢慢地抬起腿，轻起轻落，缓缓地向前走去。

一步。

两步。

三步……

两边的欢声终于达到了高潮。

上贡布嘎尔管家丁二烯萨站在香案前，双手平额，对着巴孕尕奶山拜了几拜，然后上前迎向卓拉朵：“尊敬的卓拉朵，少爷临时有事实在脱不了身，让管家在这里向您赔不是。”

卓拉朵似没听见，任由马儿向前缓步而行。

中贡布嘎尔送亲的队伍开始回转；上贡布嘎尔迎亲的队伍，更加欢庆。

见卓拉朵一直不言不语，面无喜色，管家丁二烯萨不安地跟在马侧，不知是安慰她好还是祝贺她好地不时望她一眼。

“管家，是不是少爷不愿娶我？”

终于听到卓拉朵说话了，管家丁二烯萨忙道：“不是，请天使米嫫千万不要误会。”

“不要误会？这能让我不误会吗？他到底在干什么或者到底在想什么？订婚时他没去，也就算了，可今天是迎亲啊。如果不愿意这门亲事，他应该早说呀！现在——”卓拉朵眼泪一下就滚落了下来，“让我怎么办？”

“卓拉朵，大喜的日子，可不兴流泪啊。”可是，丁二烯萨自己都觉着这样的话说得有气无力。

白嘎在马的另一边，一边走一边不时地抬起头望着它的主人卓拉朵，低呜一声，它不明白主人怎么突然间在这喜庆的日子里竟泪流满面。

07

听到欢快的歌声和乐声，上贡布嘎尔米嫫带着獒三花嘎站在帐房前，遥望着西面，她知道，那里，是少爷森格昂沁和他的新娘回碉房的方向。

花嘎坐在地上，望望米嫫，又望望米嫫望着的方向，有些莫明其妙，于是，它努力地吸着鼻子，想从空气中嗅出米嫫究竟在眺望什么。

果然，空气中隐隐约约地传来一点它很熟悉的味道。

什么味道？

花嘎再要吸上一口加以分辨，可那味道却随着风一下就过去了。

但很快，又一缕风，将那味道再次送到花嘎的鼻腔——啊，那是一种与它一样与生俱来的藏獒气味，而且，这种气味与它身上发出来的简直一模一样：日嘎！

花嘎一下站了起来，昂头向着西北方望着，轻轻地发着呜声。

米嫫以为它是想过去看看那热闹呢，轻轻地俯下身，在它脖子上拍了拍，道：“想去吗？想去就去吧。”

花嘎望了一眼米嫫，犹豫了一下，但还是禁不住地抬起了腿。

望着花嘎很快便成了一个点消失在了草原上，米嫫开心地笑着，转身走进了帐房。

但随着喜庆的喧声来到上贡布嘎尔碉房专门为她与少爷设置的新房的卓拉朵，却怎么也笑不出来。原以为森格昂沁真的是临时有事，可是，当她被簇拥着走进新房，发现，仍然没有森格昂沁的影儿。

怎么办？

卓拉朵无助地抽泣了起来。

但从外面纷乱的脚步声中，卓拉朵知道，整个上贡布嘎尔都在寻找着森格昂沁。

时间一分一秒过去了，白天是短暂的，夜晚不知不觉就到了。

整个碉房里，各种灯火渐次亮了起来。

新房里，两支象征吉庆的大红高烛正将温情洒满整个房间。

可望着轻轻摇曳的红烛，卓拉朵的心，却如一片雪花一般，在天空中没有方向地四处乱飘，虽然现在已经是春天……

森格昂沁，你在哪里？

第十六章　藏獒传奇

整个贡布嘎尔草原全乱了，上贡布嘎尔见中贡布嘎尔人、马、獒在跑，下贡布嘎尔见上贡布嘎尔人、马、獒在奔，中贡布嘎尔反过来见上、下两个贡布嘎尔人、马、獒在追，谁也不知道发生了什么事

01

花嘎望了一眼米嫫，见米嫫并没有阻止它出去的意思，便兴奋地低吼一声，撒开四腿，向草原深处跑去，因为它从空气中闻到了它的兄弟日嘎的气味；这种久违了的气味，让它喜不自禁。它们现在不在同一片草原上，也不在同一个獒群中，距离使它们的亲情如这春天一样，格外馥郁；否则，有可能为了獒王，兄弟会反目，但现在，有的只是一种强烈的兄弟情深的渴望。

果然，当中贡布嘎尔送亲的队伍回转之后，仍在那张望着卓拉朵以及白嘎远去的日嘎，很快也嗅出了花嘎的体味，于是，两条兄弟藏獒，在这样一个美好的日子，同时相向着奔跑起来，就像两条奔腾的小溪，向着大江汇流一样。

日嘎激动地迎上了花嘎，两条藏獒亲亲热热地你舔我我舔你，轻轻地呜叫着相互问候。之后，日嘎热情地邀请花嘎去中贡布嘎尔它的领地做客。

花嘎回头望了一眼自己奔来的方向，想想摇了一下尾巴，很高兴地接受了日嘎的邀请。

当中贡布嘎尔管家满吉金站在门口，将亲事之后的一切安排停当，正准备进碉房时，偶然一回头，却见草原上奔来两条藏獒。日嘎，当然他是再熟悉不过了，可另一条，显然，不是中贡布嘎尔藏獒。因为，如果是中贡布嘎尔的藏獒，日嘎不会如此与它那样亲近——獒王，是要保持它的王者风度的。

两条藏獒很快到了近前，从毛色上，满吉金很快便辨出了，那另一条藏獒，它是花嘎，那条下贡布嘎尔赔偿给上贡布嘎尔的獒王。

“啊，尊贵的客人来了，日嘎，你可要好好地招待招待客人。”

满吉金一边说着，一边走过去，热情地搂了搂花嘎的脖子。花嘎知道他是日嘎的主人身边的人，因此，也立即表示出它的兴奋，伸出舌头，舔了舔满吉金的脸颊以及那条裸露着正搂着它的手臂。

只是，无论是花嘎还是满吉金，他们的这次人獒之亲，却很快酿成了一场灾难……

“花嘎——”米嫫早晨一醒来，从牧人那里得到消息，少爷森格昂沁昨天新婚之夜不见了，本能地，她就叫起了花嘎。

可是，没有像往日一样，只要她一叫，花嘎立即就出现在她面前，摇一摇尾巴，向她问候。

“花嘎！”

米嫫不由提高了声音。

可是，还是没有花嘎的声息。

“怎么了？花嘎，你在哪儿？”

正当米嫫有一种不祥的感觉要袭上心头时，远处一团黑影，正向她奔来。

“啊，花嘎！”

是的，那团影子，正是花嘎。

在中贡布嘎尔玩了一夜的花嘎，知道每天早晨醒来，临时主人米嫫都会叫它一声，如果没有它的回应，米嫫会焦急万分地四处寻找。于是，当天亮的时候，它不得不辞别日嘎，赶紧奔了回来。

“你上哪去了？”

米嫫迎上奔跑而来的花嘎，一把抱了它，尽管由于奔跑速度的惯性，使得花嘎一时没有刹住脚步，将她带得几乎要倒在地上。

花嘎轻轻地低呜了一声，在米嫫听来，它是在向她道歉；可现在她不是听它道歉的时候——

“花嘎，快，你的小主人不见了，快去找他。”

花嘎一时似没听懂地愣愣望着米嫫。

“快呀，还愣头愣脑什么？快去找少爷，他不见了，昨天一夜未归呢。”

花嘎这下明白了：它的小主人不见了，米嫫让它赶紧去寻找。

“明白了吗，花嘎？”

米嫫将手指向了碉房。

花嘎轻呜一声，望了一眼米嫫，然后，拔腿向草原上奔去，一会儿，就没有了踪影。

02

下贡布嘎尔药房前，天使米嫫央吉无精打采地望着草原远处那些悠闲地啃着青草的牛羊，灰姐则趴在一边，一会望望天空中飘过的云，一会又望望央吉。

风携着草原春天的草香，在央吉面前不停地转悠着，想引起她的注意，吸上一口，可央吉却熟视无睹，满眼里蓄着的，是一片迷蒙——上贡布嘎尔少爷森格昂沁为什么要失踪，又失踪到了哪里？都快一个星期了，上贡布嘎尔将整个牧区几乎每顶帐房都找遍了，可仍没见到森格昂沁半个人影。

“森格昂沁，你在哪儿？”

央吉深深地叹息了一下，将眼睛再次望向草原深处。

草原深处，是一片青色，青色的尽头，是一片蓝天，那些牛羊马，就像镶嵌在蓝天上的一颗颗宝石，散发着与草原一样的光泽。

这时，灰姐突然抬起了头，将鼻子在空中快速地翕动了两下，然后，有些兴奋地站了起来。

可央吉只顾想着她的心事，并没有发现灰姐的这异常举动。

灰姐再次向空中嗅了嗅，似终于证实了它刚才的判断，转回头，冲央吉低呜了一声。

央吉以为灰姐想到野地里去玩，望了它一眼，然后又转向了草原。

而灰姐则以为，央吉的这一眼，是默许了它离开。于是，撒开四腿，向前面跑去……

花嘎记不清这是第几个来回了，自从那天米嫫让它去寻找小主人，它凭借着空气中散发的小主人的体味，几乎没费什么劲地就找到了他。小主人在惊讶之余，用笔写了一张纸条塞在它的耳朵中，虽然那纸条在耳中很是痒痒，而且使它听起声音来也“呼噜”“呼噜”地响，但它知道，小主人的意思一定是让它将这“呼噜”送给米嫫。

果然，当它回到米嫫的帐房，米嫫很快便发现了它耳朵中的秘密，拿出那张纸条看过之后，显出十分兴奋的样子，不仅给了它一块肉，而且立即从药箱中拿出各种药开始配制。等到她将一切都弄好之后，拿过一个小袋，将东西全都放进去，然后挂到它的脖子上。它知道，她是让它给小主人送去。

就这样，这些天每天它都要在小主人和米嫫之间至少往返一次，有时甚至两次。

今天它又像往常一样，将脖子上的东西从米嫫那儿送给小主人后，小主人照例地又在它的耳中塞上一张纸条，让它带回。它正一边走着一边兴致勃勃地观赏着这春天的草原景色，不想，一缕轻风吹过时，它不经意地嗅到了一种气息。

花嘎不由愣了一下，然后集中精力开始捕捉刚才那稍纵即逝的气息到底是什么。

是一种与它一样的体味。

而且，还让它想到了母亲的乳香。

是的，是乳香，一种只有在自己母亲身上才有的体味！

花嘎立即向着那个体香跑去。

央吉今天一早起来，竟然没有发现灰姐如往日一样趴在帐房前，再一想，似乎近一段时间它都不在，只不过今天她才突然发觉而已。

“灰姐。”

可是，除了一阵春风将她的声音传给那些正青着的草地，却什么回应也没有。

央吉不由骂了一声：“这么大的獒了，还贪玩。”

可就在央吉骂完之后，将目光从草地上收回时，却不经意地发现眼角中闯入两团黑影。倏地，央吉立即转眼向那黑影望去——原来是两条藏獒正从斜刺里穿过。

呀，那条不是灰姐吗？

“灰姐！”

正跑着的灰姐愣了一下，望了一眼已跑出几步后停下来的花嘎，轻轻走过去，低呜了一声。花嘎犹豫了一下，但还是很愉快地随着灰姐一起向央吉跑了过来。

“啊，花嘎！”

央吉这下真的是吃惊不小，因为獒王从来不轻易地离开它的领地，更不轻易离开它的主人，而花嘎现在竟然与灰姐在这里出现，并且看样子，根本不是想在这里停留，而是要继续向前。

向前？它会去哪里？

央吉不由将眼睛疑惑地望向花嘎。

咦，它耳朵里是什么？

央吉半跪下身子伸手抱住花嘎，然后想去进一步探究它耳里是什么。可花嘎虽然早就认出了央吉，它曾经的小主人，但当央吉试图要从它耳中拿出那张纸条时，它还是本能地立即一下跳了开去，并且同时向它昔日的小主人发出了一声警告：“这是我现在小主人的秘密，任何人也休想动它，即便是你，我昔日的小主人也不行。”但央吉还想试图去抱住花嘎，可花嘎再也不就范了，望了一眼灰姐，仿佛是说：“我走了，你还跟不跟我一道去米嫫那？”

灰姐望着央吉轻呜了一声，似在征求她的意见。

央吉知道，她现在想从花嘎耳朵中知道秘密已经不可能了，与其做不可能的事，不如让灰姐与花嘎在一起，然后寻找机会再看看它们两个到底在为什么人做什么事。于是，对灰姐笑了一下，道：“你去吧，好好照顾花嘎。”

灰姐得到小主人的命令，兴奋地叫了一声，然后与花嘎一起，转身跑了开去。只一小会儿，两条藏獒就融进了草原中……

03

“森格昂沁！”

“啊，你——”

央吉再也不顾自己少女的矜持与羞涩，就要一头扑进森格昂沁的怀里，抡起粉拳，给他一顿好捶。可是，没想到森格昂沁像触了电一般一下跳了开去，伸手拦道：“别，别过来。”

“你怎么了，森格昂沁？”央吉眼睛一下睁大了。

“你别动，听我说——”

森格昂沁边说，边望了一眼不知所措地站在一边的花嘎和灰姐，然后轻轻对花嘎招了招手。

花嘎很顺从地走了过去。

森格昂沁从花嘎脖子上解下那个小袋，然后伸手从里面拿出一个小瓶，又从小瓶里倒出一颗药丸，拿在手里看了看，一仰脖，吞了下去。

看着森格昂沁做着这一整套动作，央吉的眼睛不由惊得问号如一根套马杆，直向森格昂沁套去。

“别那样。”森格昂沁吞下药丸之后，故作轻松地耸了一下肩，“这是我们上贡布嘎尔米嫫给我配的药。”

“你——”

“我可能染上了古怪病症。”

“古怪——病——症——”

“是的。”

央吉望望森格昂沁，又望望站在一边的花嘎和灰姐，以为自己是在做梦，不由抬手在自己手臂上掐了一下——啊，疼，这不是做梦——然后才道：“到底怎么回事？”

“你怎么找到这儿的？”森格昂沁想换个话题。

“很简单，跟着两条獒就行了。你说啊——”央吉跺了一下脚，“到底是怎么一回事？”

“别急，听我慢慢说。”

“我能不急吗？”

看着央吉那急迫的样子，这下，森格昂沁是真的笑了。

“你还笑！人家都快急死了。”

“好，我这就说——”

一缕风，将满山的花香送了进来。森格昂沁深深地吸了一口，然后幽幽地说起了来龙去脉，原来……

眼看冬季就要结束春天就要来临了，可森格昂沁与米嫫验证古怪病症的那些羊却仍然没有症状出现，不仅米嫫一天急似一天，森格昂沁也忧心如焚，眼看春天到了，要是还找不到病因，万一春天再次发生，那可怎么得了！

晚上睡在床上辗转反侧无法成眠的森格昂沁突然脑中一道灵光一闪，之后跳出一个念头："那些羊试验没有效果，那么我要是吃了这种草会不会……"他为他的这个想法感到抑制不住的兴奋，"但这事只能悄悄进行，不能让米嫫知晓，否则，打死她也不会同意的。"就这样，原来在羊身上进行试验的红梗尖叶草，森格昂沁却用在了自己身上。

他先只吃一点点，可是，毫无反应，于是，他就加大剂量，一直加到自己都快成了一只羊时，这才不敢再加。

巴孕尕奶山神总是保佑苦心人的，终于当那天醒来，他突然感到自己浑身有了不适——头有些晕，虽然当时他摇了摇，却什么感觉又没有了，但他相信，这是红梗尖叶草在起作用。况且，那些羊也显出了躁动不安。

但他仍然没敢将这个举动告诉米嫫，想再等等，等到症状更明显一些，他再说。只要抓紧时间，让米嫫根据红梗尖叶草的毒性，配制相应的解毒药丸，虽然没办法试验出其效果，但有总比没有好。

可就在这时，碉房前来报讯，让他回去完婚。

原本他想回到碉房，将一切告知父亲，请他不要急于迎娶中贡布嘎尔天使米嫫。谁知，他一到碉房，根本就不允他有半点时间来与上贡布嘎尔头人他的父亲商量、通融，一切都在管家的操持下准备就绪了，单等他骑上骏马，前去迎接他的新娘。

怎么办？

森格昂沁陷入了窘境。

但直到此时，他并没有想到出走，虽然他对中贡布嘎尔天使米嫫没有对下贡布嘎尔天使米嫫那么有好感，但也没什么恶意，况且，卓拉朵笑起来的那种略带腼腆，很是几分娇娆。

可就在准备第二天一早动身前去中贡布嘎尔时，他的头又一次发生了晕眩。

这一次，他确信那红梗尖叶草引发的病，就要在自己身上出现了。想到病症，去年春天全上贡布嘎尔出现的恐慌以及那些牧人和牲畜出现的症状，他不由浑身打了一个哆嗦。这个时候去迎娶卓拉朵，不仅会害了她，还有可能会传染给更多的人。

他就想到了藏獒。

在草原上，除了意外的暴毙，藏獒是从不死在自己的领地上的，哪怕只要有一口气，它也要走到不为人知的地方去终了自己。

于是，趁着人们正在忙着张灯结彩，他，森格昂沁，上贡布嘎尔少爷，悄悄地出走了，打马一直奔巴孕尕奶山而去。然后，在一个山洞中，将自己安顿了下来。

可直到山洞中，他才想起，当时只顾想着怎么样不将病症传给别人，而忘记了应该与米嫫联系，用她配制的药，来进行治疗试验，否则，他就这样在这里死去，不仅没有人知晓，而且还毫无意义；而这，绝对不是他当初吃下红梗尖叶草的初衷……

就在他睡在洞中不免有些伤感地想着时，突然，洞外传来一阵窸窸窣窣的声音，森格昂沁不由一惊：难道有什么野兽来了？别古怪病症还没有个所以然，就葬身在豹或是狼嘴中，那可就是天大的不划算了。

他迅速抄起地上一截原用来当拐杖的树棍，往洞边靠了靠，准备在那野物刚一探头时，迎头给它一棒。

但就在他高高举起手中的树棒，准备痛击时，外面却传来了一声低呜：啊，花嘎！

森格昂沁立即听出了是花嘎的声音。

"花嘎。"

花嘎听到小主人的叫声，一下就跳了进来。

当森格昂沁搂着花嘎一迭声地问着它怎么找到这里来了，而花嘎却只能用呜声来回答他时，突然想起了他在临离开东牧区帐房时，米嫫在他同意将花嘎留下后曾说过"有什么事，我会让花嘎去找你的"，于是，他激动地拿出纸条，写下了他目前身上的症状，并请米嫫替他保密，不要将他的藏身之地告诉任何人；同时，请米嫫根据他现在的症状，配制好药丸，让花嘎送来。

就这样，花嘎成了米嫫与森格昂沁的专门信使。

而通过花嘎传递来的信息，米嫫在连连呼了几声"天啊"的惊讶之后，告诉森格昂沁，那些吃了红梗草尖叶草的羊，除了他离开时见到的那种躁动外，到现在，什么情况也没有再出现，而且，非但没有新的症状出现，现在就连那种躁动也没了。

至于什么时候花嘎带着灰姐来到了这里，他并不知晓，因为，每当来时，花嘎总是让灰姐在下面的树丛等它，然后母子俩再一同回到草原上去。

谁知，这次来的不仅有灰姐，还有灰姐的小主人，下贡布嘎尔天使米嫫，当然，对央吉，花嘎再也没办法让她听话地等在树丛中了。

“你吃了米嫫给你配制的药丸好些了吗？”央吉不安地望着森格昂沁问道。

森格昂沁望了一眼自己裸露着的手臂，发现红点没有再扩大，道：“基本控制住了。”

“能让我看看吗？”

“不行，会传染的。”

央吉就笑了一下，说：“我也是米嫫呢，我会预防的，你等等。”说完，央吉就向洞口走去，用眼睛在地上寻了寻，弯身摘下几片也不知是草还是叶，放进嘴里嚼了嚼，然后吐出来用手指使劲挤了挤，将汁液涂满双手。

望着央吉做着这一切，森格昂沁知道她是在用这草药来防止疾病的传染。

“好了。”

央吉将药渣扔到地上，再次伸过手来。

这次森格昂沁没有再避让，像个听话的孩子一样，任央吉抓了过去。

央吉很认真地看着森格昂沁臂上的红点，而森格昂沁，却在很认真地看着央吉。如此切近地看着她，甚至连她面颊上的那些绒绒的毫毛也看得一清二楚，森格昂沁却还是第一次。

“看什么呀？”央吉猛一抬头，同时用手在他手臂上轻轻打了一下，“没正经。”

森格昂沁脸腾一下就红了，央吉假装没看见地扭过头，说：“这样，花嘎和灰姐就留在你这儿吧，这深山老林中，要是万一真的出现个什么野物来，那可不是闹着玩儿的。送药的事，就由我来做好了，顺便也正好向你们上贡布嘎尔米嫫好好学习学习。”

“这——”森格昂沁想了一下，“路这么远，来来去去的，你也不安全。你还是带上灰姐吧。”

“是，少爷。”

望着取笑他的央吉那做作的躬身额手，森格昂沁发出了进入巴孕尕奶山以来的第一次笑声……

04

笑声在上贡布嘎尔碉房里好久没有出现过了，但今天，却响了起来，因为，通事终于查到了少爷森格昂沁的下落。

“是吗，他在巴孕尕奶山？”上贡布嘎尔头人奚古扎望着通事笑道。

通事额手道：“是的，头人，少爷在一个山洞里。”

“那他怎么生活？”奚古扎不由又皱起了眉。

“每天由下贡布嘎尔天使米嫫去探望。”

“这样啊，”奚古扎习惯地伸手拧了拧胡髭，“可是，为什么他要躲到山洞中去呢？”

“据通事知晓，可能少爷感染了一种什么病症。”

“病症？”

“是的，因为下贡布嘎尔天使米嫫每天都要与我们上贡布嘎尔米嫫见一次面，然后带上药前去见少爷。”

“那会是什么病症呢？即使有病症也应该在碉房里治呀，用得着跑那么远，一个人蹲在山洞中吗？”

“通事再去查。”

“不用了，传米嫫速来碉房，我要亲自问一问。”

“是，头人。”管家立即躬身承应。

“什么，少爷正在研究预防古怪病症的药？”

望着眼睛瞪得像牛眼一样的少奶奶卓拉朵，使女忙低头躬身道：“是的，少奶奶，我刚才从前面经过，听到通事是这样跟头人说的。”

“与下贡布嘎尔天使米嫫在一起？”

“是的，少奶奶。”

卓拉朵不由恨恨地咬着牙道："好呀，央吉！"

使女不知道"央吉"是谁，但从少奶奶咬牙切齿地说出这两个字，她明白，这个人肯定让少奶奶感到十分的痛恨。

"她们在哪儿？"

"这个——少奶奶，我没听清。"

"那你还站在这里干什么，去听啊。"

"是，少奶奶。"

使女立即惊惶地退了出来，转身向前面的议事房走去。

谁知，半道上正好遇上了管家，吓得她赶紧转过身，佯装着往回走。

"站住。"丁二烯萨叫住了使女，"你刚才都听到了些什么？"

"没，没有。"

"没有？"丁二烯萨走到了使女面前，狠狠地盯着她问道。

"没……没有。"

见使女畏缩的样子，丁二烯萨想想缓了一口气，因为她毕竟是少奶奶的使女，道："其实，你听到了也没什么，这是一件高兴的事。但没经过我同意，暂时不要告诉少奶奶，听到了吗？"

"听、听到了。"

"好，你去吧。"

说完，丁二烯萨转过身，向另一间房走去了。

望着管家的背影，使女不禁双手捂了胸口："巴孕尕奶山神啊，我可怎么办？"

"怎么办？"

中贡布嘎尔头人得莫西望着仿佛天就要塌下来地站在他几米之外的管家满吉金问道："就你身上发生了吗？"

"不，还有我帐房里的那些牲畜。"

"都出现了红点？"

"是的，头人，与上次上贡布嘎尔发生的古怪病症一样。"

"可是，你近来并没有与上贡布嘎尔任何人接触呀，况且，也没听说上贡布嘎尔发生。”

“啊，我想起来了，前不久，那次卓拉朵出嫁时，我曾抱过跟随我们獒王日嘎而来的上贡布嘎尔獒王花嘎。”

得莫西拧着眉想了想，然后安慰管家道：“满吉金，我的管家，你不要紧张，现在我马上命令活佛像上次上贡布嘎尔发生古怪病症时那样为你念火经。”

“谢头人。”

“还有，”得莫西松了一下眉，接着又皱了起来，“你与其他人暂时最好隔离一下，包括你们帐房里的那些牲畜，都不要与别的人家来往。”

满吉金苦着脸躬身道：“是，头人。”

“从现在起，你也不用到碉房来。”

“是，头人。”满吉金脸上现出一种绝望的神色，但嘴上却还是应道，“你不会不管我了吧，头人？”

“怎么会呢，你是我的管家，我怎么会不管？我马上让报讯人将你的情况通报给上贡布嘎尔和下贡布嘎尔，让我们三个贡布嘎尔的活佛和米嫫一起来为你诊治，一定要替你治好。”

“谢头人。”

满吉金含着眼泪躬身额过手，慢慢退了出来。

“巴孕尕奶山神呀，这到底是怎么回事！”望着满吉金仿佛一下老了十岁的后背蹒跚着走出去，面对着巴孕尕奶山方向，中贡布嘎尔头人不由诘问道。

可回答他的，却只是一阵从门口吹进来的风。

那门，是管家出去时拉开的。

05

虽然谁也没说管家满吉金的病症是上贡布嘎尔獒王花嘎传上的，但人们还是相信是它。而日嘎曾与花嘎一起游玩过，于是，连带上日嘎，人们个个敬而远之。

仿佛一夜之间，人们对日嘎一下冷漠了起来。日嘎怎么也弄不明白，这些平日对它宠爱有加的人们，怎么会突然变成这样，不仅不再对它尊重，而且见了它，不是如避瘟神，就是拿眼瞪视甚至还有的扬起了手中的牧鞭。

日嘎只好站得远远地望着碉房里进进出出的人们。

这时候，它想起了小主人卓拉朵。要是卓拉朵在，绝对不会这样待它。

图嘎呢，仍是那样与它保持着一定的距离，只是不时地拿眼看一下它，那眼中，充满着复杂的感情，既有同情，又有怜惜，当然，也有那么一点点幸灾乐祸。

日嘎决定出走，去找昔日的小主人卓拉朵。

卓拉朵气急败坏，将原本对森格昂沁的恨，一下全转移到了下贡布嘎尔天使米嫫央吉身上去了。

什么试验？什么治病？全都是借口。

央吉呀央吉，如果我与森格昂沁没有成婚，你怎么做都不为过，可是，我现在却是以少奶奶的身份坐在上贡布嘎尔，而你却让我只有“身”没有“份”，叫我怎么能咽下这口气！

“我不会放过你的。”

卓拉朵想到这，正要张口叫唤使女，突然，使女匆匆忙忙地掀帘跑了进来：“少奶奶——”

“忘了吗，我跟你说过多少遍，进少奶奶的门要先通报。”

“是，少奶奶。”

“出去，重进。”

“少奶奶——”使女一脸焦急的神情。

可卓拉朵却连望也没望她一眼：“出去。”

“是，少奶奶。”

使女只好回身出去，然后站在门口叫了一声：“少奶奶。”

“进来吧。”

“少奶奶，大事不好。”

“什么事？”卓拉朵想我连新郎的面都没见就被人暗中夺了去，还会有什么比这事更不好？“总不是少爷——”

“不是，少奶奶，中贡布嘎尔发生了古怪病症。”

“啊！”卓拉朵确实受惊不小。

“刚才报讯人来报，说是我们上贡布嘎尔獒王花嘎将病传过去的。”

“那花嘎呢？”

“在少爷那。”

花嘎一直守在森格昂沁身边，这倒让森格昂沁省了不少的心，既不用害怕会有野兽前来偷袭，也不用担心央吉来了他不知道。

还有，闲下来时，他还可以逗逗花嘎，以打发这沉闷而又冗长的日子，因为每天送走央吉，他便觉得自己一下沉进了无底的海一样，直到第二天估计央吉快要出现时，身子这才又浮了上来——他越来越渴望每天能早些见到央吉。

可是，今天怎么到现在央吉还没到？记得上次也出现过一次这样的情形，结果，央吉告诉他说，米嫫被头人传到碉房去了，在临走前，她将所有的配制方法一一教授给了央吉，所以，来得迟了。今天，难道又会有什么事情发生？

森格昂沁正这么胡思乱想着时，终于，听到了洞外他听过无数遍的熟悉的声音：“央吉！”但再一听，伴随着央吉的，似乎还有一个声音。森格昂沁忙走向洞口。

果然，随同央吉爬上来的，还有一条藏獒。

森格昂沁没有见过日嘎，他不明白，央吉怎么带着灰姐另外还要带上一条藏獒。

“森格昂沁，等急了吧？”

“有点。”

“你先吃吧。”央吉一边递过药丸一边道，“又出事了。”

森格昂沁正准备将药丸送进嘴里，听到央吉后半句话，就那么微仰着脖子略张着嘴地等在那，等央吉往下说。

可央吉见森格昂沁正在吃药，将那半句话说完后，则打住了。

“出什么事了？”森格昂沁只好先咽下药，然后问。

“中贡布嘎尔发生了古怪病症，现在活佛正在给他们念火经呢。”

“有用吗？”

“没有。”央吉伸手替森格昂沁轻擦了一下沾在嘴边的一点药丸表面上的膏。

森格昂沁顺势抓住她的手，望着她道："那赶紧将我们的药方告诉他们吧。"

"啊呀，你抓痛了我。"

"对不起。"森格昂沁这才松了手。

央吉白了他一眼，道："可是，他们现在说是花嘎将病毒传给了日嘎，日嘎将病毒传给了他们管家和碉房里的藏獒，管家和碉房里的藏獒又将病毒传给了整个中贡布嘎尔。"

"整个中贡布嘎尔都染上了吗？"

"应该不会，但奇怪的是，日嘎却并没有染病，花嘎，还有你们上贡布嘎尔都没有。"

"难道，不是红梗尖叶草的原因？"森格昂沁若有所思。

"我与米嫫研究了半天，"央吉说，"认为可能上贡布嘎尔已经发生过一次，因此无论是人还是畜，对它产生了抵抗，不再被传染。"

"可是，那日嘎——就是这条獒吗？"

"是的。"央吉望了一眼立在一边的日嘎，"在半路上，灰姐认出了它，于是，我便将它带了来。现在，全中贡布嘎尔都将它视为洪水猛兽呢，要不是它还没有病症，恐怕，早就被人给打死了。"

"是呀，你刚才说中贡布嘎尔的病症是通过花嘎传给日嘎，又由日嘎传给他们的人和畜，而日嘎为什么竟没事呢？"

"我与米嫫分析，可能是因为日嘎与花嘎是兄弟俩，它们两个又在一起待得时间长，这样，日嘎也产生了一定的免疫力。"

森格昂沁摇了摇头："这个理由太牵强了点。"

"那你以为呢？"央吉笑了一下。

"我？"森格昂沁说，"我以为，那是因为它一没有食红梗尖叶草，二没有与那些已经染上病症的人或是畜接触过，当然也就平安无事了。"

央吉想了想，说："似乎有些道理。"

"也不知道中贡布嘎尔现在的情形怎么样了。"良久，森格昂沁叹息了一声，"央吉，请你和米嫫一道，尽快将给我吃的这种药的药方送到中贡布嘎尔去吧，虽然现在还不能确定药效，但最起码，它可以预防。"

"放心吧，我们会的。"

“拜托了。”

央吉再次笑了一下：“真不愧是少爷！”

森格昂沁听不出央吉这句话是褒是贬，望着她，一时没有应声。

可央吉说完之后，却不再往下说了，而是转过身，走出了山洞。

“巴孕尕奶山神啊，保佑中贡布嘎尔吧……”

森格昂沁向着洞口躬身额手。

06

不知是活佛的火经还是央吉送去的米馍研制的药丸，中贡布嘎尔的古怪病症迅速得到了控制。

听到转危为安的消息，身在上贡布嘎尔一直做着有名无分“少奶奶”的卓拉朵一颗悬着的心总算落了地。但随着这一颗心落地，另一颗心却又在卓拉朵心中悬了起来，那就是少爷森格昂沁居然与央吉在一起。

为了排遣这种忧愤，卓拉朵决定回一趟中贡布嘎尔，既是探望生她养她的草原，也散一下心。

正信马由缰地走着，突然，卓拉朵眼睛一下睁大了——前面，传来一片鼎沸人声，不，还有獒声。

怎么回事？

原来，大病初愈了的中贡布嘎尔牧人，在央吉今天送过药离开时，似乎突然才发现，中贡布嘎尔獒王和下贡布嘎尔的灰姐一直都陪在央吉身边，而让他们这次饱受病痛之苦的，正是他们的獒王日嘎。于是，望着央吉与两条獒渐行渐远的人们，忽然回过神来，扬鞭的扬鞭，握钗的握钗，拿棍的拿棍，他们将这些日子来所有的愤恨，全都倾泻到了日嘎身上，要将它置于死地而后快。

而正在与央吉走着的日嘎与灰姐，与往日一样，在回去时，总是央吉一直打马而去，它们则边走边观赏着这春天的景色以及不时地跑到羊群或是牛群身边望一望，玩一玩。今天由于帮一个牧人圈那群不太听话的羊，它们颇费了一些时间，等圈好后，再看央吉，央吉早走得没有影了。

日嘎与灰姐也没介意，反正它们每天都是这样走着这条路，也从来没有发生过什么意外，仍然边走边闹着。突然，后面马蹄翻飞，呐声一片。日嘎本能地一个急转，望着飞奔而来的人们，同时警惕地搜寻着人们追踪的目标，以便立即投入到“战斗”中。可是，草原上除了它与央吉还有灰姐外，这边，并没有发现任何新的或是值得怀疑的有生命的活物。

日嘎眼里一片迷惑。

与日嘎一样迷惑的还有灰姐。

不对，灰姐望了一眼日嘎，那些人怎么径直向它们狂奔着来了？

日嘎由迷惑而突然没来由地在心里哆嗦了一下，但它仍然迎着人群睁大眼睛望着。

“打死它！”

“打死它！”

“打死它！”

打死谁？日嘎望了一眼灰姐，难道是打死它？日嘎困厄得打了一个喷嚏，灰姐则对日嘎呜吼了一声，立即撒开四腿，向西边跑去。可跑了不远，它又停了下来，因为，它发现，人群却并不是冲着它而来的……

眨眼之间，人群成扇形到了近前，而且，无一例外地，眼睛里都在喷着火。这火，让日嘎感到一阵的烧灼，仿佛要将它给燃着。

日嘎再次回头搜寻一下，可是，仍然没有发现人群所追踪的目标。

但就在它重新回过头来，却突然发现，人群的目标竟然是它。

日嘎一下懵了，须知，这些都是它的主人领地上的牧人和它獒王统领下的藏獒啊。

就在日嘎怔忡犹豫间，冲在最前面的一个人的马鞭“啪”一下抽到了它的身上，疼得日嘎一下跳了起来，而紧跟在那根马鞭之后的，是一根棍棒，对着它劈空砸下，幸好日嘎躲得快，砸在了它的后尻上，但同样疼在它心里：它怎么也不明白，这些人为什么要如此对它？

但现在不是思考这个问题的时候，在挨了两下之后，日嘎知道，如果此时不逃，等后面的人和獒围上来，它想逃也逃不掉了。于是，悲鸣一声，日嘎拔腿向西边逃去，那边，有巴孕尕奶山，而巴孕尕奶山，有待它像花嘎和灰姐一样好的森格昂沁和央吉。可西边听到这边的哄声，正有人打马过来。

无路可逃，日嘎刚跑出几步只好折向东南面的上贡布嘎尔方向。

灰姐一见，立即从侧面助跑起来，与日嘎一起，跑向上贡布嘎尔。

于是，两条獒的后面，一片人声、獒声。

那些藏獒，虽然不敢对它们的獒王胆敢侵犯，但它们在主人的唆使下，发出一阵阵惊世骇俗的叫声，与人声合在一起，仿佛就像天上的星云一下掉落在了草原上，掀起一片遮天迷雾。

这迷雾惊得上贡布嘎尔正在放牧的牧人和藏獒一片惊惶，不知这边发生了什么塌天大事，在牧首的带领下，呼朋引獒向这边跑来，想看看中贡布嘎尔究竟怎么了，需不需要他们的援助。

当日嘎夹着一股风声从正往中贡布嘎尔而来的卓拉朵身边蹿过之后，却蓦然发现前面又迎来了一队人马，没办法，来不及思索，它不得不再一个折转，向西南面逃去。

跟随而来的人和獒，如发了狂的风暴一般，立即又卷向西南方向。

这时，突然从"风暴"中飞出一朵"云块"，卓拉朵一看，原来是中贡嘎尔獒王图嘎，也不知它是看到昔日的小主人卓拉朵还是看到了昔日的小同伴白嘎，在如潮的人马中，它突然折转过身，向卓拉朵面前跑了来。

而卓拉朵正拉住一位匆忙奔跑着的牧人，讯问到底是怎么一回事。等弄清原来是这般情况，刚一抬头，图嘎正好跑到了她的面前。

"啊，图嘎。"

卓拉朵立即弯身抱住图嘎。

图嘎也亲热地伸出舌头舔了舔昔日的小主人。

亲过了小主人，图嘎转身望向正对着烟尘一般卷去的人马使劲叫着的白嘎。而就在图嘎一转身之际，卓拉朵突然一个念头涌上心间，而且，为这个念头，她不由全身颤抖了起来。她迅速从项上取下一串珊瑚项链——那串当年她与央吉在上贡布嘎尔平息古怪病症后各自回到各自草原临别时，央吉赠送给她的礼物——然后，叫了一声"图嘎"。图嘎对小主人这突然有些变调的叫声不由吃了一惊，遽地一下回过头。卓拉朵上前几步，将那串项链放在图嘎的鼻前，让它仔细地嗅一嗅，从中辨出另一种体味来。

图嘎当然从散发着小主人体味的项链中，一下就辨出了另外一个人的体味。但它不明白小主人究竟让它对这另一个体味的人做什么，抬眼望向她。

卓拉朵见图嘎辨出了，于是，银牙一咬，对图嘎做了一个扑咬的手势。

图嘎愣了一下，眼睛犹疑地望着卓拉朵，卓拉朵再次做了一个扑咬的动作。这下，图嘎不再犹豫了，立即轻呜一声，纵身向草原上跑去。

望着图嘎很快就消失在了视线中，卓拉朵又叫过不明所以地正望着图嘎远去的身影叫着的白嘎，同样，也让它嗅觉出那串项链中的别样体味，然后做了一个扑杀的命令。白嘎愣住了，因为，这个体味，就像主人一样，而主人为什么要扑杀她呢。

它不明白！

见白嘎站在那里眼睛露着迷惘的神情望着她，卓拉朵恨恨地踢了它一脚。

白嘎只好轻呜一声，转身沿着图嘎跑去的方向迅跑起来，一会儿就没了影……

整个贡布嘎尔草原全乱了，上贡布嘎尔见中贡布嘎尔人、马、獒在跑，下贡布嘎尔见上贡布嘎尔人、马、獒在奔，中贡布嘎尔反过来见上、下两个贡布嘎尔人、马、獒在追，谁也不知道发生了什么事，三方人马，像三支箭一样，在草原上从三个方向向前驰援而上。

一时间，仿佛地陷了，天塌了，云裂了，风狂了，呐喊声、马嘶声、獒叫声，还有那数不清的藏狗的吠声，形成一个巨大的云团，在贡布嘎尔草原上滚动着，发出隆隆的、嗡嗡的、轰轰的声响，或辗，或轧，或挤，或撞，想在天与地间，努力地撑开一条缝。可是，天在往下压，地在往上涌，空间越来越窄，越来越小，越来越暗。

前面是獒，后面是马，马后面是那些只会吠叫的藏狗，最后是那些没来得及备马便被这人流给卷了进来的人群。

而獒前面的前面，是日嘎。

可是，直到现在，日嘎也不知道究竟发生了什么。而原本知道发生了什么的中贡布嘎尔人，现在见到如此铺天盖地的阵势，也不知是为了什么了。

所有的人都在盲目地追着，你追我也追，我追他也追，他追大家都跟着追，人人都相信，前面肯定发生了什么。

三路人马，如三江汇合，从三个方向，奔腾如天滔，激流如决堤。

一片昏暗，一片昏沉，一片昏花。

耳中，只有一片混响。眼中，只有一片人影。嘴中，只有一片呐喊。

如鼓擂。如山崩。

马蹄，踏起一片尘雾。獒腿，翻起一片云烟。

天地在汇合。

风云在浓缩。

一切，被一个叫作“声浪”的词掀动着，以排山倒海之势，雷霆万钧之力，向前倾去、摧去、涌去、毁去……

突然，仿佛一下进入了真空，所有的音响，戛然而止，万籁俱寂——出现在人们面前的，是上贡布嘎尔少爷森格昂沁和下贡布嘎尔天使米嫫央吉。

所有的人，所有的獒，全都面面相觑，似乎在问着同一个问题：“到底发生了什么？”

森格昂沁静静地望着同样静静的藏獒以及藏獒后面的人群，央吉则半蹲着身一手抚着浑身瑟缩发着抖的日嘎，一边望着一双双莫名而狐疑的人或獒的眼睛。

可就在这静得快要令人窒息，窒息得人胸腔快要爆炸的时刻，突然，一条獒，是的，是一条獒，划一道白弧，直向央吉袭去。

本能地，央吉以为白嘎是冲着日嘎而来，忙双手去护。谁知，白嘎却对着央吉张开了獒嘴……

所有人的心猛然一缩，可就在要缩成一团之际，却忽然又陡地一炸，只见两道黑影，同时从两侧跃起，直向白嘎撞去——

三条獒几乎同时落地。

灰姐望着白嘎恨恨地低吼着，而花嘎则竖起颈毛，对着白嘎进行警告：你要是再敢乱动，我一口就毙了你。

可白嘎则毫不退避，同样也乍着浑身白毛，前腿前伸，后腿后倾，随时准备发起再一次的扑击。

三条獒你逼视着我，我逼视着你，逼得人们简直无法呼吸——空气再一次凝固了。

而就在所有人的目光都集中到这三条獒的对峙上时，谁也没有想到，另一条藏獒，却悄悄地选择了一个最佳扑击角度，几乎没给人们发出一声短促的“啊”的机会，一个虎扑，扑向了双手护着日嘎眼睛正望着花嘎、灰姐和白嘎的央吉。

“图嘎！”

等人们终于叫出了这一声时，图嘎早已经将嘴中的央吉来回一甩，一下扔进了面前的獒群。

轰的一声，像在獒群中投入了一枚炸弹，獒群一下炸了开去。与此同时，花嘎、灰姐以及日嘎，怒吼一声，三条獒齐齐将深深的牙齿深深地扎进了图嘎的颈项。

人们在獒群发出爆炸般的四散时，一时来不及后撤，有的被惊骇的马挤跌在了地上，有的被掠起的獒撞下了马，于是，新的一轮声浪再次响起——只不过，这次不是先前的呐声、喊声、狂叫声，而是一片吠声、哀声、呼救声。

没有头，没有序，没有上，没有下，没有始，没有终，不辨东西，难分南北，犹如一群疯子突然闯进了摇滚乐队，拿起号，拿起鼓，拿起钹，拿起铙，拿起铃，拿起镲……吹的吹，打的打，弹的弹，敲的敲，整个天地一片混响，一片混乱，一片混杂。

就在这时，突然一声凄厉的喊叫，如撕云裂帛般从那片混响混乱混杂中飞上了天空：“起火啦——”

远处，一条火龙正借着滚滚浓烟，吐着猩红的火舌，向这边恶煞一般游来。

而那浓烟翻滚上天空之后，立即变成了一团云朵；云朵之上，人们仿佛看见活佛正站在那里，双掌合十……

07

这场大火，整整烧了三天三夜。

尾 声

汉扎西李浦风骑着瘦马，将一个瘦瘦的身影留在草地上，宛若打下的一个又一个瘦瘦的问号

天空一片蔚蓝。

但没有风。

一条如少妇孕纹一样的草原小径，羞羞涩涩，蜿蜿蜒蜒，伸向巴孕尕奶山。而小径的尽头，一个黑点渐行渐近，渐近渐晰。原来，是一个人骑着一匹马，正踽踽独行而来。

马瘦毛长；人瘦伶仃。

从里孜国几经周折返回汉原去的汉扎西李浦风伸出那尖尖的十指，插进如枯草一样的头发，轻轻地梳理着，仿佛要将他心中所有的疑惑也梳出一个条理来。

那片贡布嘎尔草原呢？

那群跟着他起哄般乱吠的藏狗呢？

那条王者一般风范地站着只拿一双眼睛不声不响地望着他的藏獒呢？

那些见到他一边叫着“汉扎西”一边跑上前来的卓玛呢？

那座象征权力与威严的碉房呢？

还有那亲亲热热地叫着他“大叔”的天使米嫫央吉呢……

李浦风将眼睛紧紧地闭了闭，想理出一个头绪，或者，让自己清醒，然后再睁开，判断一下，自己是不是失了方向走错了路。

可是，一点儿没错，前面是那条清亮亮的河，后面是那座巍峨峨的山。

汉扎西李浦风骑着瘦马，将一个瘦瘦的身影留在草地上，宛若打下的一个又一个瘦瘦的问号。

曲曲折折的那日河边，一个人骑着一匹马，踽踽向前独行。

渐行渐远，渐远渐瘦，瘦成一个黑点。